OLIVIA

PAR

L'AUTEUR DE JOHN HALIFAX

TRADUIT DE L'ANGLAIS

II

PARIS

MICHEL LÉVY FRÈRES, ÉDITEURS

2 BIS, RUE VIVIENNE ET BOULEVARD DES ITALIENS, 15

A LA LIBRAIRIE NOUVELLE

1870

OLIVIA

741

γ²

PARIS. — IMP. SIMON RAÇON ET COMP., RUE D'ERFURTH, 1.

OLIVIA

PAR

L'AUTEUR DE *JOHN HALIFAX*

(Miss Mulock.)

TRADUIT DE L'ANGLAIS

II

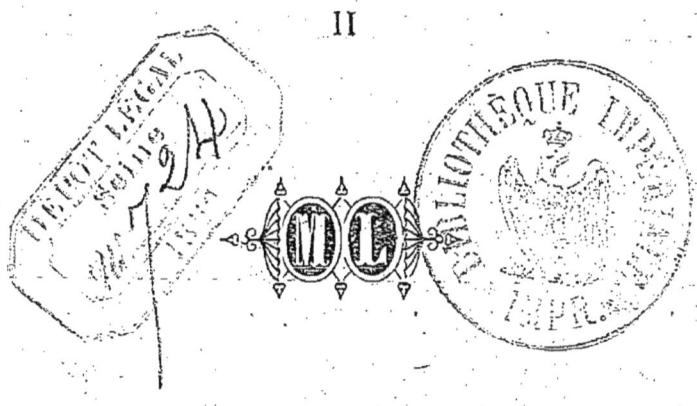

PARIS

MICHEL LÉVY FRÈRES, ÉDITEURS

2 BIS, RUE VIVIENNE, ET BOULEVARD DES ITALIENS, 15

A LA LIBRAIRIE NOUVELLE

—

1870

OLIVIA ROTHSAY

CHAPITRE PREMIER

Mademoiselle Rothsay fut silencieuse pendant le trajet jusqu'à la maison ; elle crut devoir donner à Christal l'explication de cette disposition d'esprit, en lui disant simplement qu'elle avait trouvé par hasard, dans le cimetière, la tombe d'une amie d'enfance qu'elle avait tendrement chérie. Sa jeune compagne prit un air sérieux, lui témoigna sa sympathie par quelques phrases de circonstance, puis parut bientôt absorbée dans la recherche d'un sentier passable, au milieu des désagréables labyrinthes d'une route boueuse. Très-certainement mademoiselle Manners n'était pas née campagnarde.

Olivia ne put s'empêcher d'en faire l'observation

— Mais non, je suis née pour être ce que je suis, répondit la jeune fille avec fierté. Mes parents étaient nobles, de manières aristocratiques; il est naturel que je leur ressemble. N'essayez pas de me faire de la morale : que ce soit bien ou mal, peu m'importe! Tel est mon sentiment et tel il sera toujours. Si je n'ai ni famille, ni amis, j'ai du moins mes ancêtres et mon nom pour moi.

Elle continua à parler de la sorte, ainsi qu'elle le faisait souvent, jusqu'à ce qu'elles atteignirent la porte du jardin de Tornwood-Dell. Devant cette porte se tenait un élégant équipage. Les yeux de Christal brillèrent à cette vue et elle donna aussitôt à sa démarche une allure plus aristocratique.

La domestique, cadeau d'adieu de mademoiselle Méliora qu'elle avait longtemps et fidèlement servie à Woodford-Cottage, vint avec empressement annoncer que deux dames les attendaient : l'une était madame Hudgers; quant à l'autre, Hannah ne la connaissait pas, et c'était elle qui aurait dit : « Nous attendrons, » lorsque sa compagne avait proposé de demander madame Rothsay; cette attention témoignée à sa mère malade fit qu'Olivia se sentit le cœur porté pour « l'autre dame. »

En entrant dans le salon, Olivia se trouva en présence de madame Hudgers et d'une femme à l'aspect à la fois imposant et bienveillant. Quoique l'étrangère fût âgée, sa haute taille n'était nullement courbée ; une certaine dignité, aussi séante à sa vieillesse que la grâce à la jeunesse, était empreinte sur toute sa personne ; elle se tenait à l'écart, gardant le silence. Mais tandis qu'Olivia supportait l'assaut des politesses de madame Hudgers, elle sentait que les yeux de l'inconnue ne cessaient de scruter attentivement sa physionomie. A la fin, madame Hudgers fit un mouvement comme pour présenter sa compagne ; celle-ci, la prévenant, prit alors la parole et, avec cet accent du Nord impossible à méconnaître, qui, sur les lèvres de la pauvre Elspie, avait autrefois bercé l'enfance d'Olivia et qui, encore aujourd'hui, faisait battre son cœur, elle dit :

— Mademoiselle Rothsay, en souvenir de votre père et pour l'amour de lui, permettez-moi de vous serrer la main : je suis madame Gwynne.

Tel fut, dès leur première entrevue, l'accueil qu'Olivia reçut de la mère de Harold. Elle en fut saisie, bouleversée ; tant d'émotions avaient marqué ce jour que, en dépit d'elle-même, elle céda à une faiblesse bien rare chez un caractère comme le sien et fondit en larmes, de vraies larmes d'enfant. Madame Gwynne alla aussitôt vers elle et avec une sollicitude qui avait quelque chose de maternel :

— Vous êtes offensée, mademoiselle Rothsay, dit-elle, je le vois ; vous vous rappelez le passé, mais, croyez-moi, je ne suis venue ici que dans l'espoir que vous voudrez bien tout oublier, excepté que je fus la fidèle amie de votre père. Nos amitiés en Écosse, vous le savez, sont comme notre orgueil, elles descendent de génération en génération. La destinée nous a rapprochées l'une de l'autre, soyons amies ! dites, le voulez-vous ? C'est l'ardent désir de mon fils et le mien.

— De votre fils ? répéta Olivia, et, dans le trouble que lui causait cette succession d'aventures, d'éclaircissements, elle raconta comment elle avait rencontré M. Harold Gwynne et comment elle avait été conduite accidentellement sur la tombe de son amie d'enfance.

— C'est étrange ! jamais madame Harold Gwynne n'a prononcé votre nom, et vous l'aimiez ainsi ! Du reste, cela lui ressemble bien ! murmura madame Gwynne entre ses dents ; mais que la paix soit avec les morts !

Et la mère de Harold se leva et, posant la main sur l'épaule d'Olivia, elle dit :

— Ma chère enfant, je suis une vieille femme ; excusez la façon toute franche dont je vous parle : vous ne savez rien de mon fils ni de moi ; nous n'avons été mêlés à votre existence que par un incident pénible, douloureux. Oubliez ce passé, ne vous rappelez qu'une chose : c'est que j'ai connu et aimé votre père dès l'âge le plus tendre, et que je suis disposée à reporter mon attachement sur sa fille, si elle me le permet. Ne croyez pas que ce soit un caprice de ma part ; nous autres Écossais, nous en sommes peu susceptibles ; mais j'ai beaucoup entendu parler de vous dernièrement, plus que vous ne vous l'imaginez, et j'ai vite retrouvé en vous la petite Olivia, dont Angus Rothsay m'a tant entretenue peu de jours avant sa mort.

— Vous avez vu mon père à cette époque, et il vous a beaucoup parlé de moi? s'écria Olivia avec vivacité.

Et oubliant tout aussitôt les cruels souvenirs qui se rattachaient à la famille Gwynne, elle se mit à considérer la mère de Harold presque avec affection. Mais madame Gwynne, qui s'était livrée à une expansion peu en rapport avec son caractère, était

retombée dans sa réserve ordinaire et elle arrêta
l'élan d'Olivia par ces paroles :

— Nous causerons de cela une autre fois, ma
chère ; maintenant je désirerais beaucoup faire la
connaissance de madame Rothsay.

Olivia alla chercher sa mère. Comment elle lui ex-
pliqua tout ce qui venait de se passer, elle ne s'en rendit jamais très-bien compte ; quoi qu'il en soit, elle
réussit à la persuader de descendre et reparut bientôt, la conduisant appuyée sur son bras. A la vue de
cette femme pâle, à l'air fatigué, souffrant, quoique
toujours belle et gracieuse, qui se reposait avec confiance sur le seul appui qui lui restât dans ce monde,
sa fille dévouée, à la vue de cette femme dont les
yeux baissés et sans regard avaient quelque chose de
si touchant, madame Gwynne parut visiblement
émue ; il y eut même une sorte de tremblement dans
sa voix, lorsque, surmontant toute hésitation, elle
serra les mains de la veuve d'Angus dans les siennes
et lui parla d'une façon bienveillante, affectueuse.
Madame Rothsay sentit promptement toute anxiété
s'évanouir ; peu d'instants après, elle était assise
aux côtés de madame Gwynne, écoutant paisiblement sa conversation.

Cette conversation alla droit au cœur de la pauvre

femme aveugle ; un timbre de voix agréable, où l'on devinait la bonté de l'âme, cet accent septentrional surtout, qui rappelait une langue si longtemps oubliée, et venait évoquer de vieux et chers souvenirs, tel fut le secret du prestige qu'exerça de suite madame Gwynne sur la mère d'Olivia. Un instant, en l'écoutant, elle se crut encore la belle Sybil, errant sur les bords de la mer, par le clair de lune, avec son fiancé, l'athlétique highlander, prêtant l'oreille à ses paroles d'amour et convaincue que, dans tout le vaste univers, il n'existait pas un être semblable à son Angus, si beau, si brave.

Lorsqu'enfin madame Gwynne quitta Tornwood-Dell, elle laissa dans l'esprit de la mère et de la fille une impression des plus favorables, qu'elles ne cherchèrent ni l'une ni l'autre à se dissimuler. Toutes deux se réjouirent de penser que le jour suivant était un dimanche, ce qui leur permettrait d'aller à Harbury entendre Harold prêcher. Olivia apprit à madame Rothsay ce qui lui était arrivé dans le cimetière, et elles tombèrent d'accord que ce devait être un homme intéressant, quoique un peu singulier, que M. Harold Gwynne. Quant à Christal, elle n'avait pris aucune part à la conversation, s'étant depuis longtemps éclipsée avec son amie, madame Hudgers.

Cependant, lorsque le dimanche matin arriva, les forces de madame Rothsay se trouvèrent insuffisantes pour une course d'environ deux milles; Christal, apparemment enchantée d'avoir ce prétexte, offrit de rester pour lui tenir compagnie. Olivia se rendit donc seule à l'église. Il lui en coûtait certainement beaucoup de quitter sa mère; mais elle avait une si grande envie d'entendre prêcher M. Gwynne !

Pendant toute la route, elle ne cessa de se demander quelle espèce de prédicateur il pouvait être. Sûrement très-différent de tous ceux qu'elle avait entendus. En entrant dans la modeste église du village, bâtie en pierres grises, et en s'agenouillant dans un banc reculé, elle sentit une grande paix s'emparer de son âme; c'était comme le repos qui règne dans la nature aux approches de l'aurore; elle se sentait inondée d'une joie tranquille, avec des lueurs d'espérance sur l'avenir; cependant, il eût suffi de la plus légère émotion pour faire jaillir de son cœur la source des larmes.

Elle vit madame Gwynne traverser seule le chœur, de son pas ferme et digne; puis, le service commença. Olivia jeta un regard à la dérobée sur le ministre officiant : c'était bien le même visage austère qu'elle avait vu près de la tombe de Sara ; peut-être plus austère encore. La manière dont il lisait les Évangiles lui déplut, tant il avait un ton froid, glacial, et quand il répéta la touchante liturgie de l'Église anglicane, c'était avec la voix d'un juge rendant une sentence, ou comme un orateur déclamant quelque harangue bien écrite, bien apprise par cœur. Olivia eut à s'isoler complétement de ce qui l'entourait, avant de pouvoir prier sincèrement. Elle se sentit affligée. Il y avait quelque chose de si noble dans les traits et dans toute la personne de M. Gwynne, quelque chose de si harmonieux dans sa voix, en dépit de sa froideur, que cette dernière lui fit éprouver une sensation de désappointement. Puis, à la pensée qu'il était le pasteur de cette paroisse et qu'elle aurait à l'entendre chaque dimanche, une espèce d'inquiétude s'empara d'elle.

Harold Gwynne monta en chaire ; Olivia redoubla d'attention. D'après ce qu'elle avait entendu dire des facultés intellectuelles du jeune prédicateur, d'après quelques allusions sur son caractère, et surtout d'après ce qu'elle avait observé elle-même dans la conversation qu'ils avaient eue ensemble, Olivia s'atten-

1.

dait à voir Harold se plonger dans de profondes abstractions théologiques. Elle avait trop de pénétration pour exiger de lui le christianisme chaleureux d'un saint Jean, — ce n'était évidemment pas dans sa nature, — mais elle pensait qu'il déploierait toutes les ressources de sa vaste intelligence, afin d'embrasser quelques-uns de ces points ardus de théologie si dignes de suggérer des arguments à un saint Paul moderne.

Harold ne fut ni l'un ni l'autre ; son sermon fut un simple discours de morale; un essai tel que Locke ou Bacon auraient pu l'écrire, avec cette différence qu'il prenait soin de traduire ses idées dans un langage approprié à ses auditeurs, lesquels, pour la plupart, appartenaient à la classe des laboureurs. Olivia lui sut gré de cette condescendance, croyant y reconnaître le sentiment sérieux du devoir, le désir de faire du bien mis au-dessus de la vaine satisfaction de faire briller son éloquence; alors, quand elle eut réussi à oublier que ce discours aurait été beaucoup mieux placé dans la chaire du professeur que dans celle du pasteur, elle se mit à suivre avec un vif intérêt les développements de son enseignement et de sa morale austère. Néanmoins, malgré la clarté et la force de ses raisonnements, malgré

son évidente sincérité, une sorte d'atmosphère ré-
pulsive continuait à envelopper l'homme et à le
tenir éloigné d'elle, tandis qu'elle se sentait forcée
d'admirer la belle intelligence de l'orateur.

Après avoir terminé son court sermon, Harold
Gwynne prononça la prière d'usage pour demander
à Dieu qu'il lui fît porter des fruits dans les cœurs
de ses auditeurs. Pourquoi ces paroles résonnèrent-
elles aux oreilles d'Olivia comme une étrange moquerie? C'est qu'elle avait à peu près oublié qu'elle se
trouvait dans une église ; en relevant involontairement la tête, pendant que la congrégation était silencieusement agenouillée, elle se prit à observer
le prédicateur. Lui aussi était agenouillé, son visage
caché à tous les regards; seulement ses mains n'é-
taient pas jointes comme dans l'acte de la prière,
mais convulsivement serrées l'une dans l'autre
comme celles d'un homme en proie à quelque secrète et profonde angoisse et, lorsqu'il montra de
nouveau son visage à son troupeau, ses traits austères parurent à Olivia plus austères encore,

L'orgue retentit, les chœurs de « l'alleluia » de
Haëndel remplissent la petite église de leurs flots
harmonieux, et toujours le jeune ministre reste assis
immobile dans sa chaire; sa pâleur est éclatante aux

rayons du soleil : la musique céleste a beau l'envelopper de ses sons majestueux, elle ne semble pas
atteindre jusqu'à son âme. Au-dessous de lui la foule
simple et paisible s'écoula ; chacun échangea avec
son voisin le salut du dimanche, et aussi le bon
sourire du dimanche qui l'accompagne. Harold seul
planait sur eux tous sans les voir, comme un être
qui n'aurait de lien ni avec la terre ni avec le
ciel.

Des yeux pénétrants ne l'ont pas perdu de vue pendant ce temps : il l'ignore, mais, du banc éloigné où elle
est placée, Olivia a suivi avec compassion, avec étonn-
nement, chacun de ses mouvements et, tandis que
son attention est ainsi fixée, rivée, pour ainsi dire,
sur le jeune ministre, les paroles de la liturgie,
celles précisément que tout à l'heure il lisait avec
tant d'indifférence, ces paroles, sans qu'elle sache
pourquoi, lui montent au cœur comme si un ange invisible était venu à côté d'elle les murmurer à son
oreille. — « Daigne, Seigneur, conduire dans le chemin de la vérité tous ceux qui ont erré, qui ont été
abusés ! Nous te supplions, Seigneur, de nous entendre et de nous exaucer ! »

Ainsi pria Olivia sans trop se rendre compte
de ce qu'elle éprouvait, ni pour qui elle invoquait ainsi

Dieu avec une telle ferveur. Dans quelques années d'ici elle se souviendra de sa prière, et elle trouvera qu'elle avait une bien solennelle importance.

Mademoiselle Rothsay quitta l'église une des dernières. Comme elle en franchissait le seuil, un bras toucha le sien ; c'était celui de madame Gwynne.

— Je suis heureuse, ma chère demoiselle, de vous rencontrer ici : nous aurions à peine osé espérer vous voir à l'église aujourd'hui. Et seule, encore ! Il faut que vous nous fassiez le plaisir de venir à la cure et de partager notre lunch. Quoi ! vous refusez ? Serions-nous encore assez ennemies, pour que vous repoussiez « notre pain et notre sel? »

Olivia rougit et craignit d'avoir offensé madame Gwynne, car elle se sentait fortement attirée vers cette dame, en qui elle devinait une supériorité qu'elle n'avait encore remarquée chez aucune autre femme. L'affection d'Olivia pour sa mère, il est inutile de le dire, avait tout le caractère d'un sentiment exclusif et protecteur ; il tenait le milieu entre celui de la nourrice pour son précieux dépôt et celui de l'amant pour sa fiancée adorée; il n'y entrait ni respect, ni révérence. Madame Gwynne, au contraire, avait en elle quelque chose de digne et de haut qui impliquait l'un et l'autre ; il fallait lui obéir, se soumettre à

elle; aussi, sans s'en apercevoir et presque contre
son gré, Olivia se trouva en compagnie de madame
Gwynne dans l'allée verte qui conduisait au presbytère. Madame Gwynne, sans lui en demander
la permission, avait passé son bras sous le sien,
Olivia, avec sa petite taille frêle, pressée contre sa
majestueuse compagne, se fit l'effet d'un enfant.
Elles trouvèrent la petite Ailie assise sur la porte et
jouant avec un gros chien; la petite fille avait l'air
ennuyé, désœuvré, des enfants qu'on laisse à la
maison le dimanche, avec ordre de s'abstenir des
jeux interdits par la solennité de ce jour. A la vue
de sa grand'mère, Ailie, à moitié satisfaite, à moitié
effrayée, essaya immédiatement de contenir les
gambades et les bonds de Raver dans des limites
appropriées au jour du sabbat, mais comme elle n'y
réussissait guère, la voix sévère de madame Gwynne
renvoya promptement les deux coupables dans des
directions opposées l'une à l'autre. Puis, se tournant alors vers mademoiselle Rothsay, elle crut devoir excuser sa petite-fille en ces termes :

— Vous êtes peut-être surprise, ma chère mademoiselle Rothsay, de n'avoir pas vu Ailie avec
moi ce matin à l'église; mais telle est la volonté
de son père. Harold a des idées particulières à cet

égard; il a horreur de l'hypocrisie, surtout chez les enfants.

— Est-ce que Ailie ne va jamais à l'église?

— Jamais, j'ai grand soin toutefois de lui faire observer rigoureusement et avec respect le sabbat; je lui enlève tous ses jouets et tous ses livres amusants; puis, je lui fais apprendre par cœur quelques-unes des excellentes hymnes de Watts.

Olivia soupira. Ce n'était pas là, pensait-elle, la manière de faire connaître à Ailie celui qui souriait avec tant d'amour aux petits enfants, qui les plaçait au milieu de ses disciples. Quel abîme n'apercevait-elle pas entre la foi sincère, mais rigide, de la grand'mère sur laquelle s'était étendu avec les années un formalisme sévère, et celle de l'enfant ignorante! Madame Gwynne et son invitée conversaient depuis assez longtemps ensemble, lorsque Harold parut à la grille et traversa rapidement la pelouse; sa mère l'appela, et aussitôt il s'approcha de la fenêtre, avec l'empressement d'un homme qui n'a jamais de sa vie laissé sans réponse un semblable appel. C'était-là une circonstance bien insignifiante, toutefois elle ne passa pas inaperçue pour Olivia. Fille si dévouée elle-même, elle sentit son cœur s'incliner en faveur d'un fils si respectueux.

— Harold, mademoiselle Rothsay est ici !

Le jeune pasteur jeta un regard surpris, et même un peu confus, dans l'intérieur de la chambre, ce qui n'avait rien d'étonnant, vu l'inattendu de cette deuxième rencontre, surtout après l'embarras de la première. Olivia s'en souvenait, aussi est-ce avec quelque agitation qu'elle entendit résonner les pas de Harold dans le long corridor qui précédait le salon ; mais lorsqu'il entra, toute gaucherie avait disparu de son maintien et c'est avec la plus grande aisance qu'il s'avança vers elle, lui prit la main et lui témoigna le plaisir qu'il éprouvait à la voir, sans faire la plus légère allusion à leur ancienne correspondance, ni à leur entretien dans le cimetière. La rougeur subite d'Olivia s'évanouit devant cet air indifférent; son pouls cessa de battre rapidement, et il lui sembla ridicule d'attacher une importance sentimentale à sa première entrevue avec Harold Gwynne. Elle s'indigna contre elle-même d'éprouver ces sensations, et craignit que sa timidité n'eût éveillé dans l'esprit de la mère et du fils une impression qu'elle n'eût pas voulu y voir pour un empire : à savoir, qu'elle, Olivia Rothsay, conservait du passé quelques souvenirs pénibles ou peu charitables.

Bientôt l'entretien prit un tour facile et agréable;

madame Gwynne possédait l'art de causer, talent
assèz rare chez les femmes, dont la conversation con-
siste pour la plupart du temps en bavardages sans
suite, en longues répétitions ou en banalités, sans
compter celles qui ne savent rien dire du tout. Madame Gwynne ne tombait dans aucun de ces défauts
inhérents à la plus grande partie de son sexe;
on l'écoutait comme on aurait écouté la lecture
d'un livre intéressant. Ses phrases, bien construites
et claires, étaient néanmoins tellement dépourvues
d'affectation que ce n'était guère qu'en y réflé-
chissant que l'on découvrait que ce langage gracieux et élevé aurait pu s'écrire et former un excellent ouvrage.

Son fils n'était pas aussi bien doué que sa mère
sous ce rapport, ou du moins, s'il possédait cette
faculté, négligeait-il de l'employer. Il fallait de
grandes occasions pour que Harold Gwynne laissât
échapper de ses lèvres autre chose que des paroles
indifférentes, et ces occasions-là se présentaient
rarement. Il devait avoir, en général, comme dans
ce moment, pensait Olivia, cet air digne, grave,
séant à un maître de maison, dont l'exquise affa-
bilité est tempérée de réserve et dont la politesse
même participe de l'autorité.

Cette disposition apparut encore plus évidente lorsque, après une visite d'une heure environ, mademoiselle Rothsay se leva pour prendre congé. M. Gwynne la pria de se rasseoir et de vouloir bien attendre quelques minutes de plus.

— J'ai l'intention, lui dit-il, d'aller au château avant le service du soir. Je serai heureux de vous accompagner jusque chez vous, si vous n'y voyez pas d'inconvénient.

Il est probable que si Olivia l'eût osé, elle eût refusé cette proposition, ses habitudes d'indépendances lui faisant goûter infiniment une longue promenade solitaire, surtout au milieu d'une magnifique contrée. La société de l'imposant pasteur lui fit un peu l'effet d'une tache sombre jetée sur cette agréable perspective. Quoi qu'il en soit, il se glissait, dans tout ce que Harold faisait ou disait, une autorité devant laquelle chacun devait se courber. Sans bien se rendre compte pourquoi elle agissait ainsi, Olivia attendit, et peu d'instants après, elle s'acheminait avec M. Gwynne vers la petite barrière du presbytère.

Comme ils allaient la franchir, quelqu'un s'approcha de Harold pour l'entretenir d'une affaire de la paroisse. M. Gwynne pria alors Olivia de vouloir

bien continuer seule sa route pendant quelques
moments : il la rejoindrait, ajouta-t-il, avant qu'elle
arrivât à la descente de la colline. Olivia gagna, en
effet, cette partie du chemin, et elle commençait
à espérer qu'elle échapperait à son redouté compagnon, lorsque des pas fermes, élastiques, se
firent entendre dans le lointain derrière elle; c'é-
taient des pas d'homme qui paraissaient broyer
le sol plutôt que le fouler. Une telle démarche
fait assez souvent éprouver une impression étrange;
il semble que l'on soit hanté, poursuivi. Ce fut donc
un soulagement pour Olivia lorsque ces pas s'arrêtèrent enfin et que Harold Gwynne se retrouva à ses
côtés.

— Vous tenez fort exactement votre parole,
observa mademoiselle Rothsay, uniquement pour
dire quelque chose.

— Oui; quand j'exprime l'intention de faire une
chose, il est rare que je ne l'exécute pas. Mais la
route est raboteuse et désagréable, mon bras ne
pourrait-il vous être de quelque secours, mademoiselle Rothsay?

Olivia accepta, d'autant plus volontiers peut-être
que cette offre lui était faite moins par politesse
que par nécessité; un appui, en effet, ne lui était

pas inutile après les fatigues de la matinée et l'excitation de cette longue conversation avec des étrangers. Tout en marchant ainsi plus à l'aise, une
pensée traversa son esprit : c'était une chose nouvelle et agréable que d'avoir ce bras fort et protecteur pour guide; intérieurement elle en ressentit
quelque reconnaissance pour M. Gwynne.

La conversation roula exclusivement sur des lieux
communs, ainsi que l'on devait s'y attendre entre personnes dont les relations étaient aussi récentes. La
beauté du paysage, quelques particularités sur les
forêts environnantes, en firent tous les frais. Pas une
seule fois Harold ne fit allusion aux questions qui
avaient si vivement frappé Olivia, lorsqu'ils étaient auprès de la tombe de Sara. On aurait dit que ce Harold
Gwynne, objet de l'aversion de toute sa jeunesse,
l'ennemi de son père, le mari de son amie, avait
disparu pour toujours afin de faire place à un tout
autre homme, dont la forte individualité l'intéres-
sait déjà. Il était si différent de tous ceux qu'elle
avait connus jusqu'alors que ce fait seul, joint au
léger mystère qui s'attachait à lui, eût suffi pour
que la nature un peu romanesque d'Olivia en fût captivée et pour qu'elle se proposât comme sujet d'étude
d'observer ses manières, ses paroles, afin de décou-

vrir, dans son histoire ou dans son caractère, quelque nouvelle révélation sur l'humanité. C'est pourquoi, même dans cette première conversation, elle recueillit soigneusement tout incident, si insignifiant qu'il fût, dans le but d'en amuser sa mère ou d'en faire son propre profit.

Cependant, en approchant de Tornwood-Dell, la conscience d'Olivia commença à se réveiller ; elle s'accusa d'avoir abandonné sa mère pendant tant d'heures et, dans son impatience de la revoir, elle précipita quelque peu ses adieux et ses remercîments à M. Gwynne. Machinalement, elle l'invita à entrer ; à sa grande surprise, il accepta.

Madame Rothsay était installée dehors, dans son grand fauteuil de jardin. Quel tableau intéressant elle présentait en ce moment ! quelle expression de douceur, de sérénité, reposait sur ses traits ! Un faible sourire errait sur ses lèvres ; ses mains blanches et délicates se détachaient sur sa robe de veuve ; ses cheveux, déjà d'un gris argenté, disposés en bandeaux, encadraient son visage toujours beau, et un élégant capuchon cramoisi, ouvrage de sa fille, faisait ressortir l'éclatante blancheur de son teint de jeune fille.

Olivia traversa la pelouse d'un pas léger, Harold la suivant :

— Ma mère bien-aimée, me voici !

Un rayon de soleil parut illuminer tout le visage de madame Rothsay.

— Ma fille, que ton absence a été longue ! Madame Gwynne a-t-elle...?

— Chut ! mère chérie. Et elle ajouta, en se penchant à son oreille : Je suis allée à la cure, et M. Gwynne a eu la bonté de m'accompagner jusqu'à la maison. Le voici, je vou le présente.

Harold s'inclina à une légère distance des dames. Alors Olivia s'approcha de lui et lui dit à voix basse :

— Prenez sa main; elle ne peut vous voir, elle est aveugle.

M. Gwynne fit un mouvement de surprise : « J'ignorais... En vérité ! ma mère ne m'en avait pas parlé. » Il s'avança vers madame Rothsay, lui prit la main et la pressa dans les siennes avec une respectueuse tendresse ; une compassion pleine de douceur, telle qu'on n'aurait guère pu l'attendre de lui, vint atténuer les lignes sévères de son visage. Olivia, qui surprit ce regard, le trouva beau, suave, divin, et le souvenir en demeura fixé éternellement dans sa mémoire.

Madame Rothsay se leva et, saluant M. Gwynne

d'une manière gracieuse, le remercia d'avoir pris soin de sa fille, en la ramenant jusque chez elle. Après quelques moments de conversation, Olivia engagea sa mère à retourner au salon.

— Ne voulez-vous pas entrer quelques instants, monsieur Gwynne? dit madame Rothsay. Celui-ci objecta que l'après-midi s'avançait, faisant remarquer qu'il devait encore se rendre à Tornwood-Dell. Tandis qu'il parlait, madame Rothsay avait quitté son siége et paraissait chercher sa direction, avec cette touchante incertitude de mouvement qui est propre aux aveugles.

— Permettez-moi..., s'écria alors le jeune pasteur en s'avançant avec empressement ; et, passant le bras de la pauvre dame sous le sien, il se mit à arranger son châle avec une sollicitude toute féminine et la conduisit jusqu'à la maison, en lui témoignant mille sortes d'égards et de prévenances.

Olivia, qui les suivait en silence, sentit son cœur déborder de reconnaissance pour Harold ; elle se promit de ne jamais oublier cette première entrevue de sa mère avec le jeune ministre.

Dès que M. Gwynne eut pris congé, en assurant qu'il reviendrait bientôt, madame Rothsay s'écria avec vivacité :

— Je suis enchantée de M. Gwynne, Olivia! Décris-le-moi donc; comment est-il? à qui ressemble-t-il?

Olivia obéit, mais sans y mettre d'enthousiasme. Néanmoins, madame Rothsay tira de suite des conclusions et dit en souriant :

— Ce doit être un homme très-remarquable, j'en suis convaincue ; d'abord c'est un gentleman dans toute l'acception du mot ; il a la voix agréable et un accent de bonté! Comme sa mère, il se ressent de son origine écossaise. En conscience, il me semble que je n'ai jamais connu personne qui m'intéressât autant que lui.

— Ni moi non plus, répondit Olivia, du ton le plus simple et le plus naturel; mais elle se sentait heureuse, et sans savoir pourquoi. Penchée sur sa mère, elle trouva ce soir-là, au mélancolique couchant d'automne, des teintes radieuses, des beautés nouvelles ; le soleil descendait lentement à l'horizon, l'année approchait de son terme, mais, dans l'existence de la jeune artiste, se levait un astre nouveau, une ère inconnue.

CHAPITRE II

— En vérité, je n'ai vu de ma vie un changement pareil à celui qu'a produit le séjour de Tornwood sur mademoiselle Manners, observa un jour la vieille Hannah qui, bien que soigneusement tenue dans l'ignorance des circonstances qui auraient pu trahir l'origine de Christal, n'en considérait pas moins cette dernière comme une intruse.—Ne voilà-t-il pas maintenant qu'elle caracole à travers la campagne comme une évaporée, elle qui affectait les bonnes manières et qui, pas plus tard qu'hier, avait l'air si cérémonieux?

— Pauvre jeune fille! elle est comme un oiseau échappé de sa cage, dit madame Rothsay avec indulgence. C'est ce qui se voit souvent chez les jeunes filles élevées comme elle l'a été. Je me félicite, Olivia, de ce que tu n'as jamais été mise en pension.

Olivia allait répondre lorsque Christal entra, suivie d'un des jeunes Hudgers, dont elle était devenue la compagne favorite ; sa franchise pleine de hardiesse, sa gaieté intarissable, tempérée seulement par la frayeur de ne pas paraître assez « grande dame, » avait fait d'elle un hôte toujours bien accueilli à Tornwood-Dell. Elle y était beaucoup plus à son aise qu'au cottage, où ses brusques et courtes apparitions, comme dans ce moment, dérangeaient fort le calme équilibre de madame Rothsay et rendaient presque folle la vieille Hannah.

— Vous voyez, il n'est pas encore arrivé, dit Christal en s'adressant avec un signe mystérieux à Charles Hudgers ; je savais bien que nous l'aurions dépassé. Un parson [1] ne saurait lutter de vitesse avec un poney, mais il ne peut tarder maintenant.

— Qui doit venir ici bientôt ? demanda Olivia, passablement intriguée. Vous ne voulez sûrement pas parler de M. Gwynne ?

— M. Gwynne ! Oh ! non, vraiment. C'est beaucoup plus drôle, n'est-ce pas, Charles ? Lui dirons-nous ce secret tout entier, ou seulement en partie, afin de l'intriguer jusqu'à ce qu'elle l'ait deviné ?

[1] Terme ironique par lequel on désigne quelquefois un pasteur. (*Note du traducteur.*)

Le jeune garçon fit un signe d'assentiment.

— Eh bien, poursuivit Christal, sachez que vous allez bientôt voir apparaître un ami de Charles, qui n'est arrivé que depuis hier soir à Tornwood-Dell et qui n'a cessé de parler de son idole, mademoiselle Rothsay? Je lui ai recommandé de venir me rejoindre ici afin que je vous le présente. Ah! le voilà!

On entendit au même instant un léger coup à la porte du salon, qui s'ouvrit, et le petit cercle se trouva augmenté d'un nouveau personnage qu'Olivia ne reconnut nullement. Il avait vingt ans environ, il était maigre, grand, avait un teint rose et blanc, de jolis traits, mais trop semblables à ceux d'une jeune fille.

Olivia salua cet inconnu sans dissimuler son étonnement; quant à lui, il ne l'eut pas plutôt aperçue que son visage devint d'un rouge foncé, car il lui arrivait, comme à plus d'un adolescent de son âge, de rougir à tout propos.

— Je vois que vous ne me reconnaissez pas, mademoiselle Rothsay, j'aurais dû m'y attendre; mais moi, je ne vous ai pas oubliée.

Olivia, quoique en hésitant, lui offrit instinctivement la main. Le jeune homme la lui saisit avec empressement et, comme il la considérait attentivement, l'expression de sa physionomie vint soudain rappeler à Olivia un visage qu'elle avait vu autrefois. Ne serait-ce pas par hasard celui de son petit chevalier du jardin d'Old Church? et sous l'impulsion du moment, elle s'écria : — Lyle! Lyle Derwent! serait-ce vous?

— Mais oui, c'est bien moi! répondit le jeune homme. Ah! mademoiselle Rothsay, vous ne pouvez vous imaginer quel bonheur j'éprouve à vous revoir.

— Le mien n'est pas moindre, répondit Olivia; puis, elle se mit à l'observer avec cette curiosité mélancolique que fait toujours éprouver la vue d'un visage longtemps oublié et qui se rattache « à ce bon vieux temps, » avec lequel il semble que toute une heureuse vie s'est envolée.

— Est-ce là vraiment le petit Lyle Derwent? répéta madame Rothsay, qui avait attrapé le nom. Que c'est singulier! Venez auprès de moi, mon cher garçon. Hélas! je ne puis vous voir; permettez-moi de poser ma main sur votre tête. Mais elle ne put atteindre jusqu'à cette tête; le jeune homme était trop grand. Madame Rothsay parut saisie de cette démonstration palpable de la rapidité avec laquelle le temps s'enfuit.

— Lyle est un homme maintenant, ma mère, observa Olivia. Vous oubliez que bien des années se sont écoulées depuis que nous ne l'avons vu.

— La dernière fois, interrompit Lyle en rougissant encore, c'était, je m'en souviens parfaitement, dans le jardin d'Old Church, un dimanche, l'après-midi, il y a neuf ans !

— Neuf ans ! En vérité ! y a-t-il neuf ans que mon Angus est mort ? murmura la veuve ; et un nuage de tristesse vint les couvrir tous.

Ce que voyant, et trouvant d'ailleurs que l'entrevue n'avait pas été aussi plaisante qu'ils s'y attendaient, Christal et Charles profitèrent de cette allusion mélancolique pour s'échapper. Alors vinrent les questions que l'on appréhende de faire après une aussi longue absence, parce que l'on a peur des réponses. Olivia apprit que le vieux M. Derwent avait cessé de gronder et le pauvre Bob de jouer ses tours malicieux. Tous deux dormaient dans le cimetière d'Old Church ; des pertes de fortune étaient aussi venues, de telle sorte que le seul survivant de la famille se trouvait pauvre.

— Je n'aurais pas même eu les moyens d'aller à l'université, dit Lyle, en terminant son récit, sans la générosité de mon beau-frère Harold Gwynne.

Ainsi, M. Gwynne a été bon pour vous ? demanda Olivia, avec un intérêt mêlé d'approbation.

— Oui vraiment ; quand mon père mourut, je

2.

n'avais plus d'autres parents au monde qu'un vieil oncle riche qui voulait me prendre dans sa maison de banque. Harold s'interposa entre lui et moi, et me sauva d'une carrière que je détestais. Lorsque mon oncle me chassa de chez lui, ce fut encore Harold qui me recueillit et me permit de me livrer à ma vocation pour la poésie. Je n'ai pas honte d'avouer que je dois tout dans le monde à mon beau-frère Harold Gwynne; j'en suis d'autant plus reconnaissant que j'ai lieu de croire qu'il ne fut pas très-heureux en ménage, ce pauvre Harold ; ma sœur Sara ne lui convenait guère, je le crains.

— En vérité! fit Olivia.

Elle changea de conversation, et après le thé, Lyle, qui avait l'air d'un jeune homme sentimental, proposa une promenade au clair de lune, ce qui parut divertir beaucoup mademoiselle Christal, car elle jeta un regard moqueur à Olivia et se prépara, tout en jouant au ballon avec Charles, à observer de loin cette amusante « flirtation. »

A mesure que leur entretien se prolongeait et devenait plus intime, Olivia éprouvait une sorte de déception relativement à Lyle Derwent. Lorsqu'il était enfant, elle l'avait cru un petit génie, mais le bouton avait promis plus que ne devait tenir la fleur. Au-

jourd'hui elle ne découvrait plus en lui qu'un de ces
esprits assez ordinaires, capables de quelques idées
élevées ; c'était un talent gracieux, mais qui évidemment n'atteindrait jamais jusqu'à la hauteur du génie. La force, la hardiesse et, par-dessus tout, l'ori-
ginalité lui manquaient et, malgré sa sentimentalité rêveuse, son acquis classique et poétique, ses
innombrables élucubrations (détails qu'il eut soin de
ne pas laisser ignorer à mademoiselle Rothsay),
Lyle Derwent ne serait probablement toute sa vie
qu'un simple « poëte de salon. »

Il fallut peu de temps à Olivia pour deviner cela à
travers le babil aimable et « les fadaises doucement
enchevêtrées les unes dans les autres, » de son ca-
valier ; elles ne tardèrent pas à l'ennuyer. Tout en
prêtant une oreille distraite à Lyle, elle songeait à ce
mariage qui n'avait pas été *très-heureux*.

Cela ne la surprenait guère. Plus elle apprenait à
connaître M. Gwynne, et elle avait eu de fréquents
rapports avec lui depuis les quelques semaines que
durait sa résidence dans le pays, plus elle s'étonnait qu'il eût jamais pu choisir Sara Derwent pour
femme. Leur union avait dû être celle de la nuit
et du jour, celle de la flamme ardente et du flot mo-
bile ! Olivia aspirait à pénétrer ce mystère : profitant

d'une pose que fit Lyle, elle ne put s'empêcher de
lui dire :

— Vous parliez, il y a quelques instants, de votre
sœur; je vous ai interrompu, parce que cela attris-
tait ma mère; à présent que nous sommes seuls, ne
pourriez-vous rien me raconter de ma pauvre Sara?

— Malheureusement ce que j'ai à vous en dire
sera peu de chose, car, lorsque ma sœur se maria,
je n'étais qu'un enfant; cependant, de plusieurs circonstances qui passèrent alors inaperçues pour moi,
je tirai des conclusions plus tard. Ce dut être, je
suppose, tout un roman que leur mariage. Vous savez que ma sœur avait un autre fiancé, Charles Gedder; ne vous en souvenez-vous pas?

— Oh! si, parfaitement!

Et Olivia soupira; était-ce bien sur ce rêve d'amour,
éclos dans sa fraîche imagination de jeune fille, son
premier rêve d'amour idéal?

Charles Gedder était en mer quand ma sœur se maria. A son retour, la nouvelle l'en rendit presque fou.
Je me souviens du jour où il vint dans le jardin, notre
vieux jardin, là où Sara et lui s'étaient si souvent
promenés ensemble. Il était hors de lui, de rage et de
désespoir. J'allai le trouver et le consolai du mieux
que je pus, quoique je ne comprisse pas grand'chose

à son chagrin. Peut-être en serait-il autrement aujourd'hui ! ajouta Lyle, en levant les yeux au ciel
avec un air mélancolique et sentimental, malheureusement inaperçu de sa compagne.

— Pauvre Charles ! murmura celle-ci ; mais continuez donc.

— Il me persuada, poursuivit Lyle, de reprendre
toutes les lettres de Sara, les accompagna d'un mot
de sa main et me chargea de les reporter à ma sœur
la prochaine fois que j'irais à Harbury. C'est ce que
je fis. Je me rappellerai toujours cette soirée ! Harold
entra à l'improviste chez sa femme et la trouva
tout en larmes devant ce paquet de lettres. Dans
un accès de jalousie, il s'en empara, les lut toutes,
y compris celle de Charles. Il ne me vit pas et
ignora quelle part j'avais prise dans cette affaire,
mais pour moi je n'oublierai jamais sa contenance.

— Que fit-il ? demanda Olivia avec vivacité.

Chose étrange ! ni sa question, ni ses pensées
n'avaient de rapport à Sara ; Harold seul l'occupait.

— Ce qu'il fit ? Rien. Mais quelles paroles ! je les
entends encore, si glaciales, si dures ! Il saisit le
bras de sa femme et s'écria : « Sara, lorsque vous
avez dit que vous m'aimiez, vous avez proféré un
mensonge. Lorsque vous avez prononcé votre ser-

ment de mariage, vous avez menti : à l'avenir je ne
me fierai plus à vous ni à aucune femme. »

— Qu'arriva-t-il ensuite ? s'écria Olivia, dont l'intérêt était fortement surexcité, et qui ne s'apercevait
pas qu'elle n'avait aucun droit à poser ces questions.

— Bientôt après, Sara vint faire un séjour à la
maison ; mais elle n'y resta que peu de temps et retourna à Harbury. Harold ne la maltraita pas ; cela,
je le sais de bonne source. Quoi qu'il en soit, elle lan-
guit, surtout à partir du moment où elle apprit la
mort subite de Charles Gedder.

— Quoi ! il est mort aussi ?

— Oui, des suites d'un accident qui arriva bien
de sa faute ; mais il était las de la vie, le pauvre
garçon. Eh bien, jamais Sara ne se remit de ce
choc ; après la naissance de la petite Ailie, elle dé-
clina visiblement pendant quelques semaines, puis
s'éteignit sans souffrances. Ce fut presque un soulagement pour nous tous.

— N'aimiez-vous donc pas votre sœur ?

— Si fait, mais elle était beaucoup plus âgée
que moi et ne m'avait jamais témoigné beaucoup
d'affection. Quant à Harold, c'est différent ; je lui
dois tout. Il a été pour moi moins un frère qu'un
père ; je ne dirai pas qu'il m'en ait montré la ten-

dresse; ce n'est pas dans sa nature; mais par sa
bonté, ses conseils, oui, il a été pour moi comme
un père, je vous le répète. Il n'y a pas au monde
un meilleur homme que Harold Gwynne.

— J'en suis convaincue et je vous estime davantage pour la reconnaissance que vous lui témoi-
gnez, s'écria Olivia avec chaleur. Mais elle s'arrêta
tout aussitôt, confuse de son élan, et ajouta : « Excusez-moi, Lyle, je m'étais tout à fait reportée en arrière, dans le bon vieux temps où vous étiez mon
petit chevalier, — vous rappelez-vous? — mais il est
à propos aujourd'hui de montrer de la déférence et
du respect à M. Derwent. »

— Ah ! ne m'appelez pas M. Derwent, je vous en
prie; dites toujours Lyle, comme vous le faisiez autrefois.

— Bien volontiers, répondit Olivia, et elle ajouta
avec un sourire : Aussi bien, lorsque je vous regarde, je me trouve une très-antique et vénérable
dame; j'ai tant d'années de plus que vous !

— Pas du tout, riposta Lyle, avec un empressement bien éloigné de l'affectation qu'apportent certains jeunes gens, qui viennent de franchir le Rubi-
con tant désiré, à mépriser leur récente adoles-
cence. J'ai avancé, tandis que vous semblez être

restée stationnaire; il n'y a donc plus aucune différence entre nous.

Olivia s'amusa de cette repartie de son ancien
favori, mais ne lui donna pas de démenti. Ils causè-
rent de quelques sujets sans importance, jusqu'à ce
que l'heure de rentrer sonna. Au moment où ils
prenaient la direction de la maison, Lyle s'écria tout
à coup :

— Voyez donc, mademoiselle Rothsay! voici mon
beau-frère là-bas, debout devant la grille. Vous me
garderez le secret vis-à-vis de lui, n'est-ce pas, sur
ce que je vous ai raconté ce soir ?

— Il n'est guère probable que j'aie jamais l'occasion d'en entretenir M. Gwynne, répondit Olivia. Il
me fait l'effet d'un homme fort réservé.

—Oui, c'est dans son caractère, et ce sont des sujets
sur lesquels maintenant il n'ouvrira plus la bouche.

— Chut ! le voici.

Ce fut avec un sentiment d'embarras mal déguisé
qu'Olivia aborda Harold Gwynne, comme si elle craignait qu'il ne devinât que les deux interlocuteurs
avaient fait de lui l'unique objet de leurs pensées et
de leur entretien.

— Je crains d'être importun, mademoiselle Rothsay, dit ce dernier en jetant un coup d'œil tant soit

peu soupçonneux sur le grand et sombre personnage qui se tenait aux côtés d'Olivia et que la lune éclairait faiblement.

— Comment! ne me reconnaissez-vous pas, Harold, mon frère? s'écria Lyle riant aux éclats.

Le rire argentin du jeune homme ressemblait à s'y méprendre à celui de Sara. Il parut résonner d'une façon désagréable aux oreilles de M. Gwynne, car il dit froidement :

— J'ignorais, mademoiselle Rothsay, que vous fussiez en relation avec mon beau-frère.

— Ah! interrompit Lyle, mademoiselle Rothsay et moi sommes de très-anciennes connaissances ; nous étions voisins autrefois, à Old-Church.

— En vérité?

Et Olivia crut discerner sur son visage une légère contraction, comme une souffrance. Peut-être lui était-il pénible de voir ceux qui avaient autrefois connu Sara. Peut-être... mais à quoi servent les conjectures?

— Je suis charmée que vous soyez venu ce soir, reprit Olivia en s'adressant à Harold ; ma mère a tant désiré votre visite aujourd'hui! Lyle, ne voulez-vous pas aller l'avertir de l'arrivée de M. Gwynne, qui ne refusera pas, je l'espère, de retourner avec moi jusqu'à la maison?

Harold paraissait peu disposé à accepter la proposition; cependant, après quelques cérémonies, il céda
et vint faire partie du petit cercle de Tornwood-Dell.
Ce fut la première de ces agréables réunions qui
devaient se renouveler souvent dans la suite. Ce soir-
là, néanmoins, Olivia remarqua que Harold laissa
échapper plus d'une fois quelqu'un de ces apho-
rismes sardoniques, quelqu'une de ces paroles
acerbes, qui, accompagnés du regard et de la voix,
faisaient penser qu'il était bien l'homme qui avait
pu dire : « Je ne me fierai plus à aucune femme sous
le soleil. » Lyle et lui prirent en même temps congé
des dames ; il ne resta donc plus d'autre ressource
à Christal que de taquiner son jeune collégien,
fonction dont elle s'acquittait à merveille ; elle savait
parfaitement le maintenir dans les mailles de son
filet, mais, à la fin, cette distraction vint aussi à lui
manquer ; Charles Hudgers parla de regagner le château.

— Je n'y retournerai pas avec vous ce soir, lui
dit Christal. Je reste au cottage. Vous pourriez venir
me chercher demain avec le poney que vous m'avez
prêté et tâcher d'engager M. Derwent à me l'amener.
Ce serait si amusant de le lui voir monter !

— Il me semble que vous avez pris un goût subit

pour l'équitation, dit Olivia à Christal en souriant,
lorsqu'elles furent seules.

— Oui, cet exercice me convient; j'aime à franchir ainsi l'espace dans des courses rapides ; c'est
un stimulant; puis, il est délicieux d'avoir un animal
qui vous obéisse, qu'on gouverne absolument à sa
guise. Quand je songe que madame Blandin appelait
l'exercice du cheval un goût peu séant pour une
femme et que j'en ai été privée pendant tant d'années! Mais je suis ma maîtresse à présent. A propos,
mademoiselle Rothsay, ajouta-t-elle négligemment,
j'aurais à vous demander un moment d'entretien.

— Je suis à votre disposition, répondit Olivia.

— A merveille, mes chères amies! interrompit
madame Rothsay; mais attendez, je vous prie, que
je me sois retirée, car je me sens fatiguée ce soir.

Christal attendit au coin du feu, enfoncée dans
son fauteuil, et avec une attitude pleine de dignité,
le retour d'Olivia.

— Voyons, ma chère enfant, qu'avez-vous à me
dire? demanda celle-ci en rentrant au salon.

Christal se redressa légèrement, comme si elle
trouvait l'épithète un peu familière, mais elle dit
simplement :

— Oh! c'est une pure bagatelle, mais je suis obli-

gée de la rappeler à votre souvenir, car, si j'ai
bien compris, mademoiselle Vanburgh vous a laissé
le soin de mes affaires d'argent jusqu'à ce que je
sois majeure.

— Sans doute, et ce fut avec votre consentement,
vous le savez, Christal.

— Oui, je me le rappelle ; j'acceptai parce que cela
m'ôtait tout embarras. Du reste, je n'en parle que
parce que je voudrais m'acheter un cheval.

— Un cheval !

— Certainement. Qu'y a-t-il là de si étonnant?
Quel mal y voyez-vous? Il me tarde de faire de
longues promenades à ma guise, d'aller aux rendez-
vous de chasse dans la forêt, de suivre les chiens
courants. Je suis libre de mes actions et il me plaît
d'agir ainsi, ajouta Christal d'un ton décidé et arro-
gant.

— C'est impossible, ma chère Christal, répondit
Olivia avec douceur ; songez à la dépense; vos revenus
n'y suffiraient pas.

— J'en suis le meilleur juge, je suppose !

— Non, pas complétement, parce que vous êtes
trop jeune pour cela, Christal, et vous avez trop peu
d'expérience des choses du monde ; d'ailleurs, pour
vous dire toute la vérité... le dois-je?

— Oui, sans doute ; ce que je déteste le plus au monde, c'est l'hypocrisie et la dissimulation. Christal s'arrêta court en prononçant ces derniers mots ; elle rougit légèrement et se détourna un instant pour cacher dans son corsage, d'où il venait de s'échapper, un petit ornement consistant en une croix d'argent garnie de perles ; elle reprit ensuite d'un ton moins irrité :—Vous avez raison : dites-moi tout ce que vous avez sur le cœur.

— Eh bien, je crois que, bien que votre revenu soit suffisant pour vous assurer l'indépendance, il ne peut en aucune façon vous procurer le luxe. Puis, ajouta Olivia, en s'exprimant toujours avec beaucoup de douceur, il me semble peu convenable qu'une jeune personne comme vous, n'ayant ni père, ni frère pour la protéger, aille ainsi suivre les chasses et courir le pays.

— De cela aussi il n'appartient qu'à moi de juger. Je ne reconnais à personne le droit de contrôler mes actions, répondit l'impérieuse jeune fille.

Et comme Olivia gardait le silence :

— Prétendriez-vous avoir ce droit? Parce que vous êtes en quelque sorte ma tutrice, vous croiriez-vous permis de me dominer, de me gouverner? Sachez que je ne le souffrirai pas.

Ainsi l'esprit violent, passionné, qui s'était laissé deviner dès le premier soir de l'arrivée de Christal à Woodford-Cottage et qui avait alors tant effrayé Olivia, semblait se réveiller dans toute sa force. Souvent mademoiselle Rothsay s'était étonnée de l'apaisement complet qui s'était manifesté à la suite de cet incident, et elle s'était demandé si cette apparente légèreté, cette gaieté de caractère, n'étaient pas autant de cendres cachant un brasier mal éteint.

— Que vais-je faire ? pensa Olivia inquiète. Comment lutter avec cette indomptable fille ? J'essayerai néanmoins, quand ce ne serait que pour l'amour de Méliora. — Christal, reprit elle d'un ton affectueux, voulez-vous que nous causions sérieusement ? je crois que cela ne nous est pas arrivé depuis notre première rencontre.

— Je m'en souviens, vous avez été bonne pour moi alors, répondit Christal un peu calmée.

— Parce que vous me faisiez compassion, pitié.

— Pitié ! et le noir démon reparut. Olivia vit qu'il fallait se garder de toucher cette corde.

— Ma chère Christal, reprit-elle avec un calme vraiment angélique, rassurez-vous; je n'ai ni la pré-

tention, ni le droit de vous gouverner. Je ne veux
que vous donner un conseil.

— Ah! c'est fort différent; un conseil, je suis
disposée à l'accepter. Écoutez, mademoiselle Rothsay, ne vous méprenez pas sur mon compte : Je vous
ai beaucoup aimée, je vous aime encore, croyez-le;
mais je ne sais comment il se fait que nous ne nous
comprenons pas depuis quelque temps et que nous
n'avons plus aucune sympathie mutuelle.

— D'où vient cela, ma chère Christal? serait-ce
de ce que j'ai si peu de temps à vous donner, étant
si occupée de ma mère et de ma profession?

— Oui, c'est cela probablement, répondit Christal
avec hauteur. Ma chère mademoiselle Rothsay, je suis
très-reconnaissante de toutes vos bontés, je le répète,
mais nous ne nous convenons pas; j'ai fait cette découverte depuis que j'ai habité Tornwood-Dell. Il y a
une différence notable entre une simple artiste
travaillant pour gagner sa vie et une personne indé-
pendante telle que moi.

Christal, tout irritée qu'elle fût encore, se sentit
rougir en prononçant ces mots inconvenants, mais
une fausse honte l'empêcha de les rétracter ou d'en
offrir des excuses. Olivia fit un mouvement d'une
incomparable dignité; tout le vieux orgueil des

Rothsay sembla passer dans son âme en même
temps que celui de son art, et elle répondit avec simplicité :

— Il y a, en effet, une différence bien grande entre
nous : la supériorité dont vous parlez existe, mais, à
mon sens, elle est toute du côté de l'artiste.

Ayant ainsi réduit Christal au silence, Olivia,
après un effort, reprit de son ton ordinaire.

— Voyons, il faut mettre un terme à cette discus-
sion. La seule chose en question, quant à présent,
c'est de savoir si je tirerai oui ou non, sur le ban-
quier dépositaire de vos fonds, la traite nécessaire
pour l'achat de votre cheval. Je le ferai si vous
l'exigez, parce que, comme vous le dites très-bien,
je n'ai aucun droit de contrôle sur vos actions; mais
je le répète, réfléchissez-y sérieusement, Christal,
au moins jusqu'à demain matin.

En achevant ces mots, Olivia se leva, se sentant
incapable de poursuivre davantage ce pénible entretien. Qu'il lui était douloureux de voir cette jeune
fille qu'elle désirait tant aimer se détourner d'elle,
sinon avec une aversion déclarée, du moins avec
une indifférence absolue! Au moment de se retirer,
en lui donnant le baiser accoutumé du soir, l'excellent cœur d'Olivia la poussa encore à dire :

— Faisons en sorte, n'est-ce pas, Christal ? que cette conversation ne laisse aucune mésintelligence entre nous.

— En aucune façon, repliqua celle-ci assez froidement ; seulement, ajouta-t-elle en reprenant son air sombre et concentré, ne vous ingérez pas dans mes affaires, Olivia ; rappelez-vous que je n'ai pas été élevée comme... Jamais personne jusqu'à ce jour ne m'a dominée, ni ne m'a enseigné à me gouverner moi-même. Il ne pouvait en être autrement, et maintenant il est trop tard pour changer.

— Est-il jamais trop tard, Christal ? s'écria Olivia avec émotion. Mais celle de la jeune fille s'était déjà évanouie et elle reprit de son air hautain :

— Excusez-moi, mais je suis un peu trop âgée pour qu'on se permette de me sermonner ; dorénavant évitons des entretiens aussi sérieux que celui-ci. Bonne nuit !

Olivia s'éloigna, le cœur serré. Elle n'avait pas l'habitude de lutter avec des caractères emportés ; depuis tant d'années, elle vivait dans une atmosphère si sereine, si pleine de pures affections ! Jamais aucun orage ne venait la troubler. N'eût-il pas été presque à souhaiter que Christal ne les eût pas accompagnées à Tornwood ? Mais on ne pouvait

envisager sans effroi l'idée qu'une jeune personne
d'un caractère aussi violent et irréfléchi se trouvât
ainsi abandonnée, seule dans l'arène de ce vaste
monde; Olivia résolut de ne jamais perdre Christal
de vue, que cela lui plût ou non, et d'essayer de la
diriger, mais d'une main si légère qu'il ne lui fût
pas possible de discerner le frein.

Le matin suivant, mademoiselle Manners annonça
brusquement sa détermination : elle renonçait au
cheval. Ainsi la question se trouva vidée; mais on eût
dit qu'à partir de ce moment un gouffre s'était ouvert
entre Olivia et Christal; gouffre que l'une ne pouvait et que l'autre ne voulait pas franchir. Comme
d'autres intérêts vinrent à cette époque envahir la
vie de mademoiselle Rothsay, sa sollicitude pour la
capricieuse jeune fille en fut un peu diminuée.
Christal passait presque toutes ses journées à
Tornwood-Dell et dans l'humble heureux cottage,
Olivia vivait paisible, partagée entre le culte de son
art et les soins qu'elle prodiguait à sa mère.

CHAPITRE III

Les semaines, les mois fuyaient, et dans ce rayon restreint, d'environ une lieue de parcours, qui comprenait le château, la cure et le cottage, il était impossible de voir une société plus heureuse, plus agréable, que celle que nous vous avons présentée récemment, cher lecteur. De fréquentes réunions, où ne pénétraient point d'étrangers, devaient naturellement amener entre les familles une intimité qu'on ne trouve nulle part aussi complète qu'à la campagne.

Par opposition à ce qui arrive souvent entre personnes qu'on a vantées d'avance les unes aux autres et qui, s'aimant de confiance, sont tout étonnées de découvrir, en se trouvant en contact, qu'elles n'ont aucun lien de sympathie commun, on voit quelquefois des familles ayant vécu pendant des années sur un pied de sourde inimitié se rapprocher et devenir plus étroitement unies que si des motifs de séparation n'eussent jamais existé entre elles. Ce fut ce qui advint entre les Rothsay et les Gwynne.

Un soir que madame Gwynne et son fils avaient passé au Dell quelques heures trouvées trop courtes par les deux dames, Olivia rencontra par hasard sous sa main le paquet qu'elle avait fait des lettres de Harold et qu'elle avait, depuis plusieurs années, mis de côté, en souhaitant de ne jamais plus entendre parler de leur auteur.

— Tu ne penserais pas ainsi aujourd'hui, Olivia, ni moi non plus, dit madame Rothsay à sa fille, comme celle-ci faisait allusion au passé ; car la société de M. Gwynne est certainement une précieuse acquisition pour nous. Quel cœur chaud et aimant que celui de madame Gwynne, et comme son amitié pour nous est profonde, sincère !

— Oui, j'y crois de toute mon âme. Telle fut la réponse d'Olivia : puis elle ajouta :—Ne pensez-vous pas, ma mère, que c'est tout le bien que madame Gwynne a dû dire de nous, qui nous vaut l'aimable message que nous venons de recevoir de ma tante, Flora Rothsay? J'avoue que cette invitation me ravit.

Quand je me représente que le long rêve de ma jeunesse va devenir une réalité, que l'an prochain nous reverrons toutes deux notre chère Écosse, ainsi que la vénérable parente de mon père!

— Tu iras, toi, ma fille.

— Vous aussi, ma mère bien-aimée : songez donc au retour de l'été, combien vous jouirez de ce voyage! Vous aurez repris toutes vos forces alors ; ne sera-t-il pas doux de faire la connaissance de cette excellente tante Flora, dont les Gwynne font tant de cas? Elle doit être très-âgée maintenant, ce me semble, quoique madame Gwynne la dise encore si belle. Mais pourra-t-elle jamais se comparer à ma mère chérie? s'écria Olivia avec effusion. Quelle merveilleuse vieille dame vous ferez, chère-maman, lorsque vous aurez soixante ou quatre-vingts ans! Jamais on n'en aura vu d'aussi belle, et moi-même je serai devenue si respectable, que nous aurons l'air de deux sœurs qui vieillissent ensemble.

L'hiver s'écoula doux et calme à Tornwood-Dell, mademoiselle Rothsay continuant de se consacrer aux deux grands intérêts de sa vie, sans négliger pour cela plus d'une occupation qui réclamait son temps au dehors. Il était heureux qu'elle se fût créé ces ressources d'activité ; elle y gagnait de ne pas s'absorber trop exclusivement dans son art, ce qui aurait pu devenir dangereux pour sa santé. Un jour qu'elle lisait des lettres écrites de Rome par M. Vanburgh et Méliora, il arriva à Olivia de dire à madame Rothsay :

— En résumé, ma mère, je crois que je suis plus heureuse ici qu'à Woodford-Cottage, je me sens moins artiste et plus femme.

— Et moi, Olivia, je suis heureuse aussi ; je me félicite de ce que ma fille soit saine et sauve auprès de moi, et de ce qu'on ne me l'ait pas emmenée à Rome.

— Naturellement Olivia avait raconté à sa mère la proposition étrange de M. Vanburgh, proposition qui, si elle eût été acceptée, aurait pu changer tout le cours de son existence. — Je ne voudrais pas, poursuivit madame Rothsay, que mon Olivia me quittât pour aucun homme du monde.

— Je ne vous quitterai jamais pour me marier, mère chérie, répondit celle-ci sans hésitation.

Elle disait vrai, son cœur était tout entier à sa mère. Cependant, dans les replis de cette âme aimante, il y avait place pour plus d'une affection, même à côté d'un culte aussi exclusif que celui qu'elle avait voué à sa mère. Aussi, lorsque la petite fille de Harold se présenta pour combler cette lacune, Olivia

l'adopta de suite dans son cœur, un peu parce que
M. Gwynne, quoique bon et vigilant, ne lui parut
pas être un tendre père, mais surtout en souvenir de Sara. M. Gwynne sembla reconnaissant des
bontés que mademoiselle Rothsay témoigna à sa petite Ailie; il permit souvent à l'enfant de rester auprès d'elle, afin d'en recevoir des leçons sur toutes
choses, sauf sur celles dont c'était sa volonté for-
melle qu'il ne fût pas question, à savoir : les doctrines de l'Église anglicane.

Lorsque, dans ses visites aux pauvres de la paroisse,
Olivia était témoin des effrayantes profanations auxquelles une connaissance superficielle de la religion
donnait lieu chez certains esprits jeunes et ignorants,
lorsqu'elle voyait les saints mystères du christianisme dégénérer en grotesques superstitions, elle
était tentée de croire que Harold Gwynne avait raison et que, en se refusant à ce que sa fille reçût un
enseignement religieux hors de sa portée, il agissait
en père sage et prudent, en ministre scrupuleux
de la parole de Dieu, car elle persistait à le considérer
en cette dernière qualité, tout en se disant souvent
qu'il recevait cette parole moins par le cœur que
par l'esprit. Son caractère moral, ses doctrines sur
la conduite de la vie étaient irréprochables ; mais

il semblait à Olivia que la rosée de l'amour chrétien n'était jamais tombée sur cette âme.

Cette pensée lui inspirait, en dépit d'elle-même,
une sorte de crainte pour Harold; crainte qu'elle
était affligée d'éprouver vis-à-vis de son pasteur,
surtout vis-à-vis d'un homme qu'elle respectait et
admirait. Elle abordait librement tout autre sujet,
elle s'y sentait à l'aise avec lui, Harold ayant graduellement adouci son austérité et étant descendu
de ses hauteurs, sorte d'abdication à laquelle tout
homme doit se soumettre, s'il désire obtenir l'amitié
d'une femme aimable et vertueuse.

Peut-être sera-t-il bon d'observer en passant
que, si étroits et si fréquents que fussent devenus
les rapports entre M. Gwynne et mademoiselle Rothsay, ces rapports étaient d'une nature telle, que ni
leurs domestiques, ni les commères de Tornwood et
de Harbury n'y trouvèrent jamais matière à cancans;
jamais personne n'imagina de dire que Harold Gwynne
fût épris de mademoiselle Rothsay. Les bonnes gens
avaient au contraire fait force commentaires, parce
que le bavardage est un élément indispensable dans
la vie des gens de la campagne, sur les relations
de mademoiselle Manners et de Harold; ils en
auraient fait bien davantage, si cette jeune demoi-

selle n'avait pas en quelque sorte élu domicile au
château, où M. Gwynne n'allait que fort rarement.

Quant à l'amitié qui rapprocha Olivia et le pasteur,
on n'y songeait pas à mal; elle était à l'abri des
vains propos. Était-ce que ceux qui avaient connu
la belle madame Harold Gwynne ne se figuraient
pas qu'il fût possible à son mari d'épouser une
personne si différente de sa première femme, ou
qu'une sorte d'auréole de sainteté, que les mauvaises
langues n'osaient violer, enveloppât la fille si tendrement dévouée à sa mère aveugle?

Quoi qu'il en soit, Olivia poursuivait tranquillement sa route, montrant beaucoup d'affection à la
petite Ailie, et insensiblement attirée vers le père
par l'enfant; il y avait un autre point de contact entre
eux, le souvenir de leur enfance et leur commune
origine.

Né en Écosse, Harold n'avait hérité de son père
que son nom; il était Écossais jusqu'au bout des
ongles. Sous cette influence, les liens qui rattachaient
Olivia à son pays natal, la patrie du capitaine Rothsay, se renouèrent plus étroitement. Tous les souvenirs qui se réveillaient ainsi en elle se trouvèrent
empreints d'un charme romantique : elle se sentait
heureuse comme aux jours de son insouciante jeu-

nesse; il lui semblait parfois qu'un nouveau printemps s'était levé sur sa vie!

Toutefois Olivia, qui se préoccupait sérieusement
de cette interdiction absolue qu'avait mise Harold à
ce qu'elle parlât de religion à la petite Ailie, fit part
à sa mère de ses perplexités. Madame Rothsay ac-
quiesça doucement à l'opinion de sa fille, comme
c'était son habitude, et approuva sa résolution d'en
conférer directement avec M. Gwynne à la première
occasion.

C'était une tâche difficile : Olivia en était émue
d'avance. Enfin, après beaucoup d'hésitation, elle
saisit, pour commencer l'attaque, le moment où,
traversant la forêt pour aller faire une visite de charité, il lui arriva un jour de rencontrer Harold.

— Quelle bonté et quel courage il vous faut, mademoiselle Rothsay, dit celui-ci en l'abordant, pour
braver ainsi ce vent aigre et ces mauvais chemins
d'hiver dans la forêt! c'est à peine si un pareil temps
ne rebuterait pas un homme.

— Je n'en suis que plus charmée d'avoir pu épargner à madame Gwynne la course que je fais en ce
moment pour son compte; et puis, je vous l'avouerai,
j'éprouve un réel plaisir à causer avec la mère malade de John Dent, et à lui faire sa lecture. Malgré

toutes ses souffrances et ses infirmités, je n'ai jamais vu de plus heureuse vieille femme.

— Vraiment ! fit Harold du ton de quelqu'un qui désire continuer la conversation et en offrant son bras à mademoiselle Rothsay de la manière la plus naturelle du monde. Qu'est-ce donc, selon vous, qui la rend si heureuse ?

Olivia, voyant son intention, répondit aussitôt avec l'empressement sérieux qu'elle mettait généralement à leurs entretiens :

— Elle est heureuse parce qu'elle a une foi humble et absolue en Dieu, et, quoique fort ignorante, elle a beaucoup d'amour.

— Comment aimer celui que l'on ne comprend pas ?

C'était là une de ces questions évasives que Harold jetait volontiers à Olivia, et qui manquaient rarement d'étonner celle-ci. Elle n'y pouvait répondre toujours. En ce moment cependant elle le tenta :

— Il est impossible de ne pas l'aimer lorsque tout ce que nous savons de lui commande l'amour. Ailie, Ailie elle-même, connaît-elle, comprend-elle complétement son père ? Et pourtant elle l'aime.

— Je ne puis juger de cela ; mais il est incontestable que nous savons tout aussi peu de chose de

Dieu qu'Ailie de son père; nous fixons vers le ciel des regards tout aussi ignorants et aveugles que ceux qu'Ailie tourne vers moi.

— Hélas! l'ignorance d'Ailie est en effet complète, répéta Olivia, ne saisissant pas entièrement le sens de ces dernières paroles que Harold avait à peine articulées ; mais jugeant l'occasion favorable à son dessein, elle continua : — Monsieur Gwynne, puis-je vous entretenir d'un sujet qui m'afflige?

— Qui vous afflige, mademoiselle Rothsay? Sûrement je n'en suis pas la cause, car je ne voudrais pour rien au monde affliger une personne aussi excellente que vous.

Ceci fut dit avec chaleur et accompagné d'une pression légère et toute paternelle de son bras. Olivia se sentit pénétrée d'un vif plaisir et en même temps d'un courage nouveau.

— Merci, monsieur Gwynne, mais vous allez savoir le motif de mon chagrin ; il s'agit de la question que nous avons abordée ensemble la première fois que nous nous sommes rencontrés, et à laquelle il n'a pas été fait allusion depuis! de votre détermination de priver Ailie de toute instruction religieuse.

— Ah! fit Harold en tressaillant, et ses yeux

lancèrent de sombres regards. Voyons, mademoiselle, ce que vous pouvez avoir à me dire à ce
sujet?

— Je pense que vous assumez une responsabilité redoutable, poursuivit Olivia affermissant sa
voix, je pense que vous êtes coupable d'ôter à votre
enfant sa seule force dans la vie, sa seule consolation dans la mort. Vous ne lui laissez pas connaître la véritable foi; bientôt elle s'en créera une
fausse.

— Que dites-vous? qu'y a-t-il de plus faux que
ces vaines traditions enseignées par des parents ba-
vards à leur postérité, la Bible travestie en un conte
de nourrice, le ciel transformé en une maison de
plaisance, l'enfer et ses horreurs représentés
comme des croque-mitaines destinés à effrayer
dans l'obscurité? Croyez-vous que je voudrais voir
mon enfant défigurée en une petite sainte, répétant
ses prières comme un perroquet, échangeant ses
bonbons contre des sous donnés à l'œuvre des mis-
sionnaires, tenant ainsi un compte de doit et avoir
ouvert avec le ciel? Non, mademoiselle Rothsay;
plutôt la voir grandir païenne!

Olivia, épouvantée de ce langage aussi violent
qu'amer, ne sut d'abord que répondre; tournant la

difficulté, elle toucha, quoique en tremblant, une autre corde :

— Supposons, reprit-elle, que votre enfant vous soit enlevée; voudriez-vous la voir mourir comme elle a vécu jusqu'à ce jour, totalement ignorante des choses saintes?

— Croyez-vous que je préférerais la voir mourir en enfant convertie, bavardant sans suite sur des sujets qu'aucun enfant, dans le cours ordinaire de la nature, ne saurait comprendre, ou bien citée dans quelque traité à un sou comme un exemple remarquable de piété précoce, un petit vase d'élection auquel Dieu a miraculeusement révélé, à l'âge de trois ans, son Évangile?

— Arrêtez! arrêtez! Ah! ne parlez pas ainsi, s'écria Olivia qui s'éloigna de son compagnon avec effroi, en découvrant sur son visage une expression qu'elle n'y avait encore jamais lue. Expression, hélas! trop en rapport avec le ton acerbe et plein de sarcasme de ses paroles.

— Vous trouvez en moi un étrange échantillon des ministres de l'Église d'Angleterre, mademoiselle Rothsay? En effet, vous avez raison. Je crois que je diffère beaucoup de la plupart de mes collègues, poursuivit Harold avec un accent ironique.

Cependant, si vous prenez des renseignements sur
mon compte dans toute l'étendue de ma paroisse,
je puis répondre en toute assurance que vous n'apprendrez rien dont j'aie à rougir ; ma conduite, du
moins, n'a jamais déshonoré l'habit que je porte.

— J'en suis convaincue ! s'écria Olivia avec
chaleur. Pardonnez-moi, monsieur Gwynne, pour-
suivit-elle, si j'ai manqué à la déférence qui
vous est due, ainsi qu'à vos opinions. Il y a plusieurs côtés par lesquels je ne puis ni vous comprendre, ni approfondir vos idées ; mais que vous
soyez un homme sincère, excellent et religieux,
c'est ce dont je suis fermement persuadée.

— Vraiment, le croyez-vous ?

Olivia tressaillit. Ces trois mots étaient bien simples. Pourquoi y trouvait-elle un double sens,
comme s'il les tournait en dérision contre lui-
même, contre elle, peut-être contre tous deux à la
fois ? Ce ne devait être qu'un effet de son imagination, car au bout de quelques minutes M. Gwynne
reprenait la conversation de son ton ordinaire :

— Nous venons d'aborder des sujets délicats avec
quelque vivacité, et vous m'avez, mademoiselle
Rothsay, contre mon gré, amené à toucher avec
trop de passion à des questions sur lesquelles je dois

me taire. Ne me jugez pas. La foi de chaque homme doit être libre. Sur quelques points secondaires du christianisme, je nourris peut-être des idées spéciales. Pour ce qui concerne Ailie, je suis infiniment reconnaissant de l'intérêt que vous voulez bien porter à son instruction religieuse. Nous reprendrons ce sujet une autre fois, si vous le permettez.

Ils venaient d'atteindre la demeure de John Dent. Olivia proposa à M. Gwynne d'entrer avec elle auprès de la malade. Il s'en excusa.

— Non, dit-il, je vous laisse. Vous êtes un apôtre bien supérieur à votre pasteur ; d'ailleurs, j'ai des affaires chez moi qui me réclament. Au revoir, mademoiselle Rothsay!

En achevant ces mots, Harold salua Olivia avec une grâce pleine de dignité, et ses regards témoignèrent un respect plus flatteur que les hommages les plus empressés ; c'était le respect d'un honnête homme pour une noble femme. Il s'éloigna et disparut bientôt dans la forêt.

CHAPITRE IV

L'habitation dans laquelle entra mademoiselle Rothsay était celle du gardien de la forêt. La porte, grande ouverte, livrait passage à tout venant, car la cabane était trop humble d'aspect pour avoir à craindre les voleurs ; ses habitants ne possédaient rien qui pût les tenter. Olivia se reprochait d'avoir laissé si longtemps la pauvre paralytique clouée sur son lit, dans un intérieur aussi désolé, aussi dénué de tous les conforts qu'exigeait son état. Comme elle faisait ces réflexions, le bruit de ses pas fut entendu de la chambre du fond et une voix perçante cria :

— John ! John ! Le garçon ? as-tu trouvé le garçon ?

— Ce n'est pas votre fils, dit mademoiselle Rothsay en s'approchant de la pauvre femme. Qu'est-il donc arrivé, Marguerite ?

Pour toute réponse, l'infortunée créature à laquelle elle s'adressait se tordit les mains avec désespoir et versa des torrents de larmes. Lorsqu'enfin elle put parler, des mots entrecoupés s'échappèrent de ses lèvres :

— Le garçon ! n'en avez-vous rien su ? Pauvre Ruben ! Ah ! nous ne le reverrons plus, c'est fini.

Ce n'est pas sans difficulté qu'Olivia apprit ce qui s'était passé. Le petit-fils de Marguerite, l'unique enfant du gardien, s'était aventuré seul dans la forêt, il y avait deux jours, et n'avait plus reparu. Or, il n'était pas rare que les forestiers eux-mêmes se perdissent dans cet immense labyrinthe où, lorsque sévit l'hiver, si l'on ne retrouve pas son chemin, une mort presque certaine attend l'homme égaré. John Dent était donc parti avec ses compagnons, moins à la recherche d'un être vivant, que pour ramener un cadavre.

Olivia s'assit au chevet de la malheureuse grand'mère ; mais la pauvre femme refusait d'être consolée :

— John en deviendra fou, j'en suis sûre, s'écriait-elle ; il n'y avait pas dans tout le pays un meilleur garçon que notre Ruben. Et dire qu'il aura péri ainsi ! misérablement gelé ! O Seigneur, aie pitié de nous, pauvres pêcheurs que nous sommes !

Plusieurs heures s'écoulèrent dans cette pénible
attente. La sombre et menaçante journée d'hiver approchait de sa fin ; la neige commençait à tomber ;
aucun bruit ne se faisait entendre que celui du vent
hurlant à travers la forêt. Souvent Marguerite se
dressait en tressaillant et s'écriait qu'elle entendait
un bruit de pas à la porte ; mais bientôt elle retombait sur son oreiller, en proie à un silencieux désespoir. Enfin, des pas précipités résonnant sur le sol
glacé se firent entendre distinctement ; on leva le
loquet et John Dent s'élança dans la chambre.

C'était un vigoureux forestier, de cette race athlétique dont on rencontre encore quelques échantil-
lons dans cette partie de l'Angleterre, et qui semble
appartenir par sa taille et sa force à celle des anciens
géants. Sa tête et sa poitrine nues étaient recouver-
tes d'une épaisse couche de neige, car il s'était
dépouillé d'une partie de ses vêtements pour en
couvrir un objet qu'il portait étroitement serré dans
ses bras. Il n'adressa la parole à personne, ne
regarda ni à droite, ni à gauche, mais se dirigea
vers le foyer et déposa devant l'âtre son fardeau
qu'il soutenait en même temps, lui appuyant la
tête sur ses genoux ; ce fardeau, c'était le corps

bleui et crispé, comme s'il était gelé mortellement,
d'un jeune garçon. John Dent se mit à lui fric-
tionner les bras et les mains, essayant de déten-
dre ses doigts; mais ces doigts étaient aussi
rigides que des barres de fer ; ensuite John essuya
la neige qui fondait sur les cheveux du jeune
homme, et comme les boucles en redevenaient dou-
ces et souples à son contact, il reprit espoir et
crut à un reste de vie.

— Pourquoi ne bougez-vous pas, vous autres,
imbéciles que vous êtes ? s'écria-t-il ; cherchez vite
une couverture ; allons, tirez celle de la vieille. Je
vous dis, moi, qu'il est vivant.

Nul ne bougea; alors, le père désespéré commença
à jurer et à blasphémer d'une horrible façon. Il
s'élança dans la chambre de la vieille Marguerite.

— Allons, mère, viens, lève-toi ; comment peux-
tu rester là, couchée ? Viens donc secourir le garçon !

Et il courut de nouveau vers le pauvre enfant
dont le corps restait étendu devant le foyer. Les
autres forestiers l'entouraient, pâles, immobiles ;
quelques-uns pleuraient. John Dent les écarta
tous avec violence et reprit son fils dans ses bras.
Olivia, de l'angle de la chambre où elle s'était réfu-

giée, observait les convulsions qui agitaient son rude visage ; mais elle n'osa dans ce moment s'approcher de lui.

— Prends courage, prends donc courage, John ! dit un des hommes.

— Il n'a pas beaucoup souffert, c'est à supposer, ajouta un autre ; ma vieille mère, qui a été autrefois à moitié gelée dans la forêt, m'a toujours raconté que c'était comme de tomber endormi. Voyez plutôt la figure du pauvre Ruben ; elle est aussi tranquille que celle d'un petit enfant.

— John Dent, mon brave, balbutia un vieux garde, crois-moi, dis tes prières ; tu n'en as guère l'habitude, mais tu en auras besoin maintenant.

En cet instant, le désespoir de John Dent atteignit un tel paroxysme que ses amis l'un après l'autre quittèrent la chaumière. Ces hommes grossiers, hardis, qui ne reculaient devant aucun péril, devenaient faibles et craintifs comme des enfants devant le spectre redoutable de la mort. Il ne resta que le vieillard qui avait donné au malheureux père le conseil de prier.

Cet homme, qu'Olivia connaissait un peu, fut appelé par elle dans la chambre de Marguerite, afin d'aviser à ce qu'il y avait à faire.

4.

— Je vais aller querir M. Gwynne pour qu'il parle à John. Pauvre homme ! le diable l'a pris, c'est sûr ; il faudra bien un ministre pour le lui chasser du corps ; mais le nôtre est un si singulier monsieur ! Quand je serai à Harbury, que dois-je lui dire ?

— Dites-lui que je suis ici, et que je le conjure de venir de suite, s'écria Olivia, qui sentait ses forces prêtes à l'abandonner devant ces cruelles scènes auxquelles la charité la plus vulgaire l'empêchait de se dérober. Elle alla encore une fois considérer John Dent ; il s'était accroupi de nouveau devant le feu, avec le corps inanimé de son fils dans ses bras. Il regardait le cadavre avec une expression égarée, abrutie, qui faisait mal à voir. Olivia retourna auprès de la pauvre femme et essaya de lui dire quelques paroles de consolation et de prière.

La distance jusqu'à Harbury n'était pas bien grande ; toutefois, il fallut moins de temps qu'Olivia ne l'aurait cru pour qu'elle vît paraître Harold Gwynne.

— Mademoiselle Rothsay, dit celui-ci en entrant, vous me faites demander ?

— Oui, oui. Oh ! Dieu soit béni de ce que vous

êtes venu ! s'écria celle-ci en serrant les mains du jeune pasteur avec vivacité.

Il la regarda d'un air surpris et troublé et retira aussitôt ses mains.

— Que désirez-vous de moi ?

— Ce dont un ministre de Dieu est seul capable, ce qu'il est de son devoir de faire : apporter la consolation dans cette maison de douleur.

La vieille femme se joignit à Olivia et pressa M. Gwynne de parler à son fils.

— Ah ! monsieur Gwynne, disait-elle, vous qui êtes un pasteur, un homme de Dieu, secourez-nous, venez à notre aide !

Harold jeta un regard autour de lui et comprit qu'il se trouvait en face d'une affliction au-dessus de toute consolation terrestre, de tout conseil humain. Il avait à affronter la redoutable présence de cette puissance qui, dépouillant l'homme de son orgueil, de sa sagesse et de sa force, le jette pauvre, misérable et nu devant son Dieu.

Le fier, le savant Harold Gwynne s'arrêta muet devant le mystère de la mort. Il le sentait trop grand pour lui. Son regard erra du cadavre de l'enfant au père anéanti de douleur ; puis, il l'abaissa vers la terre et balbutia : — Que puis-je faire ici ?

— Il faut lui lire l'Evangile, prier avec lui. Ah !
murmura Olivia, parlez-lui de Dieu, du ciel, de
l'immortalité.

— Dieu ! le ciel ! l'immortalité ! répéta Harold
machinalement ; mais il ne bougea pas.

— On dit que cet homme a été un grand pécheur,
qu'il est incrédule. Montrez-lui qu'il ne peut plus
se faire d'illusions maintenant. La mort n'est-elle
pas là qui lui crie aux oreilles qu'il y a un Dieu,
une éternité? Monsieur Gwynne, dites-lui que dans
une douleur comme la sienne, il n'y a de remède,
d'espérance, qu'en Dieu et en sa parole.

Olivia parlait avec exaltation, n'écoutant que l'impulsion du moment ; elle s'interrompit comme craignant d'en avoir trop dit, d'avoir paru indiquer son
devoir au pasteur ; elle implora le pardon de Harold.

— Mon devoir, oui, il faut que je remplisse mes
fonctions, balbutia Harold Gwynne, et avec son
visage austère, celui qu'il avait en chaire, il se dirigea vers le malheureux John et lui murmura quelques paroles :

— Il faut prendre patience, se soumettre aux
décrets de la Providence ; toutes nos épreuves nous
sont envoyées pour notre bien et par la volonté
de Dieu.

— Vous aurez fort à faire à me parler de Dieu, ministre, j'en sais peu de chose. Ce n'est pas vous qui me l'auriez appris, grommela John Dent.

Les lèvres contractées de Harold tremblèrent visiblement ; il éluda une réponse directe et reprit du même ton la conversation :

— Vous allez à l'église, au moins vous y avez été autrefois ; n'avez-vous pas entendu là parler de Dieu, de ses jugements pleins de miséricorde ?

— De miséricorde ! c'est facile à dire. Pourquoi alors a-t-il laissé mourir mon fils, mon pauvre garçon, dans la neige ?

Les lèvres de Harold parurent s'ouvrir avec hésitation pour livrer passage aux paroles sacrées : « Dieu « me l'avait donné ; Dieu me l'a ôté. »

— Il aurait dû alors prendre la vieille mère ; personne n'a besoin d'elle ; mais ce pauvre garçon, le seul qui me restait de mes six ! O Ruben, Ruben, ne peux-tu pas encore dire un mot à ton père ?

Il fixa le cadavre pendant quelques minutes, puis une nouvelle idée parut le frapper.

— Ce n'est pas mon garçon, ça ! s'écria-t-il, mon beau joyeux garçon ! je vous dis que non, moi ! et il saisit la manche de M. Gwynne. Je vous demande,

et vous devez le savoir, vous, pasteur, où est allé
mon fils, mon pauvre garçon ?

Pour toute réponse, Harold Gwynne laissa tomber
sa tête sur sa poitrine. Peut-être, hélas ! — et
Olivia, en le regardant, sentit cette horrible
pensée l'oppresser, — peut-être, dans son âme,
n'y avait-il point de réponse à cette redoutable
question.

John Dent abandonna le bras de Harold et se tourna
vers Olivia :

— On dit que vous êtes une bonne personne,
mademoiselle; ne sauriez-vous rien de cela? Ne
pourriez-vous me dire si je ne reverrai jamais mon
Ruben ?

Alors Olivia, ayant encore jeté un regard interrogateur à M. Gwynne toujours impassible, s'assit
auprès du malheureux père et se mit à lui parler de
Dieu. Ce n'était pas du Dieu infini, abstrait, dont les
plus grands philosophes cherchent en vain à pénétrer
l'essence, les mystères; non, mais elle l'entretint de
ce Dieu qui s'est miséricordieusement révélé à nous
comme un « Père qui est aux cieux ,» de celui vers
lequel les pauvres, les affligés, les ignorants, peuvent
tendre sans crainte leurs mains suppliantes.

Elle parla longtemps avec simplicité et chaleur;

ses accents répandaient comme un baume céleste dans le cœur des infortunés vieux parents ; ses regards éclairaient la sombre maison en deuil. Lorsqu'enfin elle se leva pour partir, les yeux de John Dent s'attachèrent sur elle comme sur un ange de paix, de pardon.

La nuit était complète, lorsque Harold Gwynne et Olivia quittèrent la cabane. La neige avait cessé de tomber ; elle couvrait le sol et les arbres de la forêt comme d'un blanc linceul ; à travers les branches, on apercevait le ciel clair, transparent, avec ses innombrables étoiles. Le froid était piquant ; pas un souffle de vent n'agitait les pâles rameaux ; ce mystérieux silence jetait sur toute la nature une indéfinissable solennité de mort, en harmonie avec les scènes dont Harold et Olivia venaient d'être témoins. C'était une de ces nuits âpres, rudes, où l'on est tenté de se demander ce que deviendrait le monde, si, comme les incrédules s'en glorifient, il n'y avait point de Dieu.

Les visiteurs attardés marchèrent pendant quelque temps, plongés dans leurs réflexions. Des pensées contradictoires se heurtaient dans l'esprit d'Olivia comme des nuées d'orage. Elle était combattue entre l'étonnement, la pitié et l'effroi. Appuyée sur

le bras de M. Gwynne, elle avait comme un pressentiment que, dans ce cœur dont elle sentait les violentes pulsations, était emprisonné quelque horrible
secret de douleur ou d'injustice qui la glaçait d'épouvante. Et cependant, telle était l'incompréhensible
attraction qu'exerçait sur elle cet homme singulier,
que plus elle redoutait, plus elle désirait en même
temps de découvrir ce mystère, quel qu'il pût être.
Elle se résolut enfin à rompre la première le silence.

— J'espère, monsieur Gwynne, que vous ne m'avez
pas jugée présomptueuse, d'avoir parlé comme je l'ai
fait tout à l'heure à votre place ; mais j'ai vu combien vous étiez ému, et votre silence ne m'a pas surprise.

Ce fut d'une voix sourde, qui annonçait un violent combat intérieur, que Harold répondit :

— Alors, vous avez remarqué mon silence ? Moi, le
pasteur appelé pour apporter des consolations religieuses aux affligés, je n'en ai trouvé aucune à leur
offrir.

— Je n'ai pas dit cela, vous avez bien essayé de
les consoler.

— Essayer de prêcher des lèvres la foi que je n'ai
pas dans le cœur, que je n'aurai jamais !... Je n'ai
pu m'acquitter de mon ministère.

Olivia le regarda sans comprendre ce qu'il disait ;
mais comme il paraissait vouloir se dérober à cet
examen :

— Je suis vraiment peinée, reprit-elle.

Il s'arrêta :

— Je vous en prie, mademoiselle Rothsay, ne me
parlez pas dans ce moment.

Olivia se conforma à ses désirs, quoique son cœur
débordât de compassion pour lui. Jusqu'ici, quelle
qu'eût été d'ailleurs la bienveillance qu'il lui avait
témoignée, Olivia avait toujours éprouvé une sorte
de contrainte, de frayeur presque, devant M. Gwynne.
L'influence qu'il exerçait sur tous ceux avec qui il
daignait se mettre en relations pesait aussi sur
mademoiselle Rothsay. En sa présence, ne se sen-
tait-elle pas comme devant un juge, un maître ? ne
se surprenait-elle pas mesurant ses paroles, veillant
sur l'expression de son visage, en un mot, dominée
comme elle ne l'était par personne ? Ah ! c'était bien
un maître, en effet, que ce Harold, né pour s'assu-
jettir les volontés de ses frères, pour les entraîner
au moindre souffle de ses paroles, absolument
comme le vent couche l'humble fleur des champs.

Mais, dans ce moment, le sceptre semblait fut
avoir été arraché des mains ; il n'était plus roi. Il

II.   5

marchait en avant, la tête penchée sur sa poitrine,
les yeux baissés vers la terre. En le voyant ainsi,
Olivia fut saisie d'une immense pitié, immense autant que pure ; cette pitié lui monta au cœur avec
une force irrésistible.

C'était celle de l'ange du paradis, avec ses yeux
brillants tout prêts à percer les ténèbres, ses ailes
protectrices prêtes à s'ouvrir pour envelopper le pécheur et toutes ses souffrances. Harold était un savant, un érudit ; Olivia, une faible femme ; qu'elle
lui était inférieure par la science ! mais, par la foi,
combien elle le dominait !...

Elle aborda sa tâche avec précaution :

— Vous ne semblez pas bien portant, dit-
elle. Ce pénible spectacle a été au-dessus de vos
forces ; il était trop poignant, même pour vous,
tout habitué que vous devez être aux scènes de
cette nature. La mort est plus affreuse à voir
pour les hommes que pour nous autres faibles
femmes.

— La mort ! croyez-vous que je craigne la mort ?
et il serra le poing comme s'il se préparait à lutter
contre le roi des épouvantements. — Je l'ai rencontrée, regardée en face, jusqu'à ce que mes
yeux en aient été aveuglés et mon cerveau égaré.

Mais, qu'ai-je dit ? N'y prenez pas garde, mademoiselle Rothsay. Non, je vous en prie !

Et il se mit à marcher d'un pas précipité.

— Vous êtes malade, j'en suis certaine, reprit Olivia d'une voix douce et triste ; quelque chose obsède votre esprit.

— Quoi ! aurais-je laissé échapper un seul mot qui... ? avez-vous lieu de m'accuser de quoi que ce soit ? aurais-je négligé quelque partie de mes fonctions ou prononcé des paroles indignes d'un ministre de Dieu ? demanda M. Gwynne, avec une hauteur glaciale, mais où perçait l'agitation.

— Non, pas que je sache. Pardonnez-moi, monsieur Gwynne, si j'ai dépassé les limites que comporte notre amitié, car nous sommes amis, n'est-ce pas ? Vous me l'avez souvent dit.

— Oui, et c'est la vérité. Je vous estime, mademoiselle Rothsay. Vous n'êtes point une de ces jeunes filles inconsidérées comme on en rencontre tant dans le monde, mais une femme qui a senti et souffert. Moi aussi, j'ai souffert ; rien d'étonnant donc que nous soyons amis. Je m'en félicite.

Rarement il s'était exprimé avec autant de franchise, et jamais encore il n'avait pris ainsi la main d'Olivia de son propre mouvement pour la presser

dans les siennes. Olivia conserva longtemps le souvenir de ce serrement de main fraternel. Ils marchèrent quelque temps en silence. Enfin, Harold
reprit le premier la parole en ces termes, non sans
donner quelques signes d'agitation intérieure :

— Mademoiselle Rothsay, si vous êtes réellement
mon amie, veuillez écouter la requête que j'ai à
vous présenter. Je vous prie de ne point parler
de ce qui s'est passé, que dis-je? de ne point
former de jugement sur ce qui, dans ma conduite,
a pu vous paraître singulier. Je ne puis m'expliquer, je vous l'avoue, pourquoi la destinée vous a
placée ainsi sur ma route, vous qui étiez, il y a
une année à peine, une étrangère pour moi, ni ce
qui me pousse à vous parler ainsi. Moins encore
puis-je comprendre ce qu'il y a en vous qui me
force à vous dire des choses que je n'ai jamais confiées à aucun être humain. Acceptez cet aveu et par-
donnez-le-moi !

— Qu'ai-je à vous pardonner? Ah! monsieur
Gwynne, si je suis véritablement votre amie, si je
pouvais vous être utile...

— Vous, m'être utile? A quoi? murmura-t-il
avec amertume. Nous sommes aussi éloignés l'un
de l'autre que la terre l'est du ciel, le ciel de l'en-

fer.... s'il y en a un, toutefois.... Insensé que je
suis! Mademoiselle Rothsay, ne m'écoutez pas.
Pourquoi m'amenez-vous à m'exprimer ainsi?

— En vérité, je ne vous comprends pas. Mais
croyez-moi, monsieur Gwynne, je me rends très-
bien compte de la différence qui nous sépare; je ne
suis qu'une femme ignorante, tandis que vous...

— Moi! voyons, dites ce que je suis, ou du moins
ce que vous croyez que je suis.

— Vous êtes un homme sage et bon, chez qui de
grandes facultés viennent obscurcir cette foi simple
qui surpasse tout entendement, cet amour qui,
ainsi que le dit le grand apôtre de notre Église,
est...

— Silence! pas un mot de plus.

Ici, la voix de Harold s'éleva et s'abaissa comme le
bruit d'une vague qui se brise. Il s'arrêta, et, regardant sa compagne en face, il dit d'une voix
sourde:

— Vous voulez savoir la vérité? Eh bien, sachez-
la donc: Je ne crois à rien de ce que j'enseigne. Je
suis un incrédule!

Olivia retira son bras du sien par un mouvement
involontaire d'effroi.

— Quoi! avez-vous horreur de moi? Excellente,

pieuse femme, me prenez-vous pour Satan en personne debout à vos côtés ?

— Oh! non, non, s'écria Olivia.

Ce fut tout ce qu'elle put dire; la force lui manqua et ses paroles s'éteignirent dans un torrent de larmes. Harold l'envisageait avec surprise.

— Ame douce et compatissante! dit-il, il eût été heureux pour moi, peut-être, qu'Olivia Rothsay fût née ma sœur.

— Oh! que ne la suis-je, en effet! Pourquoi Dieu ne l'a-t-il pas permis? Mais ceci est affreux à entendre! Vous, un incrédule, monsieur Gwynne, vous qui depuis tant d'années officiez à l'autel en qualité de ministre! Quelle responsabilité redoutable!

— Vous dites bien, redoutable, terrible responsabilité! Représentez-vous maintenant ce qu'est ma vie, ce qu'elle a dû être. Un long mensonge vis-à-vis des hommes et de Dieu; car, ajouta-t-il d'un ton solennel, je crois en un Dieu unique, esprit qui gouverne l'univers, infini, inabordable. Nul, à moins d'être fou, ne peut nier l'existence d'un Dieu.

Harold cessa de parler et leva vers le ciel ses yeux scrutateurs et pleins d'une douloureuse in quiétude. Puis, se rapprochant de sa compagne :

— Continuons-nous notre route ensemble? dit-il avec une humilité triste qui avait quelque chose de touchant; ou bien renoncez-vous tout à fait à moi?

— Renoncer à vous? Non, en vérité.

— Oh ! vous ne savez pas, vous ne pouvez savoir tout ce que j'ai souffert. Pour moi ce monde a été un enfer; non pas l'enfer imaginaire des flammes et des tourments que vos théologiens vous prêchent, mais le véritable enfer, celui de la conscience et de l'âme. Moi aussi, je suis un homme altéré de vérité. J'ai cherché à la connaître, d'abord en interrogeant les maîtres. J'ai trouvé qu'ils étaient ou trop incompétents ou trop faibles pour démontrer leur foi, qu'ils se soumettaient aux opinions reçues, faisaient ce qu'avaient fait leurs pères, croyaient ce qu'ils avaient cru et étaient tenus pour des gens pieux, orthodoxes; tandis que ceux qui, dans leur ardente et inquiète jeunesse, avaient non pas exprimé un doute, mais simplement appelé la raison à l'appui de leur foi, étaient tenus pour des impies et condamnés comme tels... Mais je vous afflige. Dois-je continuer ou m'arrêter?

— Continuez, je vous prie.

— Toujours soupirant après la vérité, après le

bonheur, je le rêvai sous une autre forme, je le cherchai dans la paix domestique, dans l'amour d'une femme. Mon âme était affamée de quelque aliment impérissable. Enfin j'arrachai un de ces fruits si séduisants à la vue... dans ma bouche il se changea en cendre !

Sa voix s'éteignit. Ce ne fut qu'avec un violent effort qu'il reprit :

— Après cette déception, j'abandonnai la terre et tournai tous mes désirs plus haut. Je fatiguai mes yeux à force de plonger dans l'infini, tour à tour ébloui, aveuglé par la lumière, puis entraîné de nouveau dans les ténèbres, sans repos jamais ! Cet état dura longtemps ; mais enfin il eut un terme, et aujourd'hui je marche comme un somnambule qui ne sent rien, ne craint rien. Non, puissant inconnu, je ne te crains pas ! Mais aussi je n'espère rien, je ne crois rien. Ces doux rêves, les vôtres, Dieu, le Ciel, l'Immortalité, sont pour moi des mots vides de sens. Parfois, lorsque je les prononce, je crois les voir briller comme d'implacables étoiles au-dessus de l'abîme sombre, écumant, où je suis précipité.

« O Dieu ! Dieu de pitié et de miséricorde, donne-moi ta force, afin que ma foi ne défaille pas et que je puisse faire luire ta lumière dans cette âme qui va périr ! » Telle fut la prière que murmura le cœur d'Olivia tandis qu'avec un gémissement elle se tournait vers Harold et l'interrogeait ainsi :

— Répondez-moi, puisque vous m'en avez tant dit ; comment se fait-il que dans ces dispositions vous ayez accepté des fonctions dans l'Église, vous qui... ?

— Ah ! vous avez bien raison de vous arrêter et de trembler, répondit Harold. Écoutez comment l'esprit malin — s'il existe — peut prendre la forme d'un ange de lumière et se rire de l'âme d'un homme. Mais c'est une longue histoire ; elle fera peut-être que vous vous éloignerez de moi avec horreur.

— Non, je veux l'entendre.

Il y avait dans l'accent de cette voix douce et ferme à la fois quelque chose qui subjuguait Harold. Dans cet instant, Olivia parut la plus forte des deux. C'était la supériorité, le triomphe de la lumière sur les ténèbres.

M. Gwynne reprit avec plus de calme et avec une sorte d'humilité :

— Lorsque j'étudiais à l'Université, des doutes, comme il en surgit dans tous les jeunes esprits qui cherchent la vérité et qui sont entravés à chaque pas par les formes surannées de la théologie, traversèrent mon âme. Ce fut une grande crise dans ma vie ; il fallait choisir : ou entrer dans un ministère dont je n'admettrais pas aveuglément toutes les croyances, ou laisser ma mère, ma noble et généreuse mère, mourir de faim. Vous la connaissez, mademoiselle Rothsay, quoique vous ne sachiez qu'imparfaitement tout ce qu'elle vaut, tout ce qu'elle a été pour moi. Mais enfin, vous savez ce que c'est que d'avoir une mère tendrement aimée.

— Oui, je le sais. Et tout infidèle qu'était Harold, même dans cet instant, Olivia eût été heureuse de pouvoir l'appeler son frère.

— Après une assez longue période de combats intérieurs, douloureux, je me décidai, pour l'amour d'elle, à me consacrer au ministère. A peine arrivé à l'âge d'homme, perdu dans ce chaos de pensées contradictoires, mélange de foi et de doute, je m'engageai à toujours croire ce que l'Église enseigne, à conduire les âmes au Ciel par la route que trace l'Église. Ces engagements, ces vœux, qui doivent être si aveuglément suivis, ont fait de moi plus tard un infidèle.

Ici il s'arrêta et considéra sa compagne.

— J'écoute, poursuivez, dit Olivia.

— Ainsi que vous l'avez remarqué avec justesse, la pente naturelle de mon esprit m'a entraîné plutôt vers la science que vers la foi. Par-dessus tout, je suis de ceux qui abhorrent le mensonge et les démonstrations hypocrites. Dans la solitude du désert, qui sait? j'aurais peut-être appris à connaître et à servir Dieu ; face à face avec lui, j'aurais peut-être adoré ses révélations. Mais lorsque entre moi et la grande Vérité unique, vinrent se placer les voiles des formules habiles ou des traditions aveugles, lorsque parmi mes collègues j'entendis des hommes pervers prêcher la vertu, des hommes sans intelligence, qui n'auraient pas été capables d'obtenir dans le monde une chaire de physique ou de droit, se mettre à exposer les mystères redoutables de la religion, je me dis avec dégoût : « Tout le système n'est que mensonge ! » Je le repoussai loin de moi, et mon âme dépouillée se tint droite et nue devant le Créateur.

— Mais pourquoi persévérer dans cette pénible comédie?

— Parce que, — et ici la voix d'Harold prit un son rauque, étrange; — parce que, précisément alors, j'étais atteint de cette folie qui atteint tous les hommes dans leur jeunesse : la folie de l'a-

mour. C'est par ce motif que je devins parjure
devant Dieu, devant les hommes et devant ma
propre conscience.

— Ce fut un grand péché.

— Je le sais ; aussi est-il retombé sur ma tête
comme une malédiction. Depuis lors, j'ai été ce que
vous me voyez aujourd'hui : un pasteur honnête, se
donnant beaucoup de peine, prêchant non la doc-
trine, mais une morale pure, accomplissant la charité et offrant au monde un extérieur convenable.
Quant au cœur..., où que tu sois et qui que tu sois,
ô Dieu ! seul tu sais quelles épaisses ténèbres l'enveloppent !

Après quelques minutes de silence de part et
d'autre, M. Gwynne reprit :

— Ne voulez-vous pas essayer de me pardonner,
mademoiselle Rothsay?

— Je vous pardonne, et celui que vous ne connaissez pas encore, mais que vous viendrez à connaître un jour, vous pardonnera aussi. Je prierai
pour vous, et je vous consolerai. Pourquoi ne serais-je
pas votre sœur, afin de ne vous quitter que lorsque
je vous aurai amené dans les sentiers de la paix et
de la foi !

Il sourit faiblement.

— Merci! c'est quelque chose de sentir qu'il y a
de la compassion, de la bonté dans le monde; sauf
chez ma mère, je n'y avais cru jusqu'alors chez personne. Pauvre mère! si elle avait su tout cela! Si
j'avais pu le lui dire, je n'aurais pas été l'homme misérable que je suis.

— Assez! ne parlez plus ainsi, je vous en conjure.

Elle s'arrêta et se tint immobile auprès de Harold
jusqu'à ce qu'il eut de nouveau surmonté son agitation.

Ils arrivaient sur les confins de la forêt. Déjà, dans
l'éloignement, on apercevait la demeure d'Olivia, et
quoique la soirée fût encore peu avancée, le silence,
le calme qui régnaient sur toute la nature, étaient
si profonds que les deux promeneurs auraient pu se
croire les deux seuls êtres vivants de la création ;
tout semblait mort et enseveli sous le blanc manteau de la neige. Alors, comme une âme, comme
un esprit immortel, la lune dans son plein, éclat-
tante, sereine, se leva dans l'horizon, de ce sombre
néant.

— Voyez, dit Olivia en lui montrant l'astre radieux
comme un symbole d'espoir.

Harold leva les yeux, fixa la lune un instant, puis,
poussant un soupir, il passa le bras de sa compagne

sous le sien et sans proférer un mot, il marcha jusqu'à la porte du Dell. Là, il lui fit ses adieux.

— Je voudrais pouvoir ajouter, dit-il : Dieu vous
bénisse, pour toute votre sympathie ! mais dans ma
bouche de pareilles expressions vous feraient l'effet
d'une moquerie ; vous ne pourriez y croire.

Harold prononça ces mots avec une emphase
pleine de mélancolie. Olivia ne trouva rien à y répondre.

— Rappelez-vous, continua-t-il d'un ton d'autorité, que je me suis fié à vous ; mon secret est entre
vos mains ; vous saurez le garder, j'en suis sûr,
comme le tombeau et l'éternité gardent les leurs,
au moins pour moi.

Olivia le promit, et ils se séparèrent. La jeune artiste écouta silencieusement jusqu'à ce que le bruit
des pas eut cessé ; alors, joignant les mains, elle
fit de nouveau monter vers le ciel la prière « pour
ceux qui se sont perdus et qui ont été entraînés. »
Cette prière, qu'elle avait une fois prononcée sans
savoir combien elle était urgente, aujourd'hui c'est
avec un cri de supplication qu'elle la répète, un
cri qui va percer les cieux et couvrir les chœurs
des anges et des saints, pour faire descendre la
miséricorde divine sur l'âme prête à périr.

CHAPITRE V

Jamais Olivia n'avait encore porté un fardeau de
perplexité et d'angoisse comme celui dont elle se
sentit accablée en se rendant bien compte de la signification qu'avait le terrible secret de Harold
Gwynne. Cette angoisse dura non pas quelques
heures, ni même quelques jours, elle l'obsédait
continuellement ; elle enveloppait son âme comme
d'épaisses vapeurs au milieu desquelles elle s'avançait en aveugle sans savoir où elle allait. Ses sentiments religieux étaient si profonds, si clairs, que
jamais devant elle ne s'était présentée l'idée d'une
disposition d'esprit semblable à celle de Harold,
de cet homme que sa soif ardente de la vérité avait
précipité dans le scepticisme. Il faudrait lutter
contre ses doutes non avec la religion tradition-
nelle, ni même avec celle du sentiment, mais

avec les démonstrations de la raison pure, déter-
minant la conviction.

Pendant le calme de la nuit, alors que tout reposait autour d'elle, que la lune projetait ses pâles
rayons dans sa chambre solitaire, Olivia restait éveillée, plongée dans cette douloureuse méditation.
Tout à coup elle entendit le son de l'horloge et se
rappela avec effroi qu'il saluait l'aurore du dimanche!
Il lui faudrait aller à Harbury, à l'église, écouter,
oh! avec quelles impressions! la lecture de l'office
faite par un pasteur qui ne croyait pas un mot de ce
qu'il disait. Non jamais elle n'avait encore aussi bien
compris l'horrible sacrilége quotidien de la vie de
Harold. Un instant irrésolue, elle se demanda si
garder son secret ne serait pas s'associer à son péché.

Mais des pensées plus paisibles vinrent bientôt
l'aider à juger le pasteur avec plus de charité. Elle
essaya d'envisager la position de celui-ci, non à son
point de vue à elle, mais à celui de Harold lui-
même. Pour quelqu'un qui ne croyait pas aux vérités chrétiennes, l'emploi de leurs vaines formules
ne constituait pas un sacrilége. Harold souffrait,
non d'outrager le ciel, mais de mentir à sa conscience ; agonie, humiliation pires pour lui que la
mort. Devant cette grande souffrance, une com-

passion céleste s'empara du cœur d'Olivia ; une fois encore elle osa prier pour que cette âme si sincère, si droite, ne fût pas rejetée, mais amenée dans les sentiers de la vérité.

Mais qui serait son guide ? Il l'avait dit lui-même, il se sentait entraîné insensiblement vers le sombre abîme du désespoir. Qui l'arrêterait sur cette pente fatale ? serait-ce le faible bras d'une femme ?

Faible, sans doute, mais ne connaissait-elle pas celui qui pouvait la rendre forte, puissante ? Instantanément Olivia éprouva cette influence mystérieuse que le rationaliste peut mépriser, mais que nul chrétien ne méconnait et que le plus infime d'entre eux a éprouvée une fois au moins dans sa vie, cette influence divine grâce à laquelle on sent que ce n'est pas à nous d'agir, mais à Dieu de faire son œuvre par nous. Les vérités, les paroles, montent alors à notre cœur et sur nos lèvres, comme poussées par un puissant esprit qui n'est pas le nôtre mais qui l'inspire. Olivia n'était point étrangère à ces saints mouvements ; jamais cependant elle ne les avait éprouvés à ce degré. Elle entendait distinctement une voix qui lui criait : Ne crains rien, marche en avant !

Elle se leva, sa détermination était prise.

— Non, répéta-t-elle en contemplant à la fenêtre

le soleil qui perçait les nuages de ses glorieux
rayons, Seigneur! mon Seigneur et mon Dieu, non,
je ne craindrai rien.

Néanmoins, elle souffrit cruellement. Porter le
fardeau de ce redoutable secret, le garder vis-à-vis
de sa mère et de madame Gwynne! par-dessus tout
fréquenter l'église, subir le ministère d'un pasteur
tel que Harold, voir ce pasteur entre elle et Dieu!
c'était encore là ce qu'il y avait de plus cruel; mais
comment s'en abstenir sans le trahir? Et puis elle se
dit que le péché, en supposant qu'elle en commît un,
lui serait pardonné, car que savait-on si sa présence
ne serait pas un appel à la conscience de Harold?

En effet, lorsque celui-ci l'aperçut, ce premier
dimanche, il devint mortellement pâle; la voix lui
manqua plusieurs fois pendant la lecture de la liturgie et son regard était humilié. Lorsqu'il aborda
l'épître de saint Jean,—c'était le sixième dimanche
après l'Épiphanie, — les simples et touchantes paroles de l'apôtre parurent attirer son attention et sa
voix prit un accent douloureux. Pour Olivia, il lui
sembla, en quittant l'église, qu'elle avait enduré des
années de torture, d'une torture telle, qu'elle n'en
pourrait plus affronter de pareille.

Il arriva qu'elle ne fut pas appelée, pendant assez

longtemps à subir cette épreuve ; car, à partir de cette semaine, madame Rothsay tomba dans un état de faiblesse qui, sans comporter un sérieux danger, inquiéta cependant assez sa fille pour que celle-ci ne voulût plus la quitter, même une heure. Tout occupée de ses soins, elle accorda moins d'attention à Harold Gwynne ; elle le vit moins souvent aussi ; il venait, à la vérité, presque journellement savoir des nouvelles de la malade, mais rarement il franchissait le seuil de la maison. Madame Gwynne elle-même, avec sa bonté accoutumée, se crut obligée d'expliquer ce procédé.

— Harold, dit-elle, est comme la plupart des hommes, il ne comprend pas la maladie; il faut l'excuser. Je lui répète souvent que ce serait un exemple pour lui comme pour n'importe quel ministre d'Angleterre que de voir la conduite d'Olivia dans la chambre de sa mère; une fille si pieuse, si dévouée ! Il en convient, du reste, car lorsque j'exprimai le désir que sa fille ressemblât un jour à Olivia, vous ne pouvez vous imaginer avec quel accent, quelle émotion il s'unit à mon vœu.

Ce détail toucha profondément mademoiselle Rothsay et lui fit envisager avec plus de confiance l'œuvre a laquelle elle voulait se consacrer. Un secret espoir

l'avertissait que les âmes égarées peuvent être ga-
gnées aussi bien par le spectacle d'une vie chrétienne
que par la prédication évangélique.

Une conséquence de l'observation de madame
Gwynne fut que Harold recommença à visiter plus
fréquemment le Dell; mais Olivia et lui ne se virent
plus seuls, et pas un mot ne fut échangé entre eux qui
rappelât le fatal secret. La vie, chez madame Rothsay, semblable à une lampe qui exhale lentement
ses dernières lueurs, s'affaiblissait par degrés si insensibles, que sa fille ne s'apercevait pas que le moment approchait où elle cesserait d'être éclairée
de ses doux et purs rayons, plus beaux à mesure
qu'ils déclinaient.

Cependant on n'était pas triste au Dell, il y régnait
une grande paix, une paix si sainte que tous ceux
qui y pénétraient en étaient comme enveloppés; et
les visiteurs n'y manquaient pas. Jamais malade ne
fut plus gâtée par ses voisins, ni l'objet d'attentions
plus délicates, que madame Rothsay.

Les jeunes Hudgers, tout étourdis qu'ils fussent,
ne laissaient guère passer de jour sans venir chercher
de ses nouvelles, et Christal, à peu près domiciliée
au château où quelque invisible attrait semblait la
fixer, venait cependant sans cesse visiter la chère

malade. Sa vivacité, son impétuosité s'apaisaient au
contact débonnaire de madame Rothsay.

Quant à Lyle Derwent, on peut dire qu'il hantait
littéralement le cottage. Il avait mis de côté peu à
peu toute affectation et toute sentimentalité poétique ; il apparaissait à Olivia sous un meilleur jour
et elle reprenait avec lui toutes ses anciennes habitudes. Pour lui, il aurait volontiers baisé la trace de
ses pas. On eût dit qu'il voyait en elle une des saintes du paradis, entourée de son auréole. Ses extases
faisaient souvent sourire madame Rothsay et Olivia.
Cette dernière rappelait en plaisantant que Lyle
Derwent jouait encore auprès d'elle le rôle de « ché-
valier » qu'il avait assumé avec tant de sérieux
lorsqu'il était petit garçon. Olivia avait peine à penser à lui autrement, quoique Lyle prît grand soin,
et cela avec des démonstrations d'indignation comique, de l'assurer qu'il était bien un homme. Il y
avait entre sa jeunesse romanesque et les vingt-six
ans de mademoiselle Rothsay toute une vie d'expé-
riences et d'épreuves.

Olivia, cependant, ne se sentait pas toujours
aussi vieille, lorsque, agenouillée aux pieds de sa
mère, elle tentait de l'égayer par ses caresses ou
par quelque innocente malice. Vis-à-vis de Harold

Gwynne aussi, elle se serait aisément retrouvée jeune, faible et timide, si le secret qui leur pesait à tous deux n'était venu jeter son ombre froide sur leurs relations et les maintenir dans une pénible réserve. Dans les circonstances actuelles, d'ailleurs, aucune préoccupation ne pouvait tenir contre l'affection qui avait été l'unique but de sa vie ; aucun lien humain ne s'interposait entre Olivia et sa mère.

Qu'il était touchant de les voir toutes deux attachées si étroitement l'une à l'autre ! Aussi nul n'osait-il leur faire pressentir que dans peu de temps il faudrait se séparer. Parfois, madame Gwynne observait Olivia avec un regard qui semblait lui demander : « Enfant, auras-tu le courage de supporter l'épreuve ? » Mais madame Gwynne elle-même n'avait pas la force de l'en avertir. Puis, que savait-on ? les liens d'amour que cette tendre fille jetait comme un filet aux mailles impénétrables sur cette frêle enveloppe conjureraient peut-être ces apparences menaçantes. Des mois pouvaient s'écouler avant que la tente terrestre fût détruite.

En effet, une fois l'hiver écoulé, madame Rothsay parut mieux. Un après-midi de mars, comme Harold arrivait au Dell, chargé d'une corbeille de violettes,

il déclara que madame Rothsay était l'image véritable du printemps. Olivia fit chorus à cette remarque qui la charmait et ajouta en souriant que sa
mère avait l'air si bien, qu'on pourrait presque
croire que sa maladie n'était qu'un prétexte imaginé pour obtenir plus d'égards, plus d'attentions.

— Comme si cela était nécessaire ! ajouta-t-elle,
en contemplant sa mère avec un regard de tendresse
où se peignait toute l'ardeur de son âme.

Harold, qui avait surpris ce regard, se disait :
« Quelle foi sublime doit être la sienne ! » Olivia,
dans cet instant, comme entraînée par un élan irrésistible, oubliait qu'elle avait un témoin. Agenouillée
devant madame Rothsay, et l'entourant de ses deux
bras, elle ne se lassait pas d'admirer le doux aspect
qu'offrait sa mère avec ses yeux baissés, pose qui
lui était habituelle et qui dissimulait l'expression
pénible de sa cécité ; un sourire céleste, tel qu'on
n'en voit que chez ceux qui sont près de quitter
cette terre, se jouait sur ses lèvres ; ses mains
étaient croisées sur ses genoux ; un de ses doigts
agitait son alliance usée, réduite aujourd'hui à un
mince fil d'or.

— Mère chérie, disait Olivia, donnez-moi encore
un baiser, ou j'aurai peur que vous ne deveniez tout

à fait ange, — un ange véritable, ayant des ailes ;
puis, comme effrayée du sens que pouvait avoir
cette phrase, dite cependant avec enjouement, Olivia se tourna promptement vers M. Gwynne et se mit
à l'entretenir.

Ils passèrent une agréable soirée, tous trois ainsi
réunis. Madame Rothsay, sachant que madame
Gwynne et la petite Ailie étaient absentes pour quelques jours, engagea le jeune pasteur à prolonger
sa visite. Celui-ci offrit de faire la lecture : sa voix
sonore, harmonieuse, se prêtait admirablement au
sujet que la malade avait choisi ; c'étaient des vers
de Tennyson dans la « Reine de Mai », une mélancolique description à laquelle l'accent ému du
lecteur donnait encore plus de valeur. Il s'agissait
d'une mère visitant la tombe de sa fille. Olivia
pleurait ; madame Rothsay, ordinairement si aisée
à attendrir, gardait la plus grande sérénité. Elle
interrompit un instant Harold pour dire avec calme :

— Ce doit être une grande douleur que de
voir mourir son enfant ; mais je ne connaîtrai pas
cette épreuve. Continuez donc, je vous prie, monsieur Gwynne.

Harold poursuivit :

« Lorsque, dès le matin, le beau soleil du prin-

temps viendra briller sur mon tombeau, à travers
les vitraux de la chapelle, je ne t'oublierai pas, ô ma
mère !

« J'entendrai le bruit de tes pas, lorsqu'ils fou-
leront l'herbe fleurie au-dessus de ma tête. Bonsoir,
adieu, adieu ! Lorsque je t'aurai dit adieu pour toujours, ne permets pas à Effie de venir sur ma tombe
avant qu'elle soit recouverte d'un gazon verdoyant.
Effie sera pour toi une meilleure fille que je ne l'ai
été.

« Ah ! qu'il me semble doux et étrange à la fois
de penser qu'avant la fin de ce jour sa voix aimée
se fera entendre au delà du soleil ! Son âme sera à
jamais avec les âmes justes et glorifiées. Qu'est-ce
donc que la vie, que nous la regrettions ? Pourquoi
tant y tenir ? Pendant des siècles de siècles, tous
réunis dans une demeure bénie ! Là, j'attendrai un
peu, jusqu'à ce que toi, mère, tu viennes m'y rejoindre avec Effie. Comme je me reposais jadis sur ton
sein, je me reposerai aux rayons de la lumière divine, là où les méchants cessent de vous tour-
menter, là où ceux qui sont fatigués trouvent la
paix. »

Lorsqu'il eut ache... tous trois restèrent longtemps silencieux. Quelles étaient les pensées de leurs cœurs ? Ce fut madame Rothsay qui la première rompit le silence, en s'adressant à Olivia :

— Ma fille, il se fait tard. Si tu lisais à ton tour dans le meilleur des livres?

Lorsque Olivia fut sortie pour chercher le divin volume, elle ajouta : — Monsieur Gwynne, excusez-moi si je lui demande de me faire la lecture de la Bible; mais la voix d'une enfant résonne si douce-ment aux oreilles d'une mère, surtout quand...

Elle s'arrêta, Olivia rentrait.

— Mère, où lirai-je?

— Où nous en sommes restées la dernière fois, ma fille; nous en étions, je crois, au dernier cha-pitre de la révélation.

Et Olivia lut les paroles saintes, celles qui parlent du royaume du ciel et de la vie à venir des justes. Il les entendit, ces paroles, lui qui ne croyait ni au ciel, ni à l'éternité. Assis dans l'ombre, il tenait son visage couvert de ses deux mains, les écartant quelquefois pour relever la tête d'un air hagard, désespéré, comme celui qui, cherchant la lumière, apercevrait une clarté indécise et n'oserait croire à sa réalité.

Lorsque madame Rothsay souhaita le bonsoir à

Harold, elle lui dit avec affection : — Que Dieu vous bénisse !

Il tressaillit comme si ces mots le blessaient au vif, puis, serrant la main d'Olivia avec force, il la considéra un instant comme s'il eût voulu parler, mais quitta brusquement la maison sans prononcer un mot.

La mère et la fille demeurèrent seules ; elles se jetèrent dans les bras l'une de l'autre, en écoutant en silence le bruit du vent.

— C'est précisément par une nuit pareille de mars que nous sommes arrivées à Tornwood, ne vous en souvenez-vous pas, mère bien-aimée ?

— Oui, mon enfant, je m'en souviens, et je bénis Dieu des jours paisibles que nous avons passés ensemble dans ce pays. Je crois que je n'ai jamais été plus heureuse de ma vie. Rappelle-toi toujours cela, mon amour.

En disant ces mots, un radieux sourire vint éclairer le visage de madame Rothsay ; elle se leva en s'appuyant sur l'épaule de sa fille, car elle se sentait faible, et se disposa à monter l'escalier.

— Êtes-vous fatiguée, mère chérie ? je voudrais pouvoir vous porter dans mes bras ; mais je crois que je ne le pourrais pas.

— Non, mon Olivia, tu me portes dans ton cœur,
va, cela me suffit... Ne soutiens-tu pas toutes mes
faiblesses? n'allèges-tu pas toutes mes souffrances?
Que Dieu te bénisse à toujours, ma fille!

Lorsque Olivia redescendit, elle trouva au petit
salon un aspect désolé; cependant elle y resta encore quelques instants pour mettre à leur place le
fauteuil de madame Rothsay, son panier à tricoter
et différents autres objets à son usage.

— Elle les trouvera tout prêts lorsqu'elle en aura
besoin de nouveau, pensa-t-elle.

CHAPITRE VI

— Ma fille !

Ce faible appel réveilla Olivia en sursaut au milieu d'un beau rêve ; elle se promenait avec sa mère et Harold Gwynne dans un de ces magnifiques paysages qu'on ne voit jamais plus beaux que dans le pays des songes.

— Olivia, je me sens malade, très-malade, continua madame Rothsay ; j'éprouve une étrange douleur au cœur ; je puis à peine respirer ; c'est singulier.

Déjà Olivia était debout, mais sans trop d'alarme ; car elle était habituée aux continuelles indispositions de sa mère. Néanmoins, elle appela les servantes et mit en usage les remèdes qu'elle avait toujours à sa portée et qu'elle savait employer à propos.

Mais il est un moment où les ressources de l'art se trouvent en défaut. Ce moment était arrivé pour

6.

madame Rothsay ; le mal ne fit que s'accroître, et le
jour qui se leva vint éclairer une chambre où plus
d'un visage inquiet se penchait vers la pauvre martyre
aveugle qui souffrait avec tant de douceur. Elle
parlait peu, se cramponnait à la robe d'Olivia et
murmurait de temps en temps, avec un accent de
tristesse : « Ma fille, ma fille chérie! » Une ou deux
fois elle supplia avec angoisse ceux qui l'entouraient d'user de tous les remèdes pour la guérir, et
elle parut impatiente de voir arriver le docteur : —
« A cause d'Olivia, disait-elle, à cause d'Olivia. »

Cette insistance finit par frapper celle-ci. Dans
son esprit ce fut comme un trait de lumière; sa
mère pensait donc qu'elle allait mourir?

Mourir! Non, elle en rejeta la pensée bien loin,
comme une chose tout à fait impossible. Madame
Rothsay avait subi tant de maladies, et tant de fois sa
fille l'avait sauvée! la mort oserait-elle s'approcher
d'un être que défendait un pareil amour? Non, il n'y
avait rien à craindre ; et pourtant avec quelle impatience Olivia attendait l'heure qui devait amener
le médecin! Comme celui-ci tardait, elle s'occupa
avec agitation de divers soins; son ton devint inquiet, irrité, ce qui lui attira un doux reproche de
la malade.

— Calme-toi, mon enfant, rassure-toi. Le docteur viendra à temps. Je me rétablirai si telle est
la volonté de Dieu, Olivia.

— Sans doute, ma mère, vous guérirez, sans
doute. Ne parlez pas ainsi, je vous en prie. Mais elle
n'osa employer une expression caressante, de peur
que sa mère n'en tirât la conclusion qu'elle avait
quelque crainte secrète. Cependant elle commençait
à trembler; la patience de madame Rothsay était
extraordinaire; sa voix, son visage changeaient graduellement. Alors l'âme de sa fille eut un cri de
désespoir. C'était comme un défi jeté à Dieu : — O
Dieu, tu ne le feras pas. Non! tu ne peux pas vouloir cela.—Puis, par une singulière contradiction,
lorsqu'elle entendit le bruit des pas du cheval du
docteur, au lieu de l'attendre, elle s'enfuit dans une
autre chambre.

Mais il fallait prendre sur soi de lui parler; Olivia fit en sorte de rencontrer le docteur lorsqu'il
quitta la maison, et c'est d'une voix mal assurée
qu'elle lui demanda ce qu'il pensait de sa mère.

— Vous êtes mademoiselle Rothsay, je présume?
demanda le médecin.

— Oui.

— N'avez-vous personne, aucun parent qui puisse

vous aider en ces circonstances? Êtes-vous seule?

— Tout à fait seule.

Le docteur Witherington prit les mains d'Olivia avec bonté :

— Je ne puis vous tromper, dit-il, ma chère demoiselle ; je ne trompe jamais personne. Si votre mère a des parents, des amis qui doivent être appelés, des affaires à arranger...

— Ah ! je vois... je comprends. Pas un mot de plus.

Puis elle passa sa main sur ses yeux et s'appuya contre la muraille. Allait-elle devenir folle ou expirer ? Non, un soupir étouffé, un seul, puis le fardeau écrasant de douleur fut comme soulevé par une main invisible ; une paix étrange, surnaturelle, inonda son âme.

— Vous vouliez me dire, reprit-elle, qu'il n'y a plus d'espoir, n'est-ce pas ?

Le docteur fit un signe de tête affirmatif.

— Combien de temps... d'heures, peut-être?

— Cinq à six heures, douze au plus. Je crains que cela ne dépasse pas douze heures.

Alors il voulut offrir quelques consolations, les seules qu'il fût en son pouvoir de donner, expliquant que, dans un organisme aussi épuisé, la vie ne pouvait lutter longtemps, et que c'était autant de souffrances épargnées à la mourante : « Il valait mieux qu'il en fût ainsi, » conclut-il.

Olivia baissa la tête avec soumission. — Oui, le docteur avait raison, elle le pensait aussi. Sans songer à elle-même, elle ne vit plus qu'un corps affaibli bientôt délivré de ses maux et une âme devant laquelle le ciel allait s'ouvrir.

— Le sait-elle? le lui avez-vous dit?

— Oui ; elle me l'a demandé, et je ne le lui ai pas caché. Je crois que c'était mon devoir.

Ainsi toutes deux, la mère et la fille, étaient prévenues que quelques courtes heures étaient tout ce qui restait entre leur amour et l'Éternité. C'est avec cette certitude qu'elles se revirent.

Ce fut d'un pas si léger que l'oreille seule d'une mourante pouvait le distinguer, qu'Olivia rentra chez madame Rothsay.

— Est-ce toi, mon enfant? dit cette dernière faiblement.

— Ma mère, ma mère bien-aimée! Et une étreinte passionnée, convulsive comme la mort, suivit ce cri ! Aucune parole jusqu'à ce que madame Rothsay murmura doucement :

— Mon enfant, es-tu soumise, tout à fait soumise?

Olivia répondit d'une voix entrecoupée :

— Oui, je suis soumise.

Ses yeux, élevés silencieusement vers le ciel, semblaient dire : « O Dieu ! prends ce trésor. Je te le donne afin qu'il passe de mes bras dans les tiens ; prends-le et garde-le-moi dans ta paix jusqu'à ce que je le retrouve dans l'éternité ! »

Le jour tombait lentement ; la nuit vint. Quel calme, quelle solennelle tranquillité régnait dans cette chambre ! Point de douleur, point de larmes ; aucune lutte pour disputer aux étreintes de la mort cette vie qui s'éteignait depuis quelques heures. Toutes souffrances avaient cessé pour la malade ; elle restait étendue paisible, reposant dans les bras de sa fille ou l'ayant assise à ses côtés. De temps en temps, elles s'entretenaient ensemble dans une douce communion d'idées, comme deux amies qui, au moment de se séparer pour un long voyage, ne voudraient rien oublier de ce qu'elles ont d'important à se dire, ni omettre une parole d'affection ou un conseil ; mais tout cela sans crainte, avec sérénité, avec espérance.

Lorsque approcha minuit, Olivia sentit une torpeur étrange s'emparer de toute sa personne. Qui n'a éprouvé cette lourde stupeur qui s'impose à

tous nos sens et contraint quelquefois nos yeux à se
fermer, même auprès du chevet d'un mourant bien-
aimé ? La servante Hanna, s'apercevant de l'état pénible où se trouvait Olivia, l'engagea à aller prendre
un peu de café. Madame Rothsay, qui l'entendit,
engagea sa fille à suivre ce conseil :

— Va, ma fille, cela te fera du bien, tu as besoin
de toutes tes forces.

Olivia obéit ; elle descendit dans le salon et s'efforça de boire quelques gorgées du liquide récon-
fortant qu'on avait préparé pour elle. Quel silence
dans ce petit salon, lieu si longtemps témoin de leurs
heureuses réunions ! Elle était là, assise, immobile,
enveloppée de cette redoutable quiétude de la nuit,
et là-haut sa mère se mourait. Encore quelques
heures, et elle serait seule à toujours dans ce
monde.

Lorsqu'elle remonta, madame Rothsay parut se
ranimer ; elle demanda du vin ; sa fille lui en
donna.

— Merci ! il est excellent ; tout ce qui me vient de
toi est excellent ; tout me paraît doux de la main
d'Olivia, de ma fille unique, ma seule consolation
dans la vie. Oh ! que Dieu soit béni de ce qu'il t'a
donnée à moi !

Puis, après une pause, passant la main sur la joue
de sa fille agenouillée à son chevet :

— Olivia, ma petite Olivia, que je voudrais voir
encore ton visage une fois seulement, rien qu'une
seule ! Ta joue est douce comme celle du petit enfant
de Stirling.

A ce nom, un léger nuage passa sur le front de
la mourante, mais pour disparaître tout aussitôt ;
elle continua avec animation :

— Écoute, je veux te confier ce que je ne t'ai jamais dit encore, mais ce que je puis t'avouer à cette
heure. C'était peu de temps après ta naissance ;
j'eus un rêve étrange : Je t'avais perdue, et à ta
place m'était envoyé un ange pour me consoler et
me guider à travers un long et périlleux voyage ;
mais ce ne fut qu'au moment de nous séparer que
je m'aperçus que cet ange n'était autre que toi, mon
Olivia ! Eh bien, tout cela s'est vérifié, si ce n'est
que je ne t'ai pas perdue. Mais il fut une époque où,
comme une insensée que j'étais, je te rejetai de mes
bras. Que Dieu me le pardonne ! Oui, il fut une époque où moi, une mère, je repoussai l'enfant que
j'avais portée dans mon sein.

Ici, madame Rothsay versa quelques larmes ;

après une courte pause, elle reprit avec une émotion
croissante :

— Je fus punie, car pour avoir négligé mon enfant, je perdis l'affection de mon mari, pas entièrement, mais pour un temps. Alors, Dieu eut pitié de
moi ; il me rendit l'enfant de mon rêve. Cet enfant
a été en réalité mon ange tutélaire, me guidant à
travers tous les sentiers difficiles de ma vie jusqu'à
ce qu'il m'ait amenée saine et sauve sur les rives de
l'Éternité. Et maintenant que je suis prête à les
franchir, je dis du fond de mon cœur reconnaissant : Dieu bénisse mon Olivia, la plus tendre, la
plus dévouée des filles ! oui, Dieu la bénira.

En entendant ces paroles, Olivia se jeta au cou de
madame Rothsay ; elle eut un retour d'angoisse.

— O mère, ne parlez pas ainsi ! Ne me laissez pas
seule dans ce triste monde.

Ce fut son unique murmure ; elle se tut et se
calma aussitôt, en voyant l'anxiété qu'elle avait fait
naître sur les traits si paisibles de la mourante. Elle
reprit possession d'elle-même et des consolations de
Dieu qui ne l'abandonnèrent plus ; en sorte que cette
nuit d'agonie fut une nuit paisible et vers laquelle
elle aima par la suite à se reporter comme vers un
moment où elle aurait été tout proche des cieux.

Vers le matin, madame Rothsay, dont l'esprit conservait toute sa lucidité, parla de différentes personnes auxquelles elle envoyait son souvenir, de madame Gwynne entre autres. Elle eut aussi pour Christal une pensée d'affection.

— Cette jeune fille a beaucoup de défauts, dit-elle, mais j'aime à me rappeler qu'elle a eu des égards pour moi. Prends toujours soin d'elle, mon enfant.

— Je le ferai, ma mère. Y a-t-il encore quelqu'un à qui vous désiriez faire parvenir quelque message ?

La malade réfléchit un instant, puis elle répondit :

— Oui, il y a encore M. Gwynne.

Et avec une clairvoyance toute maternelle, elle ajouta avec plus de force :

— Je suis heureuse d'avoir connu Harold Gwynne; je regrette qu'il ne soit pas ici dans ce moment, afin que je puisse lui donner ma bénédiction et lui demander d'être toute sa vie bienveillant pour ma fille.

Après cela, la mourante ne s'occupa plus des choses de la terre ; toutes ses pensées montèrent en haut, comme pour l'annoncer dans les demeures célestes. Olivia les suivait jusqu'à ce que, à force de s'abîmer dans cette contemplation, il lui sembla, comme au-

trefois au martyr Étienne, voir les cieux ouverts et
Jésus à la droite du Père. Son âme était inondée
d'une joie si solennelle que lorsqu'elle aperçut enfin
sur le visage de sa mère le changement redoutable
qui ne se manifeste qu'une fois sur le visage humain,
elle n'en éprouva aucune terreur.

— Mon enfant, es-tu toujours là ? dit la mourante.

— Oui, mère chérie !

— Alors tout est bien, oui, tout est bien. Encore
un baiser, mon Olivia!

Olivia s'inclina, et, dans ce dernier baiser, reçut
l'âme de sa mère.

Alors seulement, elle se laissa emmener par la
fidèle domestique hors de la chambre mortuaire.
Elle ne pleurait pas ; cela lui eût paru un sacrilége.
Elle se dirigea vers la porte de la maison, l'ouvrit et
contempla en silence l'orient ; il semblait qu'à travers ces nuages d'or et de pourpre du soleil levant,
elle aperçût l'esprit affranchi de celle qu'elle avait
aimée et sur laquelle venait de se lever l'éternelle
aurore.

Une heure plus tard, comme elle était à demi
étendue sur le sofa du petit salon, les yeux fermés,
elle entendit un pas bien connu. C'était celui de Ha-

rold Gwynne. Il était fort agité et semblait craindre
de s'approcher. Enfin, il lui prit la main avec affection.

— Hélas! que puis-je vous dire? s'écria-t-il avec
tristesse.

Olivia versa quelques larmes, moins sur elle-même
que sur son amitié.

— J'aurais été ici hier, continua-t-il, si j'avais
su; mais je me trouvais loin de Harbury. Et puis, quel
secours, quelle consolation auriez-vous reçus de moi?

Olivia tourna vers lui un visage dont la pâle sérénité gardait encore un reflet de la lumière qui
l'avait guidée dans la sombre vallée de la mort.

— Dieu, murmura-t-elle, m'a soutenue. Il m'a
enlevé la joie de ma vie, et pourtant je goûte la paix;
oui, une paix parfaite!

Harold la considéra avec étonnement.

— Dites-moi, balbutia-t-il, d'où vous vient cette
paix.

— De Dieu, qui parle à mon cœur; de Dieu, qui
me la donne dans sa parole révélée.

Harold garda le silence; son maintien accablé,
désespéré, fit mal à Olivia.

— Que ne puis-je, lui dit-elle, vous communiquer
ma paix, ma foi!

— Hélas ! si je pouvais en comprendre le motif !

Il était redoutable, solennel, avec cette morte bien-aimée gisant au-dessus d'elle, d'avoir à lutter contre l'incrédulité des vivants ; mais on eût dit que l'esprit glorifié de sa mère lui inspirait une force surnaturelle. Que savait-on si, dans les desseins insondables de Dieu, cette heure de destruction n'allait pas être pour Harold celle de la naissance à la vie nouvelle ? Cette pensée fit surmonter à la pauvre affligée ses répugnances, sa douleur.

— Parlons, dit-elle, des choses qui, dans un moment comme celui-ci, sont les seules réalités *vraies*.

— Pour vous, ces choses sont des réalités, non pour moi, fit Harold.

— Que dites-vous ? répliqua Olivia d'un ton sévère. Vous croyez comme moi en un Dieu unique, créateur et régulateur de cet univers ?

Harold fit un signe d'assentiment solennel.

— Comment donc un monde qui renferme tant de beauté, de bonheur, d'amour, comment donc la création pourrait-elle posséder ce qui n'existerait pas chez le Créateur ? Comment donc, dès lors, l'esprit qui veille sur nous, sur l'univers, ne serait-il pas un esprit d'amour ?

— Vous êtes la réfutation vivante de votre argument, répondit Harold avec découragement. Comment pouvez-vous parler ainsi, vous dont le cœur
est tout saignant de sa récente blessure ?

— Cette blessure, cette souffrance, ma foi les
a changées en bénédiction ; jamais comme dans
cet instant je n'entrevis aussi clairement le monde
spirituel ; jamais je n'ai goûté davantage la présence
de l'esprit de Dieu dans mon âme, gage de l'immortalité du mien.

— L'immortalité ! hélas ! quel rêve ! et pourtant,
continua-t-il en la considérant avec respect, presque
avec tendresse, je serais tenté de croire qu'une âme
comme la vôtre, si pure, si excellente, n'est pas
destinée à périr pour toujours.

— Mais alors, comment croire à la bonté humaine
et douter en même temps de Celui qui peut être seul
l'origine, la cause de cette bonté ? Donnerait-il à
votre esprit l'aspiration vers l'immortalité, vers l'infini, pour refuser ensuite de le satisfaire ? Quoi ! il aurait mis en nous le besoin d'aimer, et ne nous présen-
terait rien qui soit digne de notre amour ! le besoin
de croire, et aucun objet qui soit digne de cette foi !

Ici, son interlocuteur parut frappé, ému. Était-ce
de son argument ou de sa conviction ?

— Vous parlez sagement, raisonnablement, dit-il, non comme ces défenseurs de sectes vaines, et cependant vous apparteniez à une confession; vous suivez le culte de l'Église anglicane.

— Oui, parce que tout en n'admettant pas toutes ses doctrines, je crois que la forme de son culte est la plus pure qui existe ; mais je n'admets, je n'élève aucune église entre Dieu et moi ; je ne prends de la liturgie que ce qui est conforme à l'instinct de ma foi, à la révélation intérieure que Dieu a lui-même placée en moi, à celle qu'il a donnée aux hommes par sa parole. Dans cette parole je trouve la révélation de l'amour divin clairement manifesté par la vie, la mort et la résurrection de Notre-Seigneur Jésus-Christ.

En prononçant ces mots, sa main s'appuya sur la Bible de sa mère ; le divin volume s'ouvrit à la place même où elles avaient fait leur dernière lecture. Cette vue réveilla sa douleur.

— Ma mère ! Ah ! ma mère ! s'écria-t-elle ; et ses larmes inondèrent les pages sacrées. Après avoir payé ce tribut à la nature, Olivia se leva et dit à voix basse :

— Je vais retourner là-haut.

— Je comprends où vous allez, répondit Harold
avec émotion.

— Elle a parlé de vous peu d'instants avant d'expirer ; ne voulez-vous pas m'accompagner, mon ami ?

Harold était un homme qui n'avait jamais pleuré ;
mais son visage devint pâle et se couvrit d'une expression solennelle lorsque, d'un pas chancelant, il
suivit Olivia dans la chambre mortuaire.

Olivia hésita un instant, sa main trembla en touchant le bouton de la porte.

— Pourquoi craindre ? Non ! dit-elle, comme se
parlant à elle-même, ce n'est plus ma mère qui est
ici.

Et elle entra, calme, avec une démarche résolue,
puis découvrit avec respect le visage de la morte.
Harold se tenait à ses côtés.

— Voyez, dit-elle à voix basse ; quelle paix ! quelle
beauté ! Cela lui ressemble et pourtant ce n'est pas
elle. Non, je ne puis croire un instant que ma mère
soit ici.

Le jeune pasteur considérait avec étonnement
celle qui, si cruellement éprouvée, pouvait néanmoins contempler avec tant de sérénité cette chère
dépouille et parler avec tant de tranquillité. Il lui
saisit la main avec un profond sentiment de défé-

rence, comme si son attouchement avait quelque chose de sacré. Elle, sans y prendre garde, continua :

— Il y a deux heures à peine, nous étions si heureuses, elle et moi ! Nous nous entretenions des choses saintes et de cette tendresse qui nous unissait si étroitement. Et une pareille tendresse finirait avec la mort ! Non, oh non ! Un faible souffle, un soupir n'a pas tout emporté.

Olivia s'éloigna du lit funèbre ; ses yeux, en cet instant, rencontrèrent ceux de Harold fixés sur elle avec une ardente anxiété. On aurait cru que sa vie dépendait des paroles que prononçait sa compagne.

— Que vous êtes calme ! murmura-t-il ; vous ne craignez donc pas la mort ?

— Non, car je viens de voir mourir ma mère. J'ai senti son esprit passer sur mes lèvres dans son dernier baiser, et je sais que son esprit est avec Dieu.

— Et vous pouvez vous réjouir ?

— Oui, parce que le Ciel se peuple de tout ce que je perds sur la terre. Le Ciel ! cette patrie des âmes, quelle qu'elle soit, s'est rapprochée de moi ; elle est devenue davantage ma demeure depuis que ma mère m'y attend.

Harold tomba à genoux et ne put retenir ce cri :

— O Dieu ! que ne puis-je croire comme elle !

7.

CHAPITRE VII

Le temps avait marché et jeté, dans sa course rapide, plus d'une ombre consolante sur la douleur d'Olivia. La fosse, dans le cimetière pittoresque de Harbury, était depuis plusieurs mois couverte de fleurs et de gazon; soigneusement entretenue, elle ressemblait plutôt à un jardin qu'à une tombe; elle n'était point arrosée de larmes; celles qu'Olivia versait étaient toutes sur elle-même, sur sa destinée solitaire. Encore ces larmes, se les reprochait-elle comme un manque de foi. Plusieurs personnes, en voyant sa sérénité et comment elle avait repris si promptement toutes ses habitudes et tous ses devoirs charitables, se dirent avec étonnement : « Nous n'aurions jamais cru que mademoiselle Rothsay pût si vite oublier sa mère. »

Mais elle n'oubliait pas! Aux affligés mondains

de penser que la mémoire des êtres aimés ne peut être conservée que dans les pleurs. Olivia ne leur ressemblait pas. Pour elle, la mort de sa mère n'était qu'un départ dont il fallait parler avec respect, comme de ce départ divin dont il est dit que ceux qui en furent témoins sur la colline sainte restèrent les yeux fixés au ciel. N'est-ce pas ainsi que nous devons considérer toute mort heureuse et chrétienne, si nous possédons réellement la foi dont nous faisons profession?

Olivia oublier sa mère! Plutôt oublier sa propre existence! A toutes ses pensées, paroles ou actions, cette précieuse mémoire était associée; elle la sentait mêlée à toute sa vie; c'était une influence mystérieuse et douce toujours présente. Quand ses amis les plus chers avaient réussi à l'égayer quelques instants et qu'ils croyaient l'avoir distraite de son chagrin, Olivia murmurait dans son cœur : — Vous voyez, mère, je puis penser à vous et ne pas m'affliger. Je sais que cela vous attristerait de me voir souffrir.

Cependant la nature reprenait parfois ses droits. Que de nuits, la tête enfoncée dans son oreiller solitaire, Olivia étendait les bras dans les ténèbres vides, en s'écriant : « Ma mère, ô ma mère! » Mais bientôt cette ferme persuasion que l'esprit d'une mère, en quelque lieu qu'il soit, n'abandonne pas celui de son enfant, venait la consoler.

Elle était donc tout à fait remise en apparence, alors que nous la trouvons, par une belle après-midi, assise dans une embrasure du petit salon du presbytère, travaillant à l'aiguille et ayant à ses pieds Ailie qui apprend une leçon. C'était une leçon tirée de cette science à la fois simple et divine qui est contenue dans les Évangiles.

— J'étais bien convaincue, dit madame Gwynne, lorsque l'enfant, ayant achevé sa tâche, se fut échappée dans le jardin, que mon fils avait ses raisons pour agir comme il l'a fait, et que, quand le moment serait venu, il laisserait Ailie apprendre tout ce qui serait nécessaire.

Olivia ne répondit rien. Sa pensée se reportait au jour où Harold, ouvrant enfin les yeux sur l'état de cette jeune âme qui ne connaissait pas d'autorité plus élevée que celle de ses parents, était venu lui demander conseil ; elle se rappelait ses paroles désespérées : « Que ce soit vérité ou erreur, peu importe ; enseignez à ma fille à croire ce que vous croyez, à devenir ce que vous êtes. Qu'elle soit à l'abri des doutes qui torturent l'âme de son père, c'est l'essentiel. »

La conduite de Harold n'avait rien de surprenant.
Où est l'incrédule qui voudrait voir son scepticisme
se refléter sur son enfant?

Madame Gwynne, sans prendre garde au silence
de sa compagne, continua :

— Je ne saurais assez vous remercier, ma chère
mademoiselle Rothsay.

— Dites donc « Olivia, » comme à l'ordinaire.

Car Olivia aimait à entendre prononcer son nom
de baptême par la mère de Harold, surtout maintenant.

— Eh bien donc, ma chère Olivia, c'est, je le répète, une grande bonté de votre part que d'avoir
pris Ailie sous votre direction. Sans vous, nous aurions été obligés de l'envoyer en pension, et je ne
vous cache pas que c'eût été un grand sacrifice pour
nous, même au point de vue pécuniaire ; car notre
revenu se trouve singulièrement diminué par le
traitement alloué au vicaire[1] que mon fils a été contraint de prendre, depuis qu'il ne s'acquitte plus de
ses devoirs pastoraux. Mais, dites-moi, ma chère,
trouvez-vous que Harold en soit mieux pour cela?
Quel pénible été nous avons passé !

Olivia, en entendant le profond soupir qui accom-

[1] Ou suffragant.

pagna ces paroles, ne put s'empêcher d'admirer la
sainte dissimulation de la pauvre mère dont l'existence était suspendue à celle de son fils. Elle-même
ne portait-elle pas sa part de cette dissimulation ?

— Il ne faut pas trop vous en inquiéter, dit-elle,
vous savez qu'il n'y a rien de dangereux dans l'état
de M. Gwynne ; seulement son cerveau a été trop
surmené.

— Probablement. C'était peut-être le meilleur
plan à adopter pour lui que de renoncer pour un
temps à ses devoirs pastoraux. Puis, ces absences ré-
pétées lui feront du bien, je crois.

— Je l'espère.

— D'ailleurs, elles sont nécessaires, car ses paroissiens, ne le voyant pas complétement hors d'état
de remplir ses fonctions, pourraient s'étonner qu'il
les eût abandonnées tout en demeurant au milieu
d'eux. Mais mon Harold est un peu bizarre ; il l'a
toujours été. Je me demande parfois si son cœur est
bien dans sa vocation. N'aurait-il pas été plus heureux s'il s'était uniquement adonné à la science, au
lieu d'embrasser l'état ecclésiastique ? Et pourtant,
il a délaissé ses études favorites ; il passe des journées entières dans sa bibliothèque, et quand j'y entre par hasard, je le trouve plongé dans ses réflexions

devant sa grande Bible et n'ayant pas dérangé un seul
autre volume. Que Dieu le bénisse, mon cher Harold!

Olivia fit écho dans le fond de son cœur à ces paroles sans s'apercevoir des expressions qu'elle employait. A force d'entendre madame Gwynne dire
sans cesse : « Harold ! mon Harold ! » il arrivait à
Olivia de penser plus rarement à M. Gwynne et
beaucoup plus à Harold.

— Je m'étonne du motif qui peut retenir votre
joyeuse Christal aussi longtemps, continua madame
Gwynne sans attendre la réponse d'Olivia. Lyle Derwent a promis de l'amener ici lui-même ; il n'avait
pas l'air enchanté, je dois l'avouer, ajouta-t-elle en
souriant ; on dirait vraiment que mademoiselle
Manners lui fait peur. Elle le taquine à un tel point !

— Oui, mais elle ne permet à personne de l'imiter ; lorsque je me risque à critiquer les petites
manies de Lyle, elle se fâche. Je crois qu'elle l'aime
assez, autant du moins qu'elle peut aimer ses amis.

— En effet, il y a peu de profondeur dans les affections de Christal ; n'éprouvant pas le besoin
d'être aimée, elle ne s'inquiète pas de faire naître
ce sentiment. Savez-vous, Olivia, continua mademoiselle Gwynne, qu'il y a eu un moment où j'étudiais
mademoiselle Manners de très-près ? C'est une fai-

blesse, je vous l'avoue ; mais c'était par jalousie maternelle et en vue du bonheur de mon fils, car j'entendais souvent son nom associé à celui de Harold.

— Oui, je l'ai entendu aussi, répondit Olivia ; mais ces bruits me paraissaient si absurdes !

— Sans doute, ils sont mensongers ; mais je ne les jugeais pas tels alors.

— En vérité ?

Olivia fit un geste de surprise et laissa tomber son ouvrage en interrogeant du regard madame Gwynne.

— Les hommes ne peuvent se passer d'amour, et Harold ayant déjà été marié, il lui était plus nécessaire qu'à tout autre de retrouver la sympathie et l'affection d'une femme dévouée. J'ai toujours compté que mon fils se remarierait, c'est pourquoi j'observe attentivement toutes les femmes qu'il rencontre et qui pourraient avoir quelque chance de lui plaire. Il vaut mieux que les hommes soient mariés (surtout les pasteurs), du moins c'est mon opinion. Vous-même, ma chère, qui êtes l'amie de Harold, et une amie si appréciée, ne pensez-vous pas qu'il serait beaucoup plus heureux s'il reprenait femme ?

Qu'y avait-il dans ces paroles si simples pour

percer le cœur d'Olivia d'un trait douloureux? Était-
ce cette distinction que madame Gwynne avait involontairement établie entre elle et toute femme pou-
vant plaire à Harold, et qui semblait signifier que
tout en lui donnant le nom « d'amie de son fils »
sa mère n'aurait jamais songé qu'Olivia pût être
autre chose pour lui?

Celle-ci ne se rendit pas très-bien compte d'où lui
venait cette subite souffrance. Cependant elle ne
pouvait s'en dissimuler l'aiguillon.

— Certainement, je suis de votre avis, répondit-
elle en hésitant un peu. Il me semble néanmoins
que Christal n'est guère la femme que M. Gwynne
serait disposé à choisir.

— C'est ce qui me semble aussi ; d'abord je lui ai
trouvé quelques points de ressemblance avec Sara
Derwent et j'avais des inquiétudes ; mais elles se
sont bientôt dissipées. Non, mon fils n'épousera
jamais mademoiselle Manners.

Olivia, qui était assise près de la fenêtre, releva
la tête. La chambre lui parut tout éclairée, comme
si un nuage venait de disparaître.

— Mais maintenant, poursuivit madame Gwynne,
il me paraît moins probable que mon fils se remarie ;
je crains presque qu'il n'y ait plus de place dans

sa nature pour les fortes et paisibles affections de la famille. Dans sa jeunesse il fut capable d'une vio-lente passion ; aujourd'hui, il en a passé l'âge. Je prévoyais bien que la première ardeur de son im-prudent mariage se consumerait d'elle-même. Hélas ! elle n'a laissé que des cendres ; déçu une première fois et ayant recueilli des fruits si amers de sa folie, qui sait s'il connaîtra jamais les bénédictions d'un véritable amour ?

— Est-ce donc un si grand malheur ? demanda Olivia pensant tout haut.

Madame Gwynne n'entendit pas ces paroles, car elle s'était élancée de son siége au bruit des pas d'un cheval qui s'arrêta devant la grille.

— Si c'était Harold ! s'écria-t-elle. Il ne devait être de retour que la semaine prochaine. Ah ! c'est lui ! c'est bien lui ! Que je suis heureuse ! Je veux dire que je suis bien aise qu'il soit revenu à temps pour voir les Hudgers et mademoiselle Manners avant leur départ.

Et, tout en s'excusant, selon sa vieille habitude, de sa tendresse, elle se hâta d'aller à la rencontre du voyageur.

Olivia entendit dans le vestibule la voix pleine de sollicitude de M. Gwynne qui s'informait de la santé de sa mère; puis celle de la petite Ailie qui accourait, toute joyeuse de revoir son papa.

La broderie d'Olivia s'échappa de ses doigts, un brouillard passa sur ses yeux ; elle sentit, ainsi qu'elle l'éprouvait souvent, mais rarement avec autant d'intensité, qu'il était dur d'être seule au monde.

Cette impression la poursuivit pendant une partie de la soirée, jusqu'à ce que l'influence d'une de ces jolies réunions comme on n'en avait qu'à la cure, vint enfin dissiper tous les nuages. Qu'ils étaient bien là, tous rassemblés, Christal et Lyle se livrant de continuelles escarmouches, Harold et sa mère si unis, si paisibles, assis à côté l'un de l'autre, madame Gwynne laissant tomber sa main avec une caresse sur son épaule ou son genou ! C'était un trait à noter que ces démonstrations affectueuses chez la rigide Écossaise ; mais la santé de Harold était mauvaise depuis quelque temps ; de là des rapports plus tendres entre la mère et le fils.

Olivia, séparée de ces deux groupes, dessinait à la lueur de la lampe. Elle n'était jamais oisive ; imitant son vieux maître, elle prenait des études d'après nature de tous les sujets qui lui paraissaient pouvoir être utilisés pour le tableau auquel elle travaillait actuellement. Elle prenait plaisir à y faire figurer, en les idéalisant, les portraits de ceux qui avaient une place dans son amitié. On y voyait Christal avec son cou gracieux et le charme étrange de ses yeux noirs et de ses cheveux blonds ; Lyle, dont les traits étaient un peu efféminés, mais réguliers. Madame Gwynne n'était pas oubliée non plus ; Olivia tirait un grand parti de ses formes majestueuses et de sa noble façon de porter les draperies. Une seule personne de la société était omise dans le tableau.

— Si j'étais à la place de mon beau-frère, je prendrais en très-mauvaise part que vous ne lui ayez jamais demandé de poser, observa Lyle précisément ce soir-là à l'oreille d'Olivia, puis il ajouta du même ton : — Mais je présume qu'aucun artiste ne prendra jamais la peine de peindre un individu comme Gwynne, avec ses grands traits durs et accentués.

Pour toute réponse, Olivia embrassa du regard le visage frais et rose du jeune amateur, — Lyle s'était dernièrement découvert un goût prononcé pour la peinture, — et le compara avec la mâle contenance qu'il dénigrait. Il ne fit pas bon pour Lyle pendant tout le reste de la soirée de s'approcher d'Olivia.

Lorsqu'on fut réuni autour de la table à thé, on

causa du voyage de Christal. Il était motivé par une
invitation spéciale de madame Hudgers, à qui la
jeune personne s'était rendue tout à fait indispensable. Sa gaieté charmait les loisirs de cette dame, et,
d'autre part, son orgueil et son engouement pour
l'aristocratie étaient un sujet de satisfaction perpétuelle pour son noble chaperon. Des brumes qui enveloppaient son origine, Christal, soit habileté,
soit qu'elle fût le jouet de ses propres illusions, avait
trouvé le moyen de tisser toute une légende con-
cernant ses ancêtres : — c'étaient de nobles person-
nages ; des circonstances malheureuses les avaient
fait déchoir de leur rang, etc., — et elle était si
convaincue, qu'elle persuadait les autres. Madame
Gwynne disait souvent :

— Jamais rejeton de la plus illustre race ne fut
aussi fier que Christal Manners.

La jeune fille ne tarissait pas sur les plaisirs anti-
cipés de Brighton, où madame Hudgers et toute sa
famille se rendaient.

— Tout le monde nous abandonne, dit madame
Gwynne en s'adressant à Olivia ; qu'allons-nous devenir toutes seules à Tornwood ?

— Je ne sais, répondit Olivia sans songer à ce
qu'elle disait. Elle regardait Harold qui, renversé

dans son fauteuil, était en proie à un de ces accès
de méditation fréquents chez lui et auxquels personne ne faisait attention, sauf mademoiselle Rothsay. Qu'il lui paraissait solennel, dans ces occasions,
de se dire : « Moi seule j'ai la clef de cette âme ; à
moi seule elle est ouverte, je lis tous ses secrets ! »
Rien d'étonnant que cette persuasion éveillât en elle
d'étranges sensations, surtout lorsque, en dépit de
cet extérieur compassé que Harold affectait pour
tous, elle se rappelait l'avoir vu excité par les plus
violentes émotions ou accablé de tristesse et doux
comme un enfant.

En entendant la réponse machinale d'Olivia à madame Gwynne, Lyle Derwent s'était épanoui.

— Mademoiselle Rothsay, s'écria-t-il, je n'ai,
quant à moi, aucune intention de m'en aller, soyez-
en bien persuadée.

Christal tourna vivement la tête de son côté :

— Vous dites, monsieur Derwent?

Lyle pencha la tête d'un air confus.

— Je voulais simplement dire, reprit-il, que
Brighton est un endroit beaucoup trop gai et trop
bruyant pour moi et que j'aimerais beaucoup mieux
rester à Harbury.

— Quel personnage vous êtes, monsieur Derwent!

inconstant et sentimental; en vérité, je ne voudrais
pour rien au monde vous ressembler. Et là-dessus
Christal s'abandonna à un accès de rire que ne semblait pas motiver suffisamment l'incident. Lyle en
eut l'air très-contrarié : mais son amie Olivia s'interposa et fit habilement dériver la conversation sur un
autre sujet jusqu'à ce que l'heure du départ eût
sonné.

Tous trois retournèrent au Dell. Christal ne cessa,
pendant toute la route, de plaisanter avec Lyle ou à
ses dépens. Olivia marcha silencieusement devant
eux. Le chemin, accoutumée qu'elle était à le faire
en compagnie de Harold, lui parut tout autre ce
soir-là. Chaque buisson, chaque tronc d'arbre, chaque
tournant de la route lui rappelait quelque souvenir
particulier. A la fin, elle fut effrayée de voir que
ses pensées s'attachaient à cet ami au point que,
sitôt hors de sa présence, il lui semblait entrer dans
une zone ténébreuse et sentir un vide pénible.

— Il n'en était pas ainsi quand ma mère vivait,
se répétait-elle tristement. Je n'avais alors nul besoin
d'une autre affection que la sienne. Mais qu'ai-je
dit ? où vais-je ?

Et un frisson parcourut tous ses membres, sans
qu'elle osât répondre à sa question.

En se séparant au Dell, Lyle dit à Christal :

— J'espère vous revoir encore une fois avant votre départ, mademoiselle Manners?

— Sans doute, répondit celle-ci en riant ; ne croyez pas que vous vous débarrasserez si aisément de votre tyran.

— Me débarrasser de vous, belle cruelle ! Voudrait-on ne plus voir le soleil, parce qu'il nous éblouit? s'écria Lyle exalté jusqu'au septième ciel de l'enthousiasme poétique, par une nuit tiède et embaumée d'août, et par une magnifique lune. Les rayons de cet astre éclairant le visage de Christal, on y lut une expression étrange ; ses lèvres tremblaient, ses yeux brillaient comme deux escarboucles, éclat que peuvent seules jeter de noires prunelles.

Comme Olivia franchissait la première le vestibule de leur demeure, un léger cri échappé à mademoiselle Manners la ramena sur ses pas. Celle-ci venait de tomber, ayant sans doute heurté quelque obstacle, et elle poussait des cris de douleur. On vint promptement à son secours ; on la fit entrer dans la maison, et là, étendue sur un sofa, elle se plaignit de s'être donné une entorse. Olivia, après l'avoir confortablement établie, la laissa seule quelques in-

stants afin de courir jusque dans sa chambre chercher quelques palliatifs.

Mais Christal n'entendit pas plutôt les pas de mademoiselle Rothsay au-dessus de sa tête, qu'elle
s'élança vers la fenêtre entr'ouverte, sans s'inquiéter le moins du monde de son pied prétendu malade.
Elle prêta attentivement l'oreille, et fut bientôt ré-
compensée en entendant la voix de Lyle dans le lointain, qui roucoulait pathétiquement l'air si connu :

> *Io ti voglio ben assai ;*
> *Ma tu non pensi a me !*

— C'est mon air, c'est moi qui le lui ai appris,
murmura-t-elle avec un fin sourire. Il croyait rester
en arrière et m'échapper ; mais nous verrons, nous
verrons !

Et quoique toutes ses manières fussent empréin-
tes de cette petite coquetterie triomphante assez naturelle à son âge, on y eût discerné néanmoins avec
effroi les passions naissantes de la femme. Le pas
d'Olivia qui approchait l'avertit de reprendre son
rôle ; elle n'avait eu que le temps de s'allonger de
nouveau sur le canapé, dans une attitude dolente,
lorsque la porte s'ouvrit.

— Cet accident est on ne peut plus malheureux,

dit Olivia. Comment ferez-vous pour partir demain?

— Hélas ! il faut y renoncer, répondit Christal d'un ton plaintif et en cachant son visage, afin qu'Olivia ne vît pas le sourire moqueur qui s'y dessinait.

— Souffrez-vous réellement beaucoup, ma chère?

— En doutez-vous? répondit assez aigrement la jeune fille. Je suis vraiment fâchée de vous déranger ainsi ; mais il me sera impossible, je le crains, de quitter le Dell d'ici à plusieurs jours.

Christal mettait ainsi souvent à l'épreuve la patience d'Olivia ; mais la fille dévouée se souvenait dans ces occasions des dernières paroles de madame Rothsay : « Prends soin de Christal. »

Et excusant tout, elle se mit à dorloter la capricieuse fille jusqu'à minuit. Ensuite, descendant au salon, Olivia consomma un petit acte de renoncement en remettant à un autre jour un engagement pris pour le lendemain. Le billet écrit, elle s'aperçut avec une vague appréhension qu'il lui en coûtait infiniment de sacrifier ainsi tout un jour, qu'elle devait passer dans la forêt avec sa chère petite Ailie, la grand'mère d'Ailie et Harold Gwynne.

CHAPITRE VIII

Minuit a depuis longtemps sonné, et Olivia est toujours assise devant son pupitre ; son billet, à l'adresse de madame Gwynne, est cacheté et mis de côté. Pourquoi s'attarde-t-elle devant ce paquet de lettres soigneusement séparé du reste de sa correspondance? Si vous lui eussiez posé cette question, elle vous eût répondu sans embarras que ces lettres sont fort différentes des autres ; qu'elles ont un caractère secret et important. En effet, elle ne les regarde ni ne les touche jamais, sans que l'expression de son visage n'en soit toute changée et ses mains toutes tremblantes. On dirait qu'elles ont pour elle quelque chose de sacré.

Ces lettres sont celles qui, à différents intervalles, pendant plusieurs absences, lui ont été écrites par Harold Gwynne.

Olivia les a tant lues et relues, qu'elle les sait

presque par cœur, et que souvent, pendant les heures silencieuses de la nuit, sa mémoire lui en re-
trace des phrases entières, comme si une voix les
répétait à son oreille. D'où vient alors qu'il ne s'é-
coule guère de jour qu'elle ne se reprenne à les
parcourir? C'est que leur contenu est remarquable
et qu'il est rare qu'un homme écrive ainsi à une
femme, ou même à un ami. Jugeons-en plutôt par
quelques extraits.

La première, de date déjà ancienne, commençait
ainsi :

« Vous vous étonnerez peut-être, ma chère mademoiselle Rothsay, que je prenne la liberté de vous
écrire, puisque, depuis quelque temps, dans les rares circonstances où nous n'avons pu éviter de nous
rencontrer, nous ne nous sommes traités que comme
de simples connaissances. Et pourtant qui aurait
plus de droits que nous à se donner le nom d'amis?
N'est-ce pas en amie que vous avez agi, lorsque
vous avez consenti à ce qu'un silence absolu ré-
gnât entre nous sur ce sujet qui nous lie maintenant l'un à l'autre? Et ce lien, qui d'entre nous
voudrait le rompre, alors même que cela serait
en son pouvoir? Hélas! il m'est arrivé de maudire
l'imprudence qui vous a mise, vous, une femme,

en possession de mon secret. Mais vous en usez
si noblement, si charitablement, que je suis plutôt tenté de me jeter à vos genoux et de vous
bénir. Vous voyez que je puis écrire avec chaleur
quoique mes paroles soient souvent empreintes de
tant de froideur apparente.

« Je vous déclarai, ce jour où nous nous trouvâ-
mes tous deux en présence de la mort (les paroles
étaient dures, il m'en souvient, mais je ne possède
pas une langue doucereuse), que je désirais un silence complet pendant des semaines, des mois peut-
être. Il me fallait converser avec mon propre cœur,
dans le calme ; je devais lutter seul contre ces obscurités. Vous avez acquiescé à ce désir ; vous ne
m'avez point fatigué de longues homélies ; vos seuls
arguments ont été votre vie pure, le belle vie d'une
femme chrétienne. J'ai étudié la morale de Jésus,
que, d'accord en cela avec bien des sceptiques pires
que moi, je reconnais supérieure à toutes les autres,
et j'ai été frappé de voir combien vous étiez près
de réaliser cette vie divine que j'avais crue impossible sur la terre.

8

« Avançant ainsi dans ma recherche solennelle,
j'ai vu cette révélation — prétendue divine — se
séparer clairement de toutes les superstitions modernes qui l'enveloppent. J'ai commencé à lire le
livre d'où vous avez raison de dire que toute solide
religion est tirée. J'essaye de le lire avec mes yeux
seuls, rejetant toutes mes préventions, désirant
sincèrement mettre mon esprit en communion avec
les esprits de ceux qui passent pour l'avoir écrit
sous l'inspiration céleste.

« Ce livre est un merveilleux livre. Les annales
des siècles en offrent à peine un pareil. Quelle di-
versité, et pourtant quelle unité! C'est un fleuve qui
coule à travers les âges, reflétant la lumière et l'ombre des différentes phases de l'humanité et de l'esprit de l'homme. Néanmoins, c'est toujours une
même source pure, radieuse comme la vérité. Serait-ce la vérité? Est-elle divine?

« Je vous avouerai franchement que si le mystère de l'univers par rapport à son Créateur était
celui que nous expose la Bible, je trouverais ce mystère digne en plusieurs points d'une Providence divine, semblable à celle que vous adorez. Mais puis-je

admettre que l'Infini daigne s'abaisser jusqu'à de
pareilles minuties? Qu'est-ce qu'un monde pour lui?
Un grain de poussière dans l'espace sans bornes.
Non, un Dieu qui pourrait s'intéresser à un atome
tel que moi ne serait plus un Dieu. A quoi m'aurait-
il servi de m'élever sur les sommets de la science,
de pénétrer le sens de l'infini, si c'est pour me
plonger dans un abîme tel que celui-ci? Ah! pourquoi me suis-je réveillé de ce sommeil, lourde stupeur du matérialisme vers lequel je m'acheminais
rapidement? Dans cette situation, j'aurais au moins
fini par triompher de la dernière frayeur — de ce
quelque chose après la mort — et j'aurais péri
comme un bloc d'argile sans âme, heureux de savoir qu'il n'y a point d'Éternité. Mais s'il y en avait
une? Mon esprit s'agite, s'agite sans cesse. Je ne
trouve point de repos. Je voudrais me croire le jouet
d'une hallucination; mais non, il n'en est pas ainsi. »

. . . .

« Vous me répondez, ma chère amie, comme une
femme... comme la femme en qui j'ai cru dans ma
jeunesse, lorsque je souhaitais une sœur, oui, une
sœur telle que vous. N'est-il pas étrange que je
puisse vous écrire aussi librement? Je m'en étonne
moi-même. Je sens qu'il me serait impossible de

vous parler ainsi. C'est pourquoi, lorsque je reviendrai à la cure, ne soyez pas surprise de me retrouver tout aussi réservé que par le passé, moins pour
vous peut-être que pour tout autre, mais cependant
toujours réservé. Gardez-vous cependant d'en con-
clure que je ne suis pas profondément reconnaissant
de toutes vos bontés.

. . . .

« Vous me dites que, comme la plupart des femmes, vous manquez du sens philosophique, que vous
n'avez aucune puissance d'argument. C'est possible;
mais j'ai entendu dire — n'est-ce pas de vous que
je le tiens? — que le poëte qui lit les secrets de
Dieu dans les étoiles, s'élève plus près de lui que
l'astronome qui calcule tout par chiffres et par figures; et comme dans l'univers matériel il y a des
systèmes et des planètes qui dépassent la science de
l'homme, de même, dans le domaine spirituel, il
doit y avoir une limite, un point que l'intelligence
de l'homme ne peut franchir et pour lequel il faut
s'en remettre à ce sens intérieur, inexplicable, qu'on
appelle la foi. Ceci me paraît le grand argument
qui doit nous incliner à recevoir la manifestation
surnaturelle de l'esprit, ce que vous appelez révélation, et ainsi, retournant en arrière, nous retrou-

vons la relation du fini — l'humanité, avec l'infini
— la divinité. »

. . . .

« Vous répondez à une de mes objections par une
allégorie. Est-ce que le soleil, dites-vous, ne communique pas l'instinct de la vie, non-seulement à
l'homme, mais au plus infime insecte, au moindre
végétal? Il brille. Sa lumière vivifie un brin d'herbe,
elle éclaire le monde. S'il est ainsi de ce qui est
créé, ne peut-il en être de même quant au Créateur? Quelque chose au dedans de moi répond à ce
raisonnement. . . . .

« Si j'ai la puissance de concevoir l'existence de
Dieu, si du sein de mon-néant j'aspire à comprendre
sa grandeur, son essence, ne serait-ce pas qu'il y a
dans mon âme quelque chose qui n'est pas indigne
de lui, un je ne sais quoi qui, participant de sa divinité, se tournerait instinctivement vers la source
dont il est dérivé? Dois-je, me laissant guider par
cette puissance, chercher moins à examiner qu'à
croire? . . . .

« Je me rappelle qu'autrefois mon professeur de
mathématiques me disait : « Si vous voulez savoir
quelque chose, commencez par douter de tout. »
J'ai commencé, mais jusqu'ici je n'ai point décou-

vert la moindre lueur marquant la fin de ce sentier
ténébreux.

.   .   .   .

« Je suivrai vos conseils, ma chère amie, ces
conseils que vous me donnez avec tant d'humilité,
de vrai sentiment féminin. Mais je crois que vous
avez pris le bon parti avec moi. Je suis un de ces
hommes qu'on ne peut sermonner, raisonner, pour
les faire croire. Il faut que je découvre la vérité par
moi-même. C'est pourquoi, suivant votre loi, je vais
étudier soigneusement la Bible, en particulier la vie
de Jésus de Nazareth, que vous regardez comme
la plus pure révélation de Dieu sur la terre.
Si j'y trouve des obscurités, des contradictions,
je me souviendrai, comme vous le dites, que
l'Écriture ne fut pas et ne prétend pas avoir été
tracée, visiblement et en réalité, de la main de Dieu
même, mais qu'elle fut inspirée par lui à des esprits
d'hommes et qu'elle reflète ainsi, jusqu'à un certain
point, l'individualité de l'écrivain qui nous la trans-
met. De là quelques contradictions dans la forme,
dans la lettre, mais une parfaite unité du fond, de
l'esprit. C'est ce qu'il me faut, dites-vous, considérer. Avant tout, je dois contempler l'unique manifestation humaine de la perfection divine, Jésus-

Christ, le Sauveur des hommes. Je le ferai. Vous voyez, mon amie, comme mon esprit répond à vos paroles. Je deviens, je l'espère, beaucoup plus semblable à vous. Tous les liens qui m'unissent aux miens me paraissent s'être resserrés ; je puis maintenant penser à ma bonne et pieuse mère, sans me dire, comme je le faisais autrefois, qu'elle est aveuglée ou qu'elle me trompe. Je ne m'éloigne plus de mon enfant avec épouvante, en me répétant qu'elle me doit une existence pour laquelle elle pourra un jour maudire Dieu en mourant. Toutefois, il m'est impossible de demeurer à Harbury. Tout m'y accuse ; et quant à reprendre mon ministère, il n'y a pas à y songer. Quel abominable hypocrite j'ai été ! Si cette recherche de la vérité m'amène enfin à une croyance qui ait quelque analogie avec celle de l'Église anglicane, comment se fait-il que le feu du ciel ne m'ait pas foudroyé ?

« Vous parlez de l'époque où nous aurons la même foi et où je rendrai grâce au Dieu miséricordieux qui m'aura éclairé. Je n'en suis pas encore arrivé là, mais cela viendra peut-être, et s'il en est ainsi un jour, que ne vous devrai-je pas, à vous qui, par l'exemple de votre conduite, aurez d'abord ranimé ma foi en l'humanité, puis, par votre vie spirituelle,

ma foi en Dieu? Vous avez résolu pour moi plusieurs
de ces problèmes de la Providence que je croyais
inconciliables avec la justice éternelle. Je vois que
l'amour de Dieu et de l'homme se suffisent à eux-
mêmes, et que celui qui aime Dieu est *un* avec *lui*.
Les doctrines peuvent varier à l'infini, mais cette
vérité subsiste par elle-même ; elle est à la base de
tout. Je m'y attache maintenant et j'espère y trouver
le salut de mon âme. Si jamais je fais monter vers
Dieu une prière qui soit entendue de lui, ce sera
pour lui demander qu'il vous bénisse, vous, mon
amie, ma consolatrice. »

Arrêtons-nous ici un instant, si vous le voulez
bien, cher lecteur. Entraîné par notre sujet, nous
avons dépassé les limites que prescrit ordinairement
un livre tel que celui-ci. Si, après avoir lu ce cha-
pitre, vous retournez à la première page et examinez
le titre : OLIVIA, vous vous écrierez peut-être : « C'est
étrange ! inconvenant ! » et vous nous accuserez
d'avoir commis une profanation en introduisant dans
cette fiction un sujet reconnu par tout le monde
comme vital, mais que néanmoins la plupart des
gens sont bien aises de mettre de côté, quitte à le
retrouver à certaines époques et dans certains lieux.

Il y a des personnes, nous le savons, qui croient ir-révérencieux d'amener le saint nom de Dieu dans des ouvrages de ce genre. Qu'est-ce qu'un roman, après tout — ou plutôt qu'est-ce qu'un roman de-vrait être? — sinon l'œuvre d'un esprit sérieux, essayant de montrer au plus grand nombre d'esprits possible ce qu'est la vie humaine, ce qu'elle peut être; de répandre la vérité au moyen de la fiction, d'enseigner, de conseiller, d'avertir? Et qu'est-ce que la vie humaine sans Dieu? Qui oserait nous dire que c'est là ce que nous devons représenter...?

L'écrivain qui comprend la hauteur de sa tâche ne peut étouffer la lumière qui est en lui. Ayant mis la main à la charrue, il ne peut regarder ni en ar-rière, ni à droite, ni à gauche. Il marche en avant, comme le veut la voix intérieure qui le pousse; et puisse celui qui lit dans les cœurs le conduire dans le bon chemin!

CHAPITRE IX

Quelques jours s'écoulèrent dans une paisible
monotonie, rompue seulement par les visites du
bon Lyle, qui venait, disait-il, pour distraire la blessée. Que cela fût vrai ou non, Lyle était en perma-
nence au Dell, où il était bien reçu ; mais il réclamait
toujours comme une faveur que mademoiselle Rothsay fût associée en quelque façon, ou tout au moins
présente, aux petits divertissements qu'il imaginait
pour Christal ; aussi voyait-on du matin au soir la
chaise longue de la jeune personne dans l'atelier.
Olivia travaillait en écoutant leur gai babil, leurs
chants ou leurs assauts d'esprit ; elle leur portait
parfois envie. Comme elle se trouvait plus âgée,
plus grave qu'eux !

Harold Gwynne ne venait plus au cottage ; ce
n'est pas qu'il eût jamais eu l'habitude d'y faire de

longues visites comme le jeune Derwent ; mais lorsqu'il était à Harbury, il se passait peu de jours sans
qu'il y parût au moins quelques instants. Une absence
d'une semaine était un vrai chagrin pour Olivia.
Chaque matin, en se levant et en voyant les rayons
du soleil dorer le clocher de Harbury, elle se disait :
« Viendra-t-il, aujourd'hui ? » Et le soir, lorsqu'il
n'était pas venu, elle ne considérait plus la journée
écoulée qu'avec indifférence, comme à travers un
pâle brouillard. Il lui semblait qu'elle avait vécu à
demi. Olivia ne pouvait s'empêcher de s'avouer que
depuis plusieurs mois, Harold Gwynne avait été
l'unique intérêt de sa vie. A la vérité, c'était sous la
forme d'un devoir à remplir qu'il s'était offert à
elle, et nous savons que notre artiste n'était pas
femme à reculer devant son accomplissement. Lorsque sa mère mourut, elle avait éprouvé une étrange
consolation à sentir que des bras se tendaient vers
elle, qu'un être humain lui criait encore : « J'ai
besoin de toi. » Dans ces accents elle croyait entendre ceux de l'esprit bienheureux qui venait de
la quitter et qui lui recommandait cette tâche sacrée.
Elle y voua dès lors toutes ses pensées, toutes ses
prières. C'est ainsi que sa destinée la rencontra ; en
se dévouant, elle apprit à aimer ! Mais cette trans-

formation s'était opérée par degrés si insensibles qu'à peine s'en apercevait-elle.

— Pourquoi suis-je si agitée? se disait Olivia après une de ces journées d'attente déçue. Il ne faut pas être trop exigeante en amitié ; on y doit tout donner et ne rien demander. Pourtant, il est peu aimable à lui de rester ainsi à l'écart; mais un homme ne ressent pas les mêmes impressions que nous autres femmes. Il a tant de choses qui le préoccupent et l'absorbent, tandis que moi... Mais ici sa pensée, comme un flot qui se brise contre un rocher, lui échappa. Elle craignit de s'avouer qu'elle n'avait aucun intérêt où il ne fût mêlé. —S'il ne vient plus aussi souvent, se disait-elle, en reprenant au bout d'un instant sa rêverie, ne dois-je pas être satisfaite de savoir qu'il m'estime et me respecte, que je lui suis utile? Oh ! avec quelle ferveur ne dois-je pas rendre grâce à Dieu de ce que je puis, avec le temps, devenir l'instrument qui le ramènera de la voie de l'erreur dans celle de la vérité ! Non, ami cher et précieux, je ne pourrais mourir sachant que l'abîme de l'éternité séparerait mon âme de la vôtre ! Pour le présent, quelles que soient les circonstances qui viennent nous séparer...

Là encore elle fut interrompue dans sa médita-

tion par une sensation douloureuse. Si le silence de
toute une semaine lui avait été si cruel, que serait-
ce que celui de toute une vie? Une voix intérieure
lui murmurait tout bas que même dans cette vie il
serait bien amer d'être séparée de Harold Gwynne!

— Vous ne peignez pas, mademoiselle Rothsay,
vous réfléchissez! cria soudain Lyle Derwent.

Olivia tressaillit comme si elle avait été coupable
de quelque faute.

— Une artiste ne peut-elle parfois rêver? répondit-elle, mais sans pouvoir s'empêcher de rougir.

Ses pensées étaient donc mauvaises, qu'on les
épiait ainsi? Un secret s'insinuait-il dans son cœur,
qu'il lui fallait chercher à dissimuler?

— Allons, vous voilà bien! vous, le plus pares-
seux des êtres, reprocher à mademoiselle Rothsay son oisiveté! s'écria à son tour Christal d'un ton
aigre. Qu'y a-t-il d'étonnant qu'elle soit mélancolique, et moi aussi? Vous-même, vous devenez aussi
sérieux que M. Gwynne depuis quelque temps. Je
souhaiterais presque de le voir à votre place.

— Vraiment? Eh bien, recueillez le fruit de votre
prière ; j'entends la sonnette du jardin : c'est peut-
être mon digne beau-frère en personne.

— Ah! si c'est lui, par charité offrez-moi votre

bras pour me conduire dans la pièce voisine, car, toute réflexion faite, je ne puis supporter sa triste figure.

— O femme, être fragile, changeant, léger ! déclama le jeune homme en souriant et en s'apprêtant à soutenir la belle Christal, dont la personne n'était rien moins que frêle.

Olivia fut laissée seule. Pourquoi tremblait-elle ? pourquoi son cœur battait-il si fort ? Elle s'en fit la question presque dédaigneusement, mais sans trouver de réponse. Harold entra.

— Je viens, chargé d'un message de ma mère pour vous, dit-il. Puis, tout aussitôt : — Qu'avez-vous ? On dirait que vous avez été malade, mademoiselle Rothsay !

— Oh ! ce n'est rien ; la fatigue d'une longue matinée de travail. Ne voulez-vous pas vous asseoir ?

Et, comme d'ordinaire, son doux et tranquille sourire le rassura et le trompa.

— Vous-même, êtes-vous mieux moralement que lors de ma dernière visite à la cure ? Vous savez qu'il y a plus d'une semaine que je ne vous ai vu.

— En vérité ! y a-t-il aussi longtemps ? Je ne croyais pas. — Il ne s'en était pas aperçu, et elle

n'avait cessé de compter les jours, les heures ! — Je
serais venu vous voir plus tôt, reprit-il, mais j'ai
eu tant d'occupations ! D'ailleurs, je ne puis vous
offrir qu'une pauvre société. Je ne ferais que vous
importuner.

— Vous ne m'importunez jamais.

— Il est aimable à vous de parler ainsi ; mais
laissons cela. Je viens vous chercher ; ma mère désire beaucoup vous avoir à passer la journée.

— J'irais volontiers à la cure, répondit Olivia avec
un empressement non simulé ; mais comment laisser Christal seule ?

Heureusement, une véritable invasion des amis
du château coupa court à son hésitation, et bientôt
elle se trouva marchant aux côtés de M. Gwynne, sur
le chemin bien connu de Harbury. Le soleil du
matin brillait ; il la caressait de ses rayons. Toute
souffrance s'était effacée ; elle ne se souvenait plus
de la longue, ennuyeuse attente ; elle était heureuse. Graduellement ils retombèrent dans leur
ancien thème de conversation.

— Que toute cette nature est belle ! disait Harold
qui marchait tête nue, aspirant à longue haleine
la lumière, l'air embaumé. Que ne puis-je être heureux dans ce monde si heureux !

— Ce monde est tel que Dieu l'a voulu créer : bon, mais non tout à fait heureux.

— Pourquoi en est-il autrement ?

— Parce que cette terre est le lieu de notre éducation, l'école pour l'autre vie. Nos fêtes, notre repos sont à venir. Ne le pensez-vous pas aussi ?

— Je ne sais. Il me semble être dans un grand labyrinthe où je dois seul trouver mon chemin. Cependant, mon amie, ne me quittez pas ; restez auprès de moi. — Involontairement, à ces paroles, sa compagne pressa son bras. Harold tressaillit et hâta le pas. Un instant après il reprit d'une voix contrainte : — Je veux dire : Conservez-moi votre amitié, votre silencieux et consolant appui, vos prières. Oui, jusque-là je puis croire. Je puis dire : Priez Dieu pour moi ; sans doute qu'il vous exaucera, vous. Mais vous voyez qu'il faut que je poursuive ma route seul à travers ces ténèbres.

— Jusqu'à ce que la lumière luise. Elle viendra, j'en suis convaincue ! s'écria Olivia ; et leurs yeux se rencontrèrent. Ceux de la jeune artiste brillaient d'enthousiasme, de joie ; dans ceux de Harold demeurait une obscurité, un doute. Son bras même, sur lequel elle s'appuyait, lui sembla devenu rigide. Une barrière les séparait soudain.

— Plût au ciel ! s'écria Harold en approchant de Harbury, plût au ciel que je pusse quitter ce lieu à toujours ! Je crois que je vais m'y résoudre. Mon nom, ma réputation dans la science a acquis quelque importance. Je pourrais la mettre à profit, commencer une nouvelle vie, active, utile à mes semblables. Pour dire la vérité, j'y suis décidé.

— Décidé à quoi ? Je ne comprends pas bien. Cette résolution me semble si prompte... balbutia Olivia d'une voix faible.

— A quitter l'Angleterre pour toujours. Que pensez-vous de ce projet ?

Ce qu'elle en pensait ? Rien. Il y avait dans ses oreilles comme un bruit de grosses eaux ; le sol vacillait sous ses pieds. Cependant elle ne faiblit pas. Une minute après, elle répondit tranquillement :

— Vous êtes le meilleur juge de ce qui vous convient ; si cela peut être bon pour votre âme, faites-le.

M. Gwynne parut soulagé d'un grand poids, et en même temps contrarié du calme que gardait Olivia :

— Je suis bien aise, dit-il, que vous soyez de mon avis. Je m'étais imaginé que vous désapprouveriez ce plan.

— Pourquoi ?

9.

— Les femmes ont d'étranges idées quant à leur pays, leur foyer, leur famille. Il me faudra quitter tout cela. Je ne reverrai jamais l'Angleterre. Je jetterai cette robe noire dans l'Océan, et j'ensevelirai avec elle toute une vie d'hypocrisie et de mensonge. Alors seulement je pourrai reprendre une nouvelle énergie, sentir en moi de nouvelles espérances. Mais pour cela il me faut briser tous les liens, partir seul. Ma mère! ma pauvre mère! Je n'ai encore osé lui en ouvrir la bouche. Pour elle, la pensée de me voir m'éloigner lui portera peut-être un coup mortel, tant son affection pour moi est exclusive!

Il avait parlé rapidement, sans regarder une seule fois sa compagne silencieuse. Lorsqu'il se tut, celle-ci étendit le bras en avant, comme si elle eût voulu saisir quelque objet afin de s'y cramponner; mais ramenant bientôt ce bras sous son châle, elle pressa vivement son cœur; sur ce cœur les paroles de Harold tombaient une à une dans toute leur cruelle amertume. Elles se traduisaient en ces termes : « Pour moi aussi ce départ est comme la mort, car moi aussi je t'aime! Ah! plus qu'une mère aima jamais son fils, plus qu'une sœur son frère, plus que mon âme, malheureuse que je suis! »

— Vous vous taisez, reprit Harold, vous trouvez ma façon d'agir cruelle vis-à-vis de celle qui m'a voué une si profonde tendresse! Pour nous autres hommes, vous savez, les affections sont secondaires; nous en avons à peine besoin, ou, quand notre destinée l'exige, nous savons les étouffer.

— Oui, je l'ai entendu dire, murmura Olivia faiblement.

Ils arrivaient à la porte du presbytère.

— Eh bien, mademoiselle Rothsay, à quoi pensez-vous donc? demanda Harold.

— Je pensais que n'importe où vous alliez, votre devoir est de prendre avec vous votre mère et votre enfant; avec elles votre famille est complète.

— Oui, mais j'ai des amis, une amie, au moins, dont il faudra me séparer : vous.

— Comme à tant d'autres, vous me manquerez beaucoup; mais tout ami véritable doit savoir se sacrifier au bonheur de son ami. Je serai satisfaite si j'entends parler de vous quelquefois.

M. Gwynne ne répondit rien à ces paroles. Ils entraient dans le vestibule.

Que de choses à faire au presbytère cette après-midi ! D'abord les leçons d'Ailie en retard, puis madame Gwynne, qui absorba à son

tour toute l'attention d'Olivia en lui faisant les hon-
neurs de son jardin. Il fallait admirer les houx et
les dahlias dont la bonne dame était si fière.

— Voyez, Olivia, j'aurai les plus beaux dahlias du
pays l'année prochaine, disait madame Gwynne, ravie de l'apparence de ses plaintes.

L'année prochaine! Olivia se demanda si elle ne
parlait pas de l'autre monde.

Enfin, d'une manière ou d'une autre, les heures
s'écoulèrent; comment? c'est ce qu'Olivia aurait eu
assez de peine à dire. Elle ne voyait, n'entendait, ne
sentait rien; elle ne savait qu'une chose, c'est qu'elle
avait réussi à paraître aux yeux de Harold et de
sa mère exactement ce qu'elle était d'habitude, une
petite personne douce, souriante, tranquille, que
l'on commençait déjà à appeler « une vieille fille » et
que nul ne soupçonnait capable de passions, de l'a-
mour moins encore que de toute autre.

Après le dîner, qui eut lieu de très-bonne heure,
Harold sortit et ne revint pas, bien que vers le soir
un léger brouillard commençât à tomber. En voyant
le jour décliner, Olivia, à bout de forces, se dit
qu'une heure encore dans cette atmosphère de famille, dans cette maison aimée, serait dangereuse
pour elle. En conséquence, elle pria madame Gwynne

de la laisser partir, prétextant l'état de Christal.

— Vous ne pouvez vous en aller seule, ma chère ; assurément vous attendrez bien le retour de Harold ?

— Oh ! non, non, merci ! il serait trop tard ; le brouillard devient plus épais. Ne craignez rien pour moi, la route est sûre et je suis habituée à aller seule, répondit Olivia en essayant de sourire.

— Quelle brave petite personne vous faites, ma chère ! répliqua madame Gwynne ; allons, je n'insiste plus.

Au bout de quelques minutes, Olivia se trouva sur la route solitaire, se dirigeant vers sa demeure. Après avoir fermé la grille de la cure, elle devait d'abord traverser le cimetière. Son premier soin fut de se diriger, au milieu des longues herbes, vers la tombe de sa mère.

— O ! mère, mère, pourquoi m'avez-vous quittée ? Si je ne vous avais pas perdue, jamais je n'aurais songé à aimer.

Des larmes brûlantes inondèrent ses joues, brûlantes aussi, mais de honte, car avec cet aveu naissait le sentiment amer de l'humiliation qui oppresse toute femme lorsqu'elle se rend compte qu'elle a osé aimer la première.

— Qu'ai-je fait ! s'écriait l'infortunée Olivia. O

terre, ouvre-toi, engloutis-moi, cache-moi à moi-
même, à ma misère, à ma honte ! Soudain elle tressaillit : — S'il allait passer et me voir dans cet état ! A
cette idée, elle se mit à courir comme si elle était
poursuivie, mais peu à peu, à mesure qu'elle s'éloignait du cimetière, elle se rassura et ralentit le pas.
Un brouillard blanchâtre s'élevait des prairies au
milieu desquelles elle descendait ; il l'enveloppa
comme d'un linceul qui pénétrait jusqu'à son cœur
et en arrêtait les pulsations.

Elle marchait seule sur ce chemin si souvent parcouru avec Harold ; seule, comme il lui avait semblé
autrefois que tel devait être son lot à travers la vie ;
seule, comme il devait en être désormais. Ce fut la
certitude de cette conclusion qui la calma. Elle n'a-
vait aucun de ces doutes de jeune fille, aucune
espérance ; non, pas une. La possibilité que Harold
pût l'aimer, la choisir pour femme, n'entra pas un
instant dans son esprit.

Depuis les jours où elle avait tissé le radieux roman des amours de Sara et de Charles Gedder, aucune illusion n'avait relevé pour elle son idéal dans
l'avenir. Olivia avait cessé de rêver l'amour et, ayant
renoncé à ses félicités, elle avait coupé court aussi
aux rêveries dans lesquelles les jeunes filles se

complaisent. Elle les avait remplacées par le culte de l'art, et ce culte joint à celui qu'elle avait voué à sa mère, avait suffi pour remplir complétement sa vie. A peine si elle avait conscience alors de ce qu'elle perdait, ne lisant aucun des livres qui entretiennent ces sentiments, et les fiançailles ou les mariages dont elle entendait parler n'étant point de nature, d'ailleurs, comme nous l'avons dit plus haut, à exciter son envie. Elle poursuivait calme et pure sa carrière, supérieure aux joies comme aux tourments de l'amour.

En atteignant la maison, Olivia ne chercha pas à y entrer ; elle savait qu'elle n'y trouverait point la solitude dont elle avait si grand besoin ; mais se réfugiant sous le petit berceau de clématites qui avait été le lieu de repos qu'affectionnait sa mère, elle s'efforça, enveloppée dans les brumes silencieuses de cette tiède soirée d'automne, de reprendre ses forces et d'envisager avec courage son triste sort.

— Ainsi, se répétait-elle, je subis la destinée qui tôt ou tard, dit-on, est celle de toute femme. Je ne puis me tromper moi-même davantage. Ce que j'éprouve n'est pas de l'amitié, c'est de l'*amour !* Toute ma vie repose sur une pensée presque unique, la sienne. Elle est mêlée à tout ce qui m'intéresse, elle est entre Dieu et moi, je la trouve à mon réveil avec son nom sur mes lèvres, c'est mon premier espoir du jour, et, lorsque le soir je m'agenouille pour prier, ce nom est aussi le dernier que je prononce. Si j'ai péché, que Dieu me pardonne ! Lui seul sait combien ma vie était aride et désolée, lorsque l'unique affection qui l'avait remplie jusque-là m'a été ravie. Il fallait à mon cœur un autre aliment, un autre amour, et celui-ci est venu s'offrir ! Ah ! quel malheur pour moi ! Se dissipera-t-il jamais ? Il y a des sentiments qui sont passagers, des caprices de jeunes filles ; mais j'ai vingt-six ans, j'ai vécu jusqu'à ce jour sans aimer. Nul ne m'a courtisée, sauf mon maître Vanburgh, dont l'affection pour moi n'était pas de l'amour. Non, non, je suis ce qu'on m'appelle, une vieille fille, destinée à vivre solitaire sans être aimée ! Peut-être, — il y a longtemps que je ne me suis occupée de cette question, — la première appréhension de ma jeunesse est-elle justifiée, peut-être y a-t-il en moi quelque chose de répulsif qui empêche un homme de me choisir pour être sa femme ? Raison de plus, en supposant que ce sentiment soit éphémère chez moi, pour qu'il ne puisse jamais être supplanté par un lien nouveau qui viendrait effacer la trace de cet amour sans es-

poir. Sans espoir! oui, je le sais. Il admire la beauté,
la grâce, et je ne possède ni l'une ni l'autre. Pourtant lui ferai-je l'injustice de croire qu'il me mépri-
serait à cause de cela? Ne l'ai-je pas entendu dire
à quelqu'un une fois qu'il y avait en moi un tel
charme qu'il n'avait jamais remarqué « ma légère
difformité. » Ma difformité, s'en apercevrait-il seulement s'il m'aimait?... S'il m'aimait!... insensée
que je suis!... je fais un rêve d'insensée. Non, c'est
impossible!... Voyons, considérons la situation avec
calme. Il m'a donné tout ce qu'il pouvait me donner, son amitié, un respect paternel, il m'a témoigné de la bonté; moi, je lui ai donné tout mon
amour, l'amour pur, absolu, qu'une femme ne
peut donner qu'une fois dans sa vie, dût-elle ensuite être implorée à genoux. Je ne suis pour lui
qu'une amie entre plusieurs; lui est pour moi tout
mon univers! Ah! quelle effrayante différence! Je
veux regarder mon sort en face. Je veux examiner
comment je dois le supporter. C'est évident, il n'y
a aucun espoir pour moi d'être aimée de l'amour que
je ressens pour lui. Je ne serai jamais sa femme,
je ne serai jamais pour lui plus que ce que je suis
à présent; peut-être moins, car il va s'éloigner,
me laisser comme un frère laisse sa sœur... Me con-

sidère-t-il même sous ce titre ? Il formera d'autres liens ; il se remariera, qui sait ? et alors, mon amour pour lui deviendra un crime !

Ici s'engagea une lutte terrible ; l'infortunée courba la tête ; ses mains crispées, son front brûlant témoignaient de ses angoisses.

—Non, je ne crois pas que cette épreuve me soit réservée ; sa mère, qui le connaît, n'a-t-elle pas dit qu'elle ne pense pas qu'il prenne une seconde femme ? je demeurerai son amie ; ni lui, ni personne ne saura jamais que je l'ai aimé autrement qu'une sœur. Qui songerait que je puisse éprouver d'autres sentiments ? moi, une créature sans grâce, une femme ayant dépassé la jeunesse (car mes traits commencent à se flétrir). Et pourtant j'ai à peine vingt-six ans ; il y a des femmes de cet âge que l'on trouve jeunes ; mais elles ont été élevées avec tendresse, dans d'heureux intérieurs, tandis que moi j'ai eu tant à lutter contre les rigueurs de la vie !

Il n'est pas étonnant que je ne leur ressemble pas, que je sois une personne silencieuse, passant partout inaperçue, sans gaieté, sans attraits, une femme usée avant le temps, pis que tout cela... difforme. Je veux répéter ce mot, il me mettra devant les yeux la vérité la plus propre à étouffer ce rêve

insensé. Alors, voyant que tout espoir est chimé-
rique, je supporterai courageusement le poids de
ma destinée.

Quelle marche suivre? Dois-je essayer de purifier mon cœur de cet amour comme d'une souillure?
Non, c'est une épreuve, une amère épreuve ; mais
ce n'est pas un péché. Si je le croyais, je le broierais
sous mes pieds, dussé-je en mourir ; mais c'est
inutile, mon cœur est pur. Ah! Dieu, tu le sais!

Il me reste une consolation. Il ne m'a pas trompée comme certains hommes qui vous parlent d'a-
mour sans amour, jeu cruel et frivole. Il m'a toujours traitée comme une amie, une sœur, rien de
plus. C'est pourquoi il ne devrait y avoir aucune
amertume dans mon affliction, puisqu'il ne m'a fait
aucun tort.

Je ne cesserai pas de l'aimer ; d'ailleurs le pour-
rais-je, quand je le voudrais? Cette souffrance est
préférable au vide qui serait éternellement mon
partage, puisque je n'ai plus mes parents, plus rien
à attendre que d'éphémères amitiés, comme celles
qui fleurissent sur tous les grands chemins du monde
et se flétrissent là où elles ont grandi. Je sais qu'il
y a des gens qui me diraient d'arracher cet amour
de mon cœur comme un serpent venimeux. Ah!

qu'il y reste plutôt, qu'il y enroule ses anneaux en secret, lentement! Qu'importe qu'il me donne la mort?

Mais non, je ne mourrai pas. Comment mourir tant qu'il vivra et qu'il pourrait avoir besoin de moi, de mes consolations? Je lui serai fidèle. Qu'il mette l'Océan entre nous, mon esprit le suivra partout jusqu'à mon dernier soupir. Je ne tiendrai aucun compte de la distance qui pourra nous séparer. N'importe le lieu, n'importe le moment, lorsqu'il criera : « Amie, j'ai besoin de toi! » Je répondrai : « Me voici! » Ah! si je pouvais concentrer toute mon existence, condenser toutes mes joies, en former pour lui un parfum précieux de paix que je viendrais verser à ses pieds! alors, je pourrais mourir heureuse, et une fois morte, il saurait combien je l'ai aimé. O! Harold! mon Harold!

Telles étaient les pensées dans lesquelles Olivia s'abîma pendant de longues heures. Mais lorsqu'elle se leva, le calme était rentré dans son âme; elle aurait pu rencontrer Harold sans trembler.

Il faisait presque tout à fait nuit. Le brouillard s'était dissipé; on voyait le ciel étinceler d'étoiles.

CHAPITRE X

Je sais que je me fais l'avocat d'une nouvelle théorie de l'amour; je sais que, dans Olivia Rothsay, j'ose peindre une femme qui, douée de toutes les vertus de son sexe, a cependant donné son cœur sans qu'il lui ait été demandé. Le cas, je l'accorde, est rare; je crois qu'il arrive à peu de femmes d'aimer avant d'avoir inspiré l'amour, que cet amour ait été muet ou exprimé, profond ou factice. Mais enfin la chose est possible. Il peut arriver qu'une femme généreuse, peu exigeante dans ses affections, plus prompte à donner qu'à recevoir, n'ayant peut-être jamais pensé à l'amour ni au mariage, ait été insensiblement captivée par des perfections idéalisées chez une personne de l'autre sexe, et que, séduite par le culte de la bonté abstraite, elle se réveille tout à coup pour découvrir que c'est *l'homme* qu'elle *aime.* En effet, qu'est-ce que l'amour, dans son sens le plus pur, le plus divin, si ce n'est cette ardente aspiration vers la perfection que nous désespérons de rencontrer dans aucune autre âme? _ _ _ _

Au même degré, la femme n'est-elle pas tout aussi susceptible d'éprouver ce sentiment que l'homme, elle dont l'âme plus pure est à l'abri des hardiesses, des souillures de la pensée?

Je sais que mon Olivia a déjà encouru la condamnation de sages et dignes matrones, parce que, découvrant son lamentable secret, elle ne s'est pas efforcée avec humiliation et épouvante d'arracher de son cœur cet attachement malheureux. L'eût-elle fait, elle aurait pu, il est vrai, après des années de martyre, montrer son cœur écrasé, uni, semblable à un parterre foulé aux pieds, et dire avec orgueil : « Voyez ce que j'ai eu la force d'accomplir! » Mais sur ce sol désolé, aride, quelle semence pourra germer désormais?

Mieux vaut, mille fois mieux, que la femme dont la destinée, sans qu'elle l'ait cherchée, est ainsi venue à sa rencontre, inexorable, fatale, s'arrête et la contemple face à face et sans peur. Elle ne peut la nier, ni la dissimuler, ni lutter contre elle. Qu'elle la subisse donc comme elle subira la mort un jour,

avec solennité, avec tranquillité. Qu'elle s'approche
de ce cercueil où dorment les espérances flétries de
sa vie, jusqu'à ce que leurs belles visions pâlissent et
s'effacent à ses yeux. Alors, qu'elle les recouvre
d'une main pieuse, qu'elle les ensevelisse si elle peut!
Qui sait si un jour ces espérances ne ressusciteront
pas sous une autre forme, non plus terrestre, mais
divine?

Il est temps enfin que nous autres femmes com-
mencions à enseigner cette théorie, à la suivre. Il
est convenable que toutes tant que nous sommes,
filles, femmes ou mères, qui liront ces lignes, nous
accordions un regard de sympathie à ces pâles sœurs
dont les unes, jeunes, portent doucement jusqu'au
tombeau leur lourd secret; dont les autres atteignent
la vieillesse, endurent le sourire de pitié ou de dérision que leur jette le monde pour leur inclina-
tion malheureuse. D'autres encore serviront peut-
être d'exemple, de texte de discours pour une mère
prudente qui en fera un sujet d'épouvante pour la
fille romanesque.

— Vois, lui dira-t-elle, garde-toi d'imiter ces
têtes exaltées; ne donne jamais ton cœur en retour
d'un amour imaginaire ou, ce qui est encore plus
insensé, ne le consacre pas au culte d'une perfection

idéale à jamais introuvable. Non, garde-le précieusement jusqu'à ce que tu trouves en échange un bon établissement, un riche revenu, l'anneau nuptial et un mari sortable.

Chère Olivia Rothsay, n'aie pas honte de toi-même, ne crains rien, dérobe à tous les regards le trait qui a percé ton cœur ; puis, croise tes mains sur ta poitrine et relève la tête. Va, tu es tout aussi pure que telle ou telle jeune fille qui, mariée sans amour, vit honnêtement, élève ses enfants, tient convenablement la maison de son mari et meurt le modèle de toutes les vertus domestiques. Ne l'envie pas. Mille fois plus élevé, mille fois plus heureux est ton sort et ta silencieuse destinée.

Ainsi, avec douceur, résignation, mais en même temps avec courage, Olivia se prépara à supporter la vie nouvelle qui lui était faite. Il est certain que les débuts en furent amers. Un jeune cœur ne peut tout à coup renoncer à l'amour sans souffrance. Il soupire après ce lien qui est voulu de la nature et il recule avec effroi devant la vision d'une longue existence solitaire, sans but. Parfois Olivia, quoiqu'elle s'efforçât de chasser ces images, rêvait à ce que sa vie aurait pu être. La sainteté de l'amour conjugal et maternel s'imposait vivement à son

imagination, et elle se représentait avec épouvante
sa triste vieillesse, son foyer toujours désert, désolé, la privation constante de toutes ces affections
naturelles qu'aucun lien d'adoption ne peut jamais
remplacer.

Il n'y avait qu'un moyen à opposer à ces murmu-
res, d'ailleurs aussitôt étouffés qu'entendus ; c'était
de se consacrer à son art. N'avait-il pas été longtemps
le grand but, la consolation de sa vie? Ne pouvait-
elle espérer qu'il le redeviendrait encore? Que d'hommes distingués, malheureux en amour, s'étaient
relevés avec courage au milieu du naufrage de leurs
plus belles aspirations et s'étaient consolés par la
gloire! Il restait à Olivia à apprendre qu'il en est rarement de même pour les femmes. -

Le changement qui s'était opéré en elle lui fut
rendu plus palpable par le grand succès qu'ob-
tint un de ses tableaux. Lorsqu'elle en reçut la
nouvelle, nouvelle qui, une année auparavant, aurait fait bondir son cœur de joie, Olivia se contenta
de sourire tristement, et courut s'enfermer dans
sa chambre pour y pleurer sans témoin.

Il n'y avait, il ne pouvait y avoir aucune différence
extérieure dans sa conduite. Elle alla comme d'habitude au presbytère, causa, se promena avec Harold,

ainsi que celui-ci paraissait y compter; elle prêta
une oreille attentive à ses projets d'avenir, projets,
hélas! où elle n'entrait pour rien. Avec une force
surprenante d'abnégation, elle chercha à s'oublier
absolument elle-même et à ne songer qu'à lui, à
ses véritables intérêts. Le connaissant si bien et
exerçant sur lui une influence à laquelle il semblait
se plaire, ou du moins qu'il ne rejetait jamais,
la triste Olivia était toujours capable de le raisonner, de l'encourager, de sympathiser avec ses
peines.

Harold l'en remerciait souvent, mais il était
loin de soupçonner que ces simples et paisibles
discours sortaient d'une âme dévorée de chagrin.
Lorsqu'il la reconduisait le soir chez elle, il ne
voyait ni sa pâleur, ni ses yeux brûlants de larmes contenues, ni ses lèvres contractées par l'angoisse, qui ne s'ouvraient alors que pour laisser
échapper quelques paroles insignifiantes; l'oreille
du jeune pasteur ne distinguait pas, dans le tremblement de sa voix, la note discordante qui aurait
dû la trahir. Au presbytère, Harold, absorbé dans
ses propres réflexions, ne se doutait pas quels regards étaient rivés sur son visage, afin d'en fixer
tous les traits chéris dans le trésor de la mémoire

d'Olivia, en prévision de l'époque où elle ne les verrait plus.

Olivia lutta ainsi avec douleur ; chacun de ces jours, chacune de ces heures restèrent marqués sur son cœur comme avec un fer rouge. Plus tard, lorsqu'elle y songea, ce fut avec un frisson d'horreur, comme si elle s'étonnait d'avoir pu tant souffrir sans en mourir.

La conséquence inévitable de ce combat fut que bientôt sa santé s'altéra et que l'on commença à le remarquer. « Mademoiselle Rothsay, disait-on, et Lyle Derwent le premier, n'a pas aussi bonne mine qu'autrefois, mais ce n'est pas étonnant, elle travaille trop ; ce qu'elle fait est au-dessus de ses forces. » Olivia ne démentait point ces observations, mais elle n'en continuait pas moins à être assidue à son chevalet. Harold lui-même s'aperçut qu'elle était malade et la traita alors avec des attentions et des ménagements tout fraternels. Souvent il remarquait ses joues pâles, plus pâles encore sous son regard, et lorsqu'il l'enveloppait dans son manteau, il la voyait frissonner et trembler.

Olivia, dans ces occasions, se hâtait de rentrer chez elle pour y pleurer tout à son aise. Elle le pouvait sans crainte maintenant, car elle habitait seule le Dell. Madame Hudgers avait, au bout de quelques jours, déclaré Christal suffisamment remise pour partir et l'avait emmenée ainsi que Lyle, qui s'était montré peu empressé de la suivre. Mais la solitude, autrefois si douce à Olivia, était devenue aujourd'hui un supplice redouté pour son âme, et le seul moyen qu'elle eût d'y échapper, c'était d'aller au presbytère, où elle buvait à longs traits le poison mortel ! Enfin le cercle fatal qu'elle ne pouvait rompre elle-même se trouva brisé sans qu'elle l'eût cherché. Un matin, on lui remit une lettre de sa grand'tante, madame Flora Rothsay, qui l'invitait avec instance à venir passer quelque temps à Édimbourg ; la vieille dame désirait vivement voir, avant de mourir, celle qui serait bientôt la dernière survivante de sa race.

Au premier moment, Olivia fut tentée de bénir la Providence qui lui envoyait une occasion si inespérée de se soustraire à sa cruelle situation ; mais Harold n'aurait-il pas besoin d'elle ? Dans l'état actuel de son esprit, elle était sa seule confidente ; or, elle se sentait le courage de braver des années de torture si sa présence pouvait lui ôter une heure d'anxiété. Afin d'en juger, elle se rendit à la cure.

— Mais certainement, ma chère enfant, il faut

accepter cette invitation, lui répondit de suite madame Gwynne avec un sourire mystérieux. Ce changement sera excellent pour votre santé. C'est ce
que disait Harold pas plus tard que ce matin.

— Comment ! il avait donc connaissance de cette
lettre?

— Voyons, s'il faut vous dire la vérité, je crois
bien que c'est lui qui a été la cause de ce projet. Il
s'apercevait que vous n'étiez pas bien, il s'inquiète
tant de vous !

Ainsi il avait tout arrangé ; il pouvait si facilement
se passer d'elle ! Qu'y avait-il là d'étonnant? Ils n'é-
taient que des amis ordinaires. Elle répondit avec
indifférence :

— J'irai.

Elle fit part de son intention à Harold, lorsqu'il
rentra. Il en parut charmé et le témoigna avec plus
d'expansion que de coutume.

— Je suis bien aise que vous fassiez la connaissance de la tante Flora. Vous voyez que je la nomme
aussi « ma tante, » car elle nous est un peu parente, et je l'ai toujours tendrement aimée depuis
mon enfance.

C'était quelque chose d'aller voir une personne

10.

que Harold aimait tendrement. Olivia envisagea
son excursion avec plus de courage.

— D'ailleurs, la tante Flora vous connaît déjà,
ajouta madame Gwynne comme stimulant. Elle me
raconte que Harold lui a souvent parlé de vous,
pendant sa dernière visite, cet été.

— J'avais un motif, dit Harold, dont le teint
foncé se colora légèrement à ces mots. Je désirais
que madame Flora apprît à connaître et à aimer
sa nièce, parce que j'étais convaincu que celle-ci
ne pouvait manquer un jour de l'apprécier de son
côté.

— Cela est bon et aimable à vous, mon fils.
Comme vous avez été prévoyant dans toute cette com-
binaison pour Olivia !

— Olivia, j'espère, ne m'en voudra pas, répondit
M. Gwynne. Il s'arrêta soudain. C'était la première
fois qu'il lui arrivait de prononcer son nom de baptême. Ce son inaccoutumé fit bondir de joie le cœur
d'Olivia ; mais ce ne fut l'affaire que d'une seconde,
car Harold reprit son air froid et sec. Bientôt après
il sortit.

Madame Gwynne engagea Olivia à passer la journée à la cure. Elles y furent seules, car Harold ne
reparut pas ; seulement, dans l'après-midi, leur

solitude fut interrompue par l'arrivée inopinée de Lyle Derwent.

— Comment! déjà de retour de Brighton! Qui l'aurait cru? s'écria en souriant madame Gwynne.

Lyle Derwent prit son air sentimental et balbutia quelques phrases où l'on distinguait entre autres choses qu'il détestait les mondanités et qu'il n'était heureux qu'à Tornwood.

— Mademoiselle Rothsay ne partage pas absolument votre opinion, reprit madame Gwynne, car elle est sur le point de le quitter pour quelque temps.

— Mademoiselle Rothsay nous quitter?

— Oui, il est vrai, Lyle. Vous voyez, je ne me porte pas bien. Mes excellents amis ici s'en préoccupent sans doute beaucoup trop, mais enfin je cède à leurs désirs, ayant d'ailleurs grande envie de connaître l'Ecosse et ma vieille tante.

— Ah! vous partez pour l'Ecosse? Quel long et fatigant voyage! Vous allez peut-être y passer des semaines, des mois entiers, qui sait? Et moi, que vais-je devenir tout ce temps? Je veux dire qu'allons-nous tous devenir à Tornwood?

Son visible chagrin toucha Olivia profondément; c'était quelque chose d'être tant regrettée, même par cet enfant, car il lui faisait toujours l'effet d'un

collégien, soit à cause des vieux souvenirs, soit
parce qu'il avait l'air si jeune, soit enfin parce qu'il
était sincère et naïf,

— Mon cher Lyle, lui dit-elle, que vous êtes bon
de penser ainsi à moi ! Mais, en vérité, je ne vous
oublierai pas non plus, je vous le promets.

— Vous me le promettez ? s'écria Lyle avec chaleur.

— Oui, certainement, répéta Olivia, et en même
temps une pensée douloureuse lui serra le cœur :
nul ne demandait cette promesse, nul ne la désirait
que le bon, l'affectueux Lyle.

Le pauvre garçon resta inconsolable, malgré cette
assurance. Il prit un air si piteux, fit des citations
poétiques empreintes de tant de mélancolie, que
madame Gwynne qui, avec son bon sens pratique,
s'impatientait aisément des incohérences sentimen-
tales de Lyle, comme elle les appelait, finit par s'endormir. Ce résultat peu flatteur avait généralement
pour effet de le calmer immédiatement. Cette fois-
ci, Olivia en eut pitié et lui proposa un tour de promenade dans le jardin.

Là il se livra encore à ses doléances sur le départ
projeté ; mais sous son affectation, on voyait poin-
dre un sentiment sérieux, profond, de regret.

— Je déplore amèrement votre absence, disait-il, parlant bas, mais naturellement. Cependant si le changement d'air est nécessaire à votre santé, si ce voyage doit vous faire du bien, je ne songerai plus à moi le moins du monde.

C'étaient les paroles mêmes dont Olivia s'était servie vis-à-vis de Harold. Cette coïncidence la frappa; elle se reprocha d'accueillir avec indifférence les démonstrations de ses amis, et en particulier celles de Lyle. Mais toute affection pâlissait devant la grande passion qui la dominait; tout lien secondaire, en regard du seul auquel elle ne pouvait prétendre, ne servait qu'à mieux faire ressortir sa souffrance.

Cependant, ce fut presque avec remords qu'elle contempla son ancien favori et qu'elle souhaita d'avoir été plus aimable avec lui; ses manières se ressentirent de ces réflexions; celles de Lyle devenaient de plus en plus pressantes, chaleureuses.

— Comme j'aimerais à espérer que vous voudrez bien m'écrire quelquefois, mademoiselle Rothsay! s'écriait-il; dans tous les cas, moi je n'y manquerai pas, si vous le permettez.

— Certainement, vous me ferez grand plaisir. Vous me donnerez des nouvelles de Tornwood et de Harbury. Ici, Olivia s'aperçut tout à coup avec honte

que c'était surtout par ce dernier motif que les lettres de Lyle lui seraient agréables.

— Est-ce là tout? s'écria le jeune homme. O
mademoiselle Rothsay, vous inquiétez-vous si peu
de moi? Figurez-vous que je regrette souvent de
ne plus être l'écolier qui jouait avec vous dans le
vieux jardin d'Old-Church.

— Pourquoi?

— Parce que..., parce que..., balbutia Lyle, le
sang lui montant au visage rapidement. Mais non,
non, je ne puis vous le dire maintenant ; peut-être
une autre fois !

— Comme il vous plaira, répondit Olivia avec distraction. Son imagination éveillée par ce nom d'Old-
Church, depuis si longtemps oublié, se reporta vers
la demeure de son heureuse jeunesse. Pourquoi
n'était-elle pas morte alors?... Mais sa mère !

— Ah ! pensa-t-elle, je suis bien aise d'avoir
vécu pour la consoler. Ce que l'on dit doit être
vrai, que nul ne quitte la terre avant d'y avoir
accompli sa tâche. Il me faut donc prendre patience
et vivre !

Incapable de soutenir davantage la conversation
avec Lyle, Olivia rentra dans le presbytère. Harold
était assis et lisait.

— Y a-t-il longtemps que vous êtes revenu? demanda-t-elle d'une voix un peu tremblante.

— Environ une heure.

— Je ne vous ai pas vu rentrer.

— Ce n'était guère possible, vous étiez occupée avec mon beau-frère; c'est pourquoi, ne voulant pas vous déranger, j'ai pris mon livre.

M. Gwynne prononça ces paroles d'un ton froid et brusque. Olivia se dit que quelque chose devait l'avoir contrarié; elle avança un siége près de lui et s'efforça de chasser ce nuage.

Plusieurs fois, dans le courant de la soirée, Lyle renouvela ses lamentations sur le voyage de mademoiselle Rothsay. Quant à Harold, on ne l'entendit pas proférer un seul mot de regret à propos de cet événement; lorsqu'Olivia parla de se retirer, il offrit de la reconduire chez elle.

— Je vous remercie, mais il fait un temps si pluvieux que vraiment je crains...

— Très-bien! du moment que vous préférez retourner seule...

Olivia s'aperçut qu'elle l'avait offensé, mais ce n'était que son amour-propre qui était blessé, rien de plus; elle se le répéta, afin d'apaiser l'involon-

taire battement de son cœur ; puis elle reprit tout
haut, en hésitant un peu :

— Cependant, comme nous n'aurons plus guère
de promenades ensemble....?

— Soit, j'irai avec vous, reprit Harold avec un
sourire.

Il l'accompagna et, de plus, s'arrangea de façon
à tenir Lyle à distance ; le pauvre garçon marchait
seul en avant, sifflant un air mélancolique, jusqu'à
ce que, arrivé au Dell, il prit congé d'eux et disparut.

M. Gwynne, qui n'avait parlé que de choses indifférentes pendant la route, sans faire allusion au
départ d'Olivia, aborda enfin ce sujet ; mais ce fut
comme accidentellement, et sans paraître y attacher grande importance.

— Je me demande si vous serez de retour avant
que je quitte Harbury, en supposant toutefois que je
me décide à partir. J'aimerais vous revoir encore.
Enfin, le hasard en décidera !

Le hasard !... Elle aurait voulu conjurer tous
les accidents, lever tous les obstacles, enchaîner
tous les projets, afin de passer un seul jour
avec lui ! et tout à coup ce mot cruel rompt le
charme qu'une seule parole affectueuse venait de

jeter sur son âme ; mais cette parole, ce n'était que de la bonté, rien de plus ; elle le savait. Quant à lui, il ne voulait pas qu'on pût l'interpréter autrement ; il n'y avait dans ses sentiments aucun écho qui répondît à ceux d'Olivia. L'orgueil féminin se réveilla chez celle-ci, et avec lui une sensation d'angoisse, de honte. Ses adieux à Harold s'en ressentirent et furent empreints d'une froideur sensible.

Mais dès qu'il l'eut quittée, elle ne sentit plus dans son âme qu'une amère déception, un vide immense. Elle prêta l'oreille pour écouter jusqu'au bruit de ses pas sur la route, elle n'entendit rien. Il avait dû s'éloigner très-rapidement ; un long soupir accompagna cette pensée.

Peu de jours séparaient mademoiselle Rothsay de son départ ; elle ne rencontra plus Harold. N'aurait-il pu chercher les occasions de la revoir ? Il ne le fit pas, et cela était préférable ; peut-être sa santé était affaiblie, son esprit abattu, aigri ; décidément il fallait couper court à tout rapport ensemble, pour quelque temps du moins.

Madame Gwynne passa la dernière soirée au Dell avec Olivia.—Mon fils, avait-elle dit, a l'intention de venir nous rejoindre. Mais les heures s'écoulèrent sans qu'on le vît paraître. Il se faisait tard, lorsqu'un coup fut frappé à la porte.

— Le voilà ! dit madame Gwynne.

Ce n'était que Lyle.

— Je ne comprends rien à la conduite de Harold, il ne lui est pas arrivé souvent d'oublier sa mère. Mais il est inutile de l'attendre davantage ; je prendrai votre bras, Lyle, pour retourner à la maison.

Olivia balbutia quelques excuses. Elle prenait volontiers la défense de Harold.

— Vous êtes toujours indulgente, ma chère ; cependant il aurait pu venir, ne fût-ce que par politesse pour vous.

Par politesse !

Il fut convenu, après quelque hésitation de la part d'Olivia, qu'elle passerait le lendemain au presbytère, en se rendant au chemin de fer. Cela ne la détournerait que de quelques minutes. Ailie avait supplié qu'elle vînt lui dire adieu, et peut-être reverrait-elle Harold, disait madame Gwynne.

Olivia y consentit. Il eût été si dur de partir sans l'avoir revu, sans obtenir un dernier serrement de main !

Cependant ces deux consolations lui furent refu-

sécs. Lorsque Olivia arriva au presbytère le lendemain, Harold venait de le quitter à cheval, à ce que
disait Ailie ; personne ne l'avait vu partir qu'elle.

— C'est vraiment très-mal de sa part, et tout à
fait incompréhensible, dit madame Gwynne visiblement contrariée.

— Ah! cela ne fait rien, murmura Olivia en cachant sa tête au milieu des boucles d'Ailie, qu'elle
avait assise sur ses genoux.

— Adieu, ma chère mademoiselle Rothsay! vous
reviendrez bientôt, n'est-ce pas? murmurait la petite fille d'un ton caressant. Nous ne pouvons nous
passer de vous. Voyez-vous, nous sommes tous bien
plus heureux depuis que vous êtes ici. C'est papa
qui l'a dit hier soir.

— Vraiment!

— Oui, je pleurais en pensant que vous vous en
alliez ; alors il est venu m'embrasser dans mon petit lit, et il m'a consolée. Ah! si vous saviez comme
papa m'embrasse maintenant! ce n'est plus comme
autrefois, et ce matin encore, avant de monter à
cheval, il m'a donné une demi-douzaine de baisers,
en me disant qu'il fallait bien retenir tout ce que
vous m'aviez enseigné et que je devais tâcher, en
grandissant, de devenir bonne comme vous, enfin de

vous ressembler complétement. — Mais vous pleu-
rez ? Pourquoi ?

Olivia, pour toute réponse, se baissa et posa ses
lèvres sur les joues roses de la fille de Harold.

— Ah ! ma chère mademoiselle Rothsay, quels
bons baisers vous me donnez ! c'est absolument
comme papa. Que vous êtes bonne ! que je vous aime !

— Que Dieu vous bénisse ! qu'il prenne soin de
vous, ma chère enfant, qui m'êtes presque aussi
chère que si vous étiez véritablement ma fille.

Tel fut l'adieu de madame Gwynne à Olivia, adieu
qu'elle accompagna d'un de ses rares baisers ; puis
la voiture emporta rapidement la voyageuse qui,
fermant les yeux, faisait taire les battements de son
cœur et s'efforçait de chercher dans l'accablement
physique qui s'emparait d'elle l'oubli de toutes ses
impressions.

La route à travers les bois était assez longue. Lorsque l'on arriva à la station, il n'y avait pas un instant à perdre pour monter en wagon. Au moment
où le train partait, le bruit des sabots d'un cheval
sur la plate-forme attira l'attention d'Olivia... le ca-
valier qui s'élança à terre était Harold Gwynne.

Il jeta un regard inquiet vers les wagons en mouvement, mais lorsque leurs regards se rencontrè-

rent, un sourire affectueux, sympathique, parut sur son visage. Ce sourire tomba comme un rayon de soleil sur Olivia.

Elle le vit rester longtemps immobile, les bras croisés sur sa poitrine, regardant fixement dans la direction du Nord. Le souvenir de cette apparition inattendue plana sur tout le reste de son solitaire voyage et adoucit sa peine.

CHAPITRE XI

Il n'y a pas, à mon avis, de spectacle plus touchant, plus imposant, que celui d'une belle vieillesse. La beauté s'évanouit avec la génération qui
l'a contemplée ; elle devient une tradition mélancolique que de jeunes lèvres répètent avec une sourire d'incrédulité ; mais quelle femme n'envierait
le privilége de laisser derrière elle le souvenir d'une
gracieuse vieillesse ? Et puisqu'il n'y a qu'une sorte
de beauté qui subsiste toujours, ne sera-ce pas une
consolation, pour celles à qui la destinée a refusé
des attraits physiques à dix-huit ans, de penser qu'à
toutes il nous est permis d'être belles à quatre-
vingts ?

Mademoiselle, ou plutôt madame Flora Rothsay,
car c'est ainsi qu'on la désignait toujours, parut à
Olivia la plus ravissante vieille dame qu'elle eût ja-

mais vue. C'est un peu après la chute du jour, par une soirée pluvieuse, que notre héroïne atteignit le but de son voyage. En un instant elle fut entourée, des mains légères la débarrassèrent de son manteau, un feu brillant vint l'éblouir et deux chauds baisers sur les joues lui souhaitèrent la bienvenue.

—Est-ce bien vous, ma chère nièce, Olivia Roth-say, la fille unique d'Angus? J'ai longtemps désiré vous voir, mon enfant !

Le doux accent des montagnes rendit encore plus agréable aux oreilles de la voyageuse la voix qui prononçait ces paroles bienveillantes. Sûrement les sons dont l'enfance d'Olivia avait été bercée vi-braient encore après tant d'années dans sa mémoire, car il lui sembla alors qu'elle retrouvait la maison paternelle en mettant le pied sur le sol écossais. Elle fit bientôt partager à madame Flora son impres-sion et, se jetant dans ses bras, elle cacha sa tête sur son sein, les yeux humides.

— Pauvre enfant ! que vous devez être fatiguée ! dit doucement sa tante, en caressant ses cheveux de la main. — Jeanne, servez le thé. — Eh bien, ma fille, voyons, levez la tête que je vous voie un peu. Oh ! c'est une vraie Rothsay. Elle a même les che-veux d'or ! Vous avez entendu raconter la légende

sur les dames Rothsay aux cheveux jaunes? Mais
nous n'en parlerons pas à présent. Non! non! ajouta
précipitamment la vieille dame, qui devint tout à
coup sérieuse, grave.

Elle fit asseoir la nouvelle venue dans un grand
fauteuil près du feu, vis-à-vis d'elle, et se mit à
l'examiner attentivement.

Olivia, de son côté, n'observait pas sa tante avec
moins de curiosité. Le costume de madame Flora
Rothsay ressemblait à ceux qu'on voit dans les tableaux du siècle dernier : grandes manches flottantes, corsage long et carré du haut ; mais aujour-
d'hui un épais fichu de mousseline cachait le cou,
jadis si gracieux et si blanc, de celle que chacun,
d'après la vieille Elspie, nommait dans son temps
« la fleur de Perth. » Le visage était celui qu'Olivia
aurait donné à Marie Stuart, reine d'Ecosse, sur
ses vieux jours. Néanmoins l'âge n'avait pu ternir
le charme de grands yeux languissants, ni la douceur encore enfantine qui se jouait sur cette bouche
délicate. C'est que dans ces traits se reflétait une
âme toujours belle, parce qu'elle n'avait jamais
cessé d'être aimante. Un perpétuel sourire effaçait
toutes les rides, toutes les lignes anguleuses ; on ne
les discernait pas plus que les ombres d'un paysage

vu par le crépuscule, lorsqu'une grande paix plane
sur l'horizon. Il y avait en effet de la paix, de la
sérénité, dans toute l'attitude de madame Flora
Rothsay; elle était assise, un peu renversée dans
son fauteuil, la tête légèrement élevée, les mains
croisées l'une sur l'autre. Olivia remarqua ces
mains. Un anneau de mariage qui avait vu deux générations, et qui provenait sans doute de sa mère,
frappa ses regards; puis, sur le même doigt que
cette alliance, une bague composée d'un seul dia-
mant enchâssé dans l'or, paraissaient moins des
ornements que les points de repère d'un long
voyage dans le passé, dont les joies comme les peines allaient se fondre devant l'aurore d'une nouvelle
vie.

— Ainsi, ma chère enfant, on vous a appelée Olivia, dit madame Flora. Quel singulier nom! il n'y
en a pas eu de semblable dans notre famille, que
je sache.

— C'est ma mère qui me l'a donné à la suite
d'un rêve qu'elle avait eu peu de temps après ma
naissance.

— Ah! oui, je m'en souviens, Harold Gwynne me
l'a raconté, me disant qu'il en tenait le secret de
madame Rothsay elle-même. Était-elle donc, votre

11.

mère, une si frêle et douce créature? Angus m'a parlé d'elle autrefois. Nous ne savions pas alors que Sybil Hyde fût sa femme. Pauvre Angus! nous l'aimions pourtant plus qu'il ne le croyait. Eh bien, encore des pleurs, ma chère?

— Ils ne me font pas de mal, ma tante.

— Ainsi, vous connaissez ma chère Alison Balfour? Elle était plus jeune que moi, lorsque commença notre liaison; mais vous voyez, nous sommes toutes deux devenues de vieilles femmes maintenant. Ma chère Olivia, vous tombez précisément sur mon jour de naissance; j'ai aujourd'hui quatre-vingts ans. Quatre-vingts ans! grâces en soient rendues à Dieu!

La vieille dame, en prononçant ces mots, leva ses yeux vers le ciel avec respect, de véritables yeux écossais, limpides et transparents comme la rosée sur la bruyère. On était joyeux dans cet intérieur; les domestiques allaient et venaient dans le salon, préparant le thé. Jeanne, la femme de chambre, personne ayant bonne façon, d'un âge mûr elle-même, mais paraissant jeune à côté de sa maîtresse, suivait les moindres gestes de celle-ci, épiant ses regards avec une touchante sollicitude, afin d'y deviner ses moindres désirs. De tous les traits qui révèlent le caractère, aucun n'est plus significatif que l'affection et le dévouement des domestiques pour leurs maîtres. Après le thé, madame Flora insista pour qu'Olivia allât immédiatement se reposer :

— Votre chambre, lui dit-elle, donne sur les Braid-Hills ; c'est une belle vue, mais qu'est-ce que ces collines auprès des montagnes bleuâtres que l'on voyait onduler comme les vagues de la mer, depuis notre ancienne demeure ? Elles m'ont manqué pendant bien des années après mon établissement à Morning-Side.

Olivia aurait écouté encore avec plaisir la conversation de sa tante Flora, car cette conversation avait quelque chose d'adouci, de paisible, qui la berçait comme un heureux rêve. Elle posa la tête sur son oreiller avec une impression de repos qui depuis longtemps lui était inconnue. La préoccupation dévorante qui l'obsédait l'abandonna pour un temps. Si sa dernière pensée du jour fut encore pour Harold, elle y songeait moins comme à un être humain que comme à un esprit purifié par delà le tombeau.

Tandis qu'Olivia était plongée dans cette demi-somnolence qui précède le sommeil, son oreille fut tout à coup frappée par les sons de la musique. Sa

porte était restée entr'ouverte et elle distingua le
cantique du soir chanté par les personnes qui com-
posaient la maison ; c'était le psaume xxiii, faisant
partie du recueil presbytérien désigné par le nom
des *Martyrs*. Olivia l'avait appris autrefois d'Elspie.
Comme ces accents sacrés lui parurent plus beaux
et plus solennels dans ces heures silencieuses de la
nuit !

> Dieu me conduit par s bonté suprême ;
> C'est mon berger qui me garde et qui m'aime...
> Rien ne me manque en ses gras pâturages.
> Des clairs ruisseaux je suis les verts rivages...
> Oui, sous l'abri de son nom adorable,
> Ma route est sûre et mon repos durable.

Le chant avait cessé qu'Olivia écoutait encore ; il
se fit un grand calme dans son âme, un calme pareil
à celui qui succède à l'ouragan, au naufrage ; elle
s'endormit bercée par le murmure « des eaux tran-
quilles » et se crut conduite dans les « verts pâturages. »

Lorsqu'elle s'éveilla, le lendemain matin, ce fut
dans un monde tout nouveau. L'air frais, le soleil
pénétraient dans sa chambre. C'était la meilleure
de la maison ; on l'avait meublée avec soin : un gracieux lit tout moderne, garni de rideaux de perse,
jurait avec les meubles de chêne hauts et droits du

siècle dernier. De chaque côté de la cheminée étaient
suspendues deux vieilles gravures, l'une représentant Marie Stuart, l'autre le « gentil prince Charles, »
toutes deux entourées de devises empreintes du
royalisme le plus exalté. Venait ensuite le portrait
de notre douce et virginale Victoria ; enfin, dans la
partie la plus sombre de la pièce, se voyait un grand
tableau dû au pinceau d'un maître. Cette toile représentait les traits de madame Flora à dix-huit
ans. Un rayon de soleil tombait précisément en cet
instant sur le ravissant visage de celle qu'on avait
appelée « la fleur de Perth. » Olivia, éblouie par
cette beauté, se perdit dans la contemplation de ces
yeux profonds qui semblaient suivre chacun de ses
mouvements, et essaya d'y lire le secret de toute
cette longue vie. Elle en devint mélancolique, mais
il suffit d'un coup d'œil jeté sur les verdoyantes
collines de Brand pour effacer cette impression ; elle
descendit légèrement dans la salle à manger où l'attendait le déjeuner.

L'heure en était trop matinale pour la maîtresse
de la maison ; mais, à la place de celle-ci, Olivia
trouva trois ou quatre jeunes demoiselles, invitées,
dirent-elles, pour souhaiter la bienvenue à mademoiselle Rothsay et lui montrer les curiosités d'E-

dimbourg. Ces jeunes personnes parlaient continuellement et toutes à la fois de « la chère tante
Flora » et témoignaient le plus grand désir de « cou-
siner » avec Olivia qui, bien qu'elle ne se reconnût
pas dans toute cette nombreuse parenté, parut néanmoins très-disposée à l'admettre sur parole. Elle fit
de très-grands efforts pour distinguer entre elles les
trois miss M'Gillivray, filles d'une demi-sœur de
sir Andrew Rothsay et miss Flora Anstruther, troi-
sième cousine et homonyme de sa tante ; elle fut
surtout charmée d'une jolie petite fille de douze
ans, Maggie, dont le grand-père était le neveu de
madame Flora et parent d'Alison Balfour.

A travers la contention d'esprit où toutes ces gé-
néalogies jetaient Olivia, elle discernait avec reconnaissance les affectueuses avances de cette aimable
jeunesse, et leur cordial accueil toucha son cœur,
qui se dilata avec une sensation de bonheur inconnue jusqu'alors.

Après avoir employé ainsi la matinée en promenades et en causeries avec ses nouvelles cousines,
Olivia se retrouva plus tard aux côtés de sa tante,
dans le petit salon où celle-ci avait réuni tout
le cercle joyeux. Frappée de la douce sympathie
que la digne dame témoignait à ces enfants, et

du respect affectueux dont elle-même était l'objet,
Olivia ne put s'empêcher de dire à l'oreille à sa
tante :

— Que vous avez l'air heureux, tante Flora !
Comme tout le monde vous aime ici ! Vous menez
vraiment une belle vie.

— J'ai essayé de la rendre utile autant que cela
m'a été possible, ma chère fille ; le peu de bien que
j'ai pu faire m'a été rendu au centuple. Il en est toujours ainsi.

— Et vous goûtez un parfait contentement d'esprit ? Vous êtes parfaitement heureuse ?

— Oui, je le suis. Si Dieu a éteint la flamme sur
mon propre foyer, c'est afin que j'apprisse à la faire
mieux briller sur celui des autres ; sachez, ma chère
nièce, que nulle vie n'est vide d'amour et que, même
après avoir vu tomber l'une après l'autre toutes les
têtes chéries de ses parents, on peut devenir une
vieille fille de quatre-vingts ans sans être malheureuse et sans perdre la faculté d'aimer.

CHAPITRE XII

— Pas de lettre aujourd'hui de Harbury? demanda
madame Flora plusieurs semaines après l'arrivée
d'Olivia, un matin qu'elles faisaient leur promenade
accoutumée en voiture sur le cours de la Reine.
N'êtes-vous pas impatiente, ma chère enfant, d'a-
voir des nouvelles de chez vous?

— Votre maison, tante Flora, est tout à fait devenue mon chez-moi, répondit Olivia affectueusement. C'était la vérité. Elle était tombée à Morning-
Side comme une colombe blessée, fatiguée, qui va
chercher le repos dans un doux nid. Assise aux côtés
de la vieille dame, aspirant à longs traits les brises
rafraîchissantes qui arrivaient des Lothians, ce
n'était plus la pâle Olivia Rothsay qui se traînait
péniblement dans les sentiers de Harbury. Cepen-

dant le seul nom de Harbury suffit pour faire disparaître les roses de ses joues.

— Je suis charmée que vous vous plaisiez tant
auprès de moi, ma chère nièce, reprit la tante Flora;
mais vos amis ne devraient pas pour cela vous
oublier.

— Ils ne m'oublient pas non plus; Christal m'é-
crit de temps en temps de Brighton et Lyle Derwent
me gratifie d'une longue lettre toutes les semaines,
répondit Olivia en essayant de sourire.

Elle ne parla pas de Harold. Elle n'avait pas
compté qu'il lui écrirait, et cependant son silence
l'affligeait; l'éloignement, comme un froid brouillard, se dressait entre eux.

— Alison Gwynne a toujours été la plus négligente
des correspondantes, observa la vieille dame, mais
Harold, lui, aurait pu donner signe de vie, ce me
semble; je crois me rappeler qu'il vous écrivit deux
ou trois fois lors de son dernier séjour ici.

— Oui, en effet, répondit Olivia; nous avons toujours été très-bons amis.

— Je le sais. Nous n'avons pas peu parlé de vous
ensemble. Il m'a raconté ce qui lui est arrivé autrefois avec votre pauvre père. Ah! c'est là une étrange
histoire!

— Nous n'en avons jamais dit un mot ; jamais entre nous la moindre allusion n'y a été faite.

— Cela était impossible à Harold. Il a été sincèrement affligé de tout ce qui s'est passé, et depuis il a amèrement regretté de vous avoir en quelque sorte dépouillée ; mais il n'était pas autrefois l'homme qu'il est aujourd'hui. Ah ! sa jeune femme, si belle et si fausse ! Il est fâcheux pour un homme d'aimer une telle femme. Je voudrais voir ce cher Harold uni maintenant à quelque franche et honnête jeune fille ; mais je crains bien que cela n'arrive jamais.

Ainsi causait doucement la vieille dame. Olivia écoutait en silence ; ses yeux erraient vaguement sur la vaste contrée qui s'étend jusqu'au lac de Duddingston. Des moissons jaunissantes souriaient au ciel, mais, sous le même ciel brillant, le lac, entouré de verdoyants pâturages, dormait tranquille, sombre et profond. Les rayons du soleil l'effleuraient ; ils ne le pénétraient pas. Olivia, en contemplant cette scène agreste, fit cette mélancolique réflexion, qu'elle était l'emblème de sa propre destinée. Elle ne murmura pas, car insensiblement elle sentait que la paix reprenait possession de son âme ; aussi essayait-elle de répondre avec enjouement aux nouvelles affections qui venaient de toutes parts la

chercher ; elle remplissait ses journées de l'accomplissement des devoirs qu'elle se créait ; elle apprenait peu à peu cette science des natures religieuses
qui, par une sorte de pieuse alchimie, transforment
les devoirs en plaisirs. Elle était toute prête à admettre cette divine et céleste vérité : qu'il ne faut
pas faire un naufrage de toute sa vie parce que l'on
a perdu, ou que l'on n'a pas obtenu l'amour d'un
être humain, et qu'il n'y a pas de douleurs honnêtes
qui ne soient guérissables.

Le reste de la promenade fut assez monotone, madame Flora, habituellement si causante, ayant paru
tout à coup disposée à la rêverie. Ce n'était pas de
la tristesse, car la vieillesse est rarement triste ; tous
les sentiments prononcés, soit de joie, soit de chagrin, appartiennent à un âge moins avancé.

— Vous pourrez monter à cheval aujourd'hui,
ma chère, avec M'Gillivray, dit madame Flora après
une longue pause. Vous autres jeunes filles ne
pouvez toujours rester aux côtés d'une vieille femme
comme moi.

Olivia repoussa vivement cette assertion, protes-
tant qu'elle n'était jamais plus heureuse qu'avec
son excellente tante Flora.

— Il m'est très-doux de vous entendre parler

ainsi, mais pour ce soir je préfère rester seule chez
moi.

Comme elle achevait ces mots, la voiture s'arrêta
devant Abercrombie-Place.

— Je vous reverrai demain matin, adieu ! dit la
vieille dame à sa nièce qui descendit de la voiture.
Puis, jetant un regard affectueux vers la fenêtre
garnie d'une troupe de jeunes M'Gillivray qui à
l'envi la saluaient et lui envoyaient des sourires, la
tante Flora baissa son voile et donna l'ordre à son
cocher de s'éloigner.

— J'avais bien pensé que vous nous seriez abandonnée pour toute la journée, dit Marion en s'adressant à Olivia avec laquelle elle était devenue tout
à fait intime et en l'entraînant sous les ombreuses
promenades de Morning-Side.

— En vérité ! est-ce que tante Flora vous en
avait prévenue ?

— Oh ! non, tante Flora n'a rien dit ; elle ne
parle jamais de ces choses ; mais il y a des années
que j'ai remarqué comment elle passait ce jour
du 20 septembre. Lorsqu'elle demeurait avec nous,
après nous avoir donné des leçons pendant toute la
matinée, elle se retirait dans sa chambre, ou bien
elle allait faire toute seule une longue promenade

d'où on la voyait revenir toute pâle, et ensuite elle disparaissait pour le reste de la soirée. C'est le seul jour dans toute l'année où elle semble vouloir nous éviter; plus tard j'en ai découvert la raison.

— Est-ce tante Flora qui vous l'a expliquée?

— Non, tante Flora ne parle jamais d'elle-même. Mais c'est de sa femme de chambre, qui était en même temps sa sœur de lait, une vieille femme morte depuis longtemps, que j'ai appris une partie de son histoire, et j'ai deviné le reste; ce n'est pas difficile, ajouta la tranquille Marion.

— Je crois que je la devine aussi, répondit Olivia, mais racontez-moi ce que vous en savez; c'est-à-dire si... si je puis l'entendre?

— Ah! certainement. Il y a bien, bien des années, tante Flora, qui était alors une jeune fille, demeurait avec son frère aîné, sir Andrew. Suivant la vieille Isbel Graham (vous auriez dû voir quel curieux type était cette Isbel Graham), tante Flora avait de nombreux admirateurs. Quoi qu'il en soit, elle ne distingua personne et l'on disait que c'était pour l'amour d'un cousin éloigné faisant partie de la florissante tribu de Gordon. Mais lui n'était rien moins que florissant. D'une santé très-délicate, dénué d'avantages physiques et sans fortune, tant

qu'il vécut, jamais il n'osa lui souffler un mot d'a-
mour; mais après sa mort, qui n'arriva que lorsque
tous deux eurent dépassé la jeunesse, tante Flora
reçut un jour une lettre et un anneau; elle a porté
cet anneau jusqu'à présent sur le doigt de l'alliance.

— Et le 20 septembre est sans doute l'anniver-
saire de la mort de Gordon? fit Olivia.

— J'en suis convaincue, répondit Marion, mais
jamais ma tante n'en a dit, ni n'en dira un mot à
personne.

Les deux jeunes filles continuèrent à marcher en
silence. Olivia songeait à la jeunesse de la tante Flora,
qui s'était consumée dans le chagrin; elle avait
appris trop tard que son amour était payé de retour, et pourtant, après ce terrible choc, elle
avait été capable de supporter la vie pendant cin-
quante ans, et non-seulement de supporter la vie,
mais encore d'en goûter bien des douceurs; elle
avait trouvé la paix. Son propre sentier lui en
parut moins sombre. Des profondeurs de son cœur
désolé s'envola une faible espérance; on eût dit
qu'en effleurant ses lèvres pâles, elle lui laissait
« le sourire de ceux qui, détachés de la terre, se
contentent du ciel. »

Marion fut toute saisie de l'expression que pri-

rent alors les traits de sa compagne. — Cousine
Olivia, s'écria-t-elle, quel beau et calme visage vous
avez! avant votre arrivée, tante Flora nous dit qu'on
vous avait représentée à elle comme une vraie
colombe, je comprends maintenant pourquoi. Je
crois, en vérité, que si j'étais homme, je tomberais
amoureux de vous.

— De moi? vous oubliez sûrement.... Oh! non,
Marion, cela est impossible.

Marion rougit un peu, mais poursuivit d'un air
très-sérieux :

— Je ne veux pas dire quelqu'un de jeune,
d'irréfléchi, mais un homme grave, sage, qui
lirait votre âme dans vos regards et qui apprendrait
ainsi lentement à vous aimer pour vos excellentes
qualités. Oui, en dépit de... de... — Ici la franche
Marion parut hésiter, mais elle reprit bientôt d'un
ton décidé : — Oui, en dépit de cette légère imperfection qui, croyez-vous, vous fait une place
à part. Si c'est-là le motif qui vous a fait dire
l'autre jour...

— Assez, Marion, je vous en prie, ne parlons plus
de moi.

— Ah! pardonnez-moi ! je m'en voudrais de vous
avoir fait de la peine, moi qui vous aime tant;

si vous saviez combien tout le monde ici vous
apprécie!

— Vraiment, en est-il ainsi? répondit Olivia ; alors
je suis heureuse! et un sourire se fixa sur son
visage.

— Devinez-vous où je vous conduis? lui dit tout
à coup Marion en s'arrêtant devant une grande et
belle grille. Nous sommes ici devant le couvent de
Sainte-Marguerite, le plus délicieux endroit de Morning-Side. Entrerons-nous?

Olivia y consentit. Que de fois, dans ces derniers
temps, elle s'était rappelé ces vieux contes parlant
de femmes délaissées, fatiguées de la vie, qui s'étaient
plongées dans les solitudes du cloître pour se dérober au monde et à elles-mêmes. Elle avait connu
des moments où elle aurait voulu pouvoir les imiter.
Ce fut donc avec un sentiment tout autre que celui
de la curiosité qu'elle pénétra dans le couvent de
Sainte-Marguerite.

C'était bien un lieu, en effet, vers lequel l'âme
fatiguée pouvait aspirer. Une atmosphère de paix,
un silence solennel comme celui de la mort, et
pourtant toute la fraîcheur d'une vie nouvelle vous
enveloppaient, dès que la lourde porte, retombant
derrière vous, vous séparait du monde ; c'était sans

regret que vous la franchissiez, semblable à une âme qui passerait dans une nouvelle vie.

Les jeunes filles entrèrent dans le parloir du couvent. Les murs en étaient nus. On n'y voyait que les deux tableaux, principaux ornements du culte catholique, représentant l'un la tête couronnée d'épines, sanglante, mais toujours divine, du Sauveur; l'autre, celle de cette mère élevée au-dessus de toutes les autres femmes par ses souffrances et ses bénédictions.

Olivia fixa longtemps ces deux images; elles lui parurent parfaitement appropriées au lieu qu'elles décoraient. En les regardant, ne sentait-on pas que tous les vains chagrins de la terre devaient s'évanouir en poussière devant ces deux grandes figures, sublimes de douleur?

— Je crois, dit mademoiselle Rothsay à sa compagne, que si je devenais religieuse, il me serait impossible, en contemplant ces tableaux, de ne pas retrouver la paix, quelques peines que j'eusse apportées ici.

— Les nonnes ne passent guère leur temps de cette façon, je vous assure, répondit Marion M'Gillivray; voyez plutôt à quoi elles emploient leurs loisirs. En disant ces mots, elle montra du doigt une vitrine derrière laquelle on apercevait toutes sortes d'ornements puérils, fleurs artificielles, pelotes, sachets, etc., etc.

— Il est singulier, dit Olivia, que tous les intérêts et les devoirs qui remplissent la vie de-la femme, viennent aboutir à de pareilles frivolités. Je voudrais bien savoir si les religieuses sont vraiment heureuses.

— Voyez et jugez par vous-même, répondit Marion, car voici précisément ma principale amie, la sœur Ignatia.

Au même instant, une religieuse qui, en dépit de son étrange costume, avait l'air d'une jolie et joyeuse Écossaise, entra dans le parloir, embrassa Marion sur les deux joues, sourit avec bienveillance à la jeune étrangère, et commença à causer d'un ton si simple et avec tant de bonne humeur, que toutes les idées qu'Olivia s'était faites jusqu'alors de ce que devait être une religieuse en furent complétement déconcertées. Toutefois, au bout de quelque temps, elle fut saisie d'une impression douloureuse en observant le visage placide de la sœur, sur lequel le courant intérieur de la vie pendant ses quarante ans n'avait laissé aucune trace. Comment cela se faisait-il ? Comment expliquer ce mystère ? Tout en elle était silencieux.

Elles parcoururent ensemble le couvent. On res-
pirait partout une tranquille pureté. De temps à
autre, une forme noire traversait les passages et
s'évanouissait comme une ombre. La sœur Ignatia
caquetait gaiement sur la vie agréable qu'on menait
à Sainte-Marguerite, sur leurs belles fleurs, leurs
pensionnaires qui étaient si heureuses avec elles;
du reste, tout le monde était heureux dans le couvent, disait-elle; mais il parut à Olivia que c'était le
bonheur insouciant et négatif de l'enfance.

— Il ne me reste plus maintenant qu'à vous montrer notre chapelle, notre belle chapelle, dit la sœur
Ignatia, lorsqu'elles eurent traversé les dortoirs et
les longues salles d'étude ; nous avons le portrait de
notre sainte Marguerite et de tous ses enfants. Elle
montra avec orgueil les différentes reliques de la
reine écossaise ainsi que les peintures qui la repré-
sentaient dans une niche toute dorée et garnie de
fleurs. Olivia se garda bien d'exprimer ce que la
vue de cette noble Marguerite, la mère de son peuple, la conseillère de son époux à moitié sauvage et
le guide de ses enfants, lui inspirait Comme elle
réalisait mieux son idéal de la femme, que ces pauvres religieuses qui, simples et bonnes, droites d'intention, n'en passaient pas moins leur vie dans

toutes sortes de jeux enfantins, occupées à décorer leurs autels de fleurs et de broderies !

— Il n'en est pas moins vrai qu'il y a parmi elles beaucoup d'excellentes femmes, disait Marion M'Gillivray à Olivia, comme celle-ci exprimait tout haut ses pensées en sortant du couvent. Vous ne pouvez vous imaginer le bien qu'elles font dans leur étroite sphère d'activité ; cependant, s'il fallait choisir parmi les vies solitaires, j'avoue que je préférerais de beaucoup celle de la tante Flora.

— Cent mille fois mieux ! Combien le rôle de la femme qui reste dans le monde, tout en vouant son cœur à Dieu et à quelques chères mémoires, me paraît supérieur ! Elle ne recule point devant la tâche qui lui est tracée ; elle remplit dignement, jour après jour, tous les devoirs d'une longue vie, attendant avec soumission le moment où il plaira à Dieu de venir lui ôter son fardeau en lui disant : « Fidèle servante, entre dans le repos de ton Seigneur. »

Olivia prononça ces paroles avec un accent de conviction si intime que Marion, qui n'en comprit pas parfaitement le sens, en fut néanmoins frappée. Elle était d'ailleurs portée à trouver bon et parfait tout ce que disait mademoiselle Rothsay.

La soirée s'écoula gaiement dans l'intérieur assez

bruyant des M'Gillivray. Olivia écouta la musique
des jeunes filles, se prêta aux jeux des plus jeunes
enfants, se laissant grimper sur les genoux et tirer
ses boucles avec une mansuétude toute maternelle.
Elle en eut une vision du plaisir qu'il y aurait un
jour à devenir pour la génération future une tante
Olivia universelle.

Une vaillante escorte de trois robustes garçons
protégea son retour ; il eut lieu par la route qui ser-
pente le long de Bruntsfield-Sinks, afin qu'Olivia
pût jouir de l'aspect du clair de lune sur les montagnes. En atteignant la grille du jardin, elle fut
presque surprise d'entendre son propre rire répon-
dant joyeusement à celui de ses compagnons. La lumière qu'elle s'efforçait journellement de répandre
autour d'elle finissait par laisser retomber quelques
faibles rayons sur son cœur.

— Bonsoir, bonne nuit, Allan ! Charlie, James,
nous recommencerons plus d'une fois cette jolie promenade ! Tel fut l'adieu plein d'entrain qu'elle donna
aux jeunes M'Gillivray, lorsque ceux-ci la quittèrent
à l'entrée de l'allée sablée où les grandes passe-roses
de madame Flora projetaient leurs ombres.

— Vous paraissez bien joyeuse, mademoiselle
Rothsay, dit soudain une voix qui sortait de derrière

12.

les passe-roses, et en même temps Harold Gwynne
lui tendit la main; mais le ton, le serrement de main,
tout cela était glacial. Olivia, dont le cœur avait
tressailli de joie, crut qu'il allait cesser de battre.
A peine eut-elle la force de prononcer ces paroles
insignifiantes :

— Je ne m'attendais pas à vous voir ici.

— Je n'en doute pas, mais il m'est survenu des
affaires à Édimbourg; je ne crois pas, du reste,
qu'elles me retiennent longtemps.

Il prononça ces mots d'un ton bref et qui laissait
percer une certaine amertume. Olivia, toute surprise encore de cette brusque rencontre, ne lui fit
aucune réponse, et lorsqu'elle entra dans le salon
et que la lueur de la lampe tomba sur le visage
de Harold, sur ce visage qu'elle connaissait si bien,
elle vit de suite que quelque peine secrète le trou-
blait. Oubliant tout, son cœur s'élança vers lui,
plein d'une tendre sympathie.

— Est-il arrivé quelque chose à Harbury? s'écria-
t-elle; dites, êtes-vous bien? êtes-vous heureux? Vous
ne pouvez vous imaginer combien moi je le suis
de vous revoir, mon cher ami.

Et sa main effleura doucement le bras de Harold.
Ce fut pour celui-ci comme si l'aile d'une colombe

messagère de paix l'avait touché ; il pressa et garda longtemps cette main dans les siennes.

— Merci, mademoiselle Rothsay, vous êtes bien bonne. Nous allons tous bien à Harbury ; soyez, je vous prie, tout à fait rassurée sur notre compte. J'aurais cru, en vous voyant si gaie tout à l'heure à la grille du jardin, que, au milieu de tous vos plaisirs, vous vous souveniez à peine de nous.

Ce reproche alla droit au cœur d'Olivia, mais elle se contenta de répondre :

— En cela vous vous trompiez, jamais je n'oublie mes amis.

— C'est vrai, c'est vrai, j'aurais dû me le rappeler, reprit Harold avec vivacité. Excusez-moi de vous avoir ainsi parlé brusquement, mais j'ai tant de choses en ce moment qui me préoccupent ! Asseyons-nous, je suis sûr qu'une heure de causerie avec vous chassera ma mauvaise humeur.

Il y avait dans sa voix un accent de repentir qui toucha Olivia. Elle le regarda, sourit et se mit à parler de son air habituel, si doux et si tranquille, sans qu'aucune trace d'émotion, aucun indice de ses véritables sentiments, pût se lire sur son visage.

— Avez-vous vu tante Flora ? demanda-t-elle à Harold au bout d'un instant.

— Non ; lorsque je suis arrivé ici, il n'y a guère qu'une heure, elle s'était déjà retirée dans sa chambre. J'ai passé mon temps à vous attendre dans le jardin, Jean m'ayant dit que vous ne pouviez beaucoup tarder.

— Je serais revenue plus tôt si j'avais su votre arrivée. Combien vous devez être fatigué, après ce long voyage ! Tenez, prenez le fauteuil de tante Flora, vous y serez mieux.

Il paraissait, en effet, avoir besoin de repos. Appuyé sur les coussins qu'Olivia avait disposés pour lui, son expression de lassitude était frappante.

— Pourquoi ne puis-je, invisible esprit, veiller sur toi, te suivre partout, te consoler? pensa Olivia. Hélas ! jamais je ne le pourrai sur cette terre, jamais !

Elle réprima deux larmes brûlantes et se mit à ranger différents objets dans le salon pour l'agrément et le confort de l'hôte inattendu. Elle n'avait jamais agi ainsi, avec cette liberté. Ces soins lui parurent doux à prendre pour Harold ; c'étaient ceux d'une sœur ou... d'une femme. Elle n'osa s'arrêter à cette pensée. Harold semblait l'observer attentivement, malgré sa fatigue.

Il avait l'intention de passer la nuit sous le toit

de madame Flora, qui lui offrait toujours l'hospitalité lorsqu'il venait à Édimbourg ; sur ses projets ulté-rieurs il garda le silence ; une ou deux questions qu'Olivia lui posa semblèrent l'agiter d'une façon désagréable.

— Je ne saurais rien dire, il est possible que je parte, il est possible aussi que je reste. Nous parle-rons de tout cela demain, c'est-à-dire si vous êtes assez bonne pour vouloir m'écouter.

— Ce n'est pas douteux, répondit-elle en souriant.

— Je vous remercie. Eh bien, maintenant, je crois que je vais vous souhaiter le bonsoir, répliqua Harold en se levant lentement.

Tout en s'en allant, il la regardait d'un air scru-tateur.

— Vous paraissez beaucoup plus forte, beaucoup mieux portante, mademoiselle Rothsay, ajouta-t-il. On voit que vous êtes heureuse ici.

— Heureuse, en effet, très-heureuse.

— Je pensais bien qu'il en serait ainsi... je ne me suis pas trompé, et pourtant... Enfin, je suis bien aise de l'apprendre. Bonsoir !

Il lui serra la main avec indifférence ; ce n'était plus l'affectueuse pression de tout à l'heure. Puis il quitta précipitamment le salon.

Les heures succédèrent aux heures, la nuit fit place
à l'aurore. Olivia demeurait éveillée, le cœur troublé, en proie à mille émotions contre lesquelles elle
luttait vainement.

— Je suis folle, se disait-elle avec dépit ; dans trois
ans j'aurai atteint ma trentième année, et ne suis-je
pas là, mouillant mon oreiller de mes larmes comme
une fillette ! Ah ! si cette épreuve m'avait atteinte
autrefois, j'aurais pu m'en relever comme les tendres pousses du printemps après la pluie ; mais ce
coup, pareil à un orage d'automne, m'écrase, me
terrasse.

Lorsqu'il fit grand jour, elle tomba dans un lourd
sommeil rempli de rêves. Elle se promenait avec Harold Gwynne la main dans la main ; tout à coup il
la saisissait dans ses bras, l'y tenant étroitement
serrée ; mais au même moment, il lui enfonçait un
poignard dans le cœur ; c'était une mort si douce
qu'Olivia en ouvrant les yeux, regretta que ce fût une
illusion.

Les rayons du soleil dansaient sur le plancher ; il
était tard, il fallait se lever et recommencer l'amer
combat de la vie.

CHAPITRE XIII

Olivia, ce matin-là, s'habilla soigneusement ; elle était une de ces femmes qui, dès les premières heures du jour, veulent apparaître fraîches et belles, semblables aux fleurs qui se revêtent de leur parure de rosée pour saluer le soleil levant. Le matin embaumé ramena les couleurs sur ses joues et l'espérance dans son cœur.

C'était une sensation nouvelle que de s'éveiller sous le même toit que Harold Gwynne, de savoir qu'en descendant elle allait le rencontrer, qu'elle allait se promener et causer avec lui pendant toute cette journée.

Peu de femmes s'occupaient moins d'elles-mêmes qu'Olivia Rothsay ; cependant, lorsqu'elle releva ses magnifiques cheveux devant la glace, elle ne put s'empêcher d'être contente à la pensée qu'ils *étaient beaux*. Marion lui avait dit une fois qu'on l'avait

comparée à une colombe. Qui avait dit cela ? Ce n'é-
tait pas Harold. C'était impossible. Elle jeta encore
un coup d'œil de mélancolique curiosité sur le miroir où se reflétait sa petite figure pâle.

— Ah ! je ne possède aucune beauté. En supposant même qu'il fasse attention à moi, je ne pourrais rien lui donner que mon cœur. Je puis toujours
le lui garder, ce pauvre cœur. Mon amour ne saurait lui être nuisible, et pour moi c'est une véritable bénédiction.

Elle quitta sa chambre. C'était fort longtemps
avant le lever de la vieille dame. Personne dans la
salle à manger ; mais sur la terrasse, elle aperçut Harold marchant à grands pas. Bientôt il entra, une
branche d'héliotrope à la main. Il ne l'offrit pas à Olivia, mais il la posa sur son assiette, observant négligemment qu'elle avait toujours aimé l'héliotrope.

— Merci ! il est aimable à vous de vous souvenir
de mes goûts, dit Olivia. Et elle mit les fleurs à son
corsage.

Harold parut satisfait ; alors seulement, elle se rappela la signification donnée à cette plante. Dans le
langage symbolique, elle veut dire : Je vous aime !

A cette idée, elle tressaillit, tout en méprisant sa
folie. Elle et Harold n'étaient-ils pas tous deux d'un

âge à ne plus se livrer à de pareilles sentimenta-
lités?

Ils déjeunèrent seuls. M. Gwynne avait toujours
l'air fatigué; il ne nia pas avoir passé une nuit sans
sommeil. Le repas achevé, Harold, s'approchant de
la croisée, admira le paysage que l'on découvrait
de cette pièce. Que les teintes d'automne étaient
belles par cette splendide matinée! A leurs pieds,
une fontaine laissait retomber ses perles trans-
parentes, doux soupirs de la naïade; les abeilles
bourdonnaient de terrasse en terrasse; les collines de Braid encadraient l'horizon de leurs lignes
vaporeuses.

— Que cette vue est calme! quelle beauté dans
ce site! C'est vraiment un paisible nid, une retraite préparée pour l'homme fatigué de cœur et
d'esprit.

— Dites-moi, mon ami, croyez-vous qu'il soit
possible d'en rencontrer une dans ce monde? Un
abri! une retraite! — répéta Olivia toute confuse,
car sa voix l'avait fait sortir de sa propre rêverie, — n'avez-vous pas dit souvent que l'homme
n'en avait nul besoin? que sa destinée était en
lui-même? qu'il avait en lui l'intelligence, la
puissance? C'est à nous, femmes, à nous seules,

qu'il appartient de soupirer après le repos du foyer.

Harold ne répondit pas immédiatement ; après une pause, il dit :

— J'ai besoin d'avoir un entretien avec vous, mademoiselle Rothsay. Il me faut revoir une fois encore une de mes promenades favorites, l'Ermitage de Braid. C'est un lieu délicieux, nous y pourrons causer tout à notre aise sans être dérangés. Voulez-vous que je vous y conduise cette après-midi?

Olivia ne savait guère lui refuser ; aussi Harold, à son propre insu, avait-il pris insensiblement l'habitude de lui parler d'un ton de commandement, à peu près comme à un frère dont il eût été l'aîné. Mais il était si doux d'être gouverné par lui !

Bientôt tous deux se trouvèrent sur la route de l'ermitage de Braid, vraie promenade d'amoureux, encaissée de rochers qui laissent à peine apercevoir le ciel bleu, et où le soleil pénètre à regret, comme s'il comprenait que sa lumière est inutile à ceux qui la cherchent en eux-mêmes. Olivia marchait aux côtés de Harold, comme dans un rêve de bonheur. Lui-même avait l'air moins sombre ; il souriait parfois, et ses traits prenaient alors cette belle expression qui l'avait fait aimer d'Olivia.

— Je crois, dit-il, qu'il s'opère un grand changement dans mon esprit. Il me semble qu'une vie
nouvelle s'ouvre devant moi ; en vain je me répète
que ce ne doit être qu'un effet de mon imagination ;
moi qui suis déjà atteint par les « glaces de l'âge, »
qui aurai bientôt... voyons... trente-sept ans ! —
Que pensez-vous de cet âge ?

En prononçant ces mots, Harold fixa ses yeux interrogateurs sur Olivia ; celle-ci, sans y prendre
garde, répondit en souriant :

— Je vieillis aussi, mais je ne m'en inquiète pas.
Qu'importe, si le cœur reste jeune ?

— En est-il ainsi du vôtre ?

— Je l'espère. Je voudrais mener une vie paisible, pareille à celle de la tante Flora. Je voudrais
être comme ce tranquille ruisseau qui murmure
doucement jusqu'au bout de sa course.

— Regardez-moi, Olivia Rothsay, s'écria Harold
brusquement, dites-vous vrai ? Ah ! pardon ! Mais
je vous parle comme quelqu'un qui a soif de savoir
s'il y a ici-bas des âmes jamais satisfaites. Dites-
moi, l'êtes-vous ? pouvez-vous regarder votre vie passée sans regret et l'avenir avec espérance ? En un
mot, êtes-vous heureuse ?

Olivia baissa les yeux.

—Ne me questionnez pas ainsi, répondit-elle tremblante. Dans la vie il n'y a rien de parfait ; mais je
possède la véritable paix. Vous aussi, vous pouvez
goûter non-seulement la paix, mais le bonheur.

Après un de ces silences qui s'établissent rarement, si ce n'est entre deux âmes intimes ou deux
amants qui devinent mutuellement leurs pensées, Harold, dirigeant la conversation, comme il
le faisait d'ordinaire, en changea subitement le
cours.

— Je pense à la dernière fois que je me suis pro-
mené ici, reprit-il. J'avais avec moi un ami que
j'estime beaucoup; nous causions très-sérieusement, ainsi que nous venons de le faire, mais
c'était sur un sujet fort différent.

— Lequel, je vous prie?

— Le seul qui convînt à la saison, à ce lieu, et
aussi à la jeunesse de mon ami. Il était amoureux,
le pauvre garçon, et il me consultait sur ses chances. Peut-être trouverez-vous qu'il avait choisi en
moi un singulier confident?

Harold prononça ces mots avec une insouciance
affectée. En attendant la réponse d'Olivia, il ar-
racha une poignée de feuilles d'automne et les jeta
une à une devant lui.

—Vous ne répondez pas, mademoiselle Rothsay?
Voyons, il n'y a guère de sujet que nous ayons laissé
de côté sans l'avoir discuté une fois ou l'autre, sauf
celui-ci peut-être. Par pure curiosité, prenons pour
texte le triste cas de mon ami; examinons ce que les
jeunes gens appellent l'amour.

— Comme vous voudrez.

— Voilà un consentement bien froid. Vous jugez
sans doute que ce thème est au-dessus ou au-dessous
de moi, que je ne puis y prendre aucun intérêt,
n'est-ce pas?

Ses yeux perçants, interrogateurs, semblaient imposer une réponse. Cette réponse vint très-calme,
très-froide.

— Je vous ai entendu dire que l'amour n'est qu'un
instant de courte folie dans la vie de l'homme; s'il
est satisfait, il devient un fardeau ; s'il est déçu, une
malédiction !

— Ai-je dit cela? Eh bien, puisque vous connaissez mes opinions, dites, que pensez-vous de moi?
Répondez-moi franchement, en amie.

— Je crois que vous êtes un de ces hommes, dit
Olivia avec l'accent de la vérité, chez lesquels de
hautes aspirations intellectuelles étouffent le sentiment de l'amour. Vous avez pu éprouver de passa-

gères inclinations, mais l'amour vrai, profond, vous ne l'avez jamais connu ; je crois même qu'il ne sera jamais votre partage. Pardonnez ma franchise, mais je vous juge sur vos propres paroles.

— Merci, merci, vous êtes sincère, vraie ! C'est beaucoup pour une femme, murmura-t-il, — et une pause assez embarrassée suivit ces paroles. Un pauvre cœur souffrait pendant ce temps.

A la fin, craignant qu'il ne fût contrarié de ce silence, Olivia reprit courage et dit :

— Vous aviez l'intention de me parler de vos projets. Pourquoi ne pas le faire maintenant...? à moins que vous ne soyez fâché contre moi, ajouta-t-elle d'un air presque confit.

Il parut ému :

— Comment pouvez-vous croire cela? le suis-je jamais contre vous? Mais que désirez-vous savoir? Quand je pars et où je vais? Vous désirez... c'est-à-dire vous êtes donc d'avis que je parte?

— Oui, si c'est pour votre bien, si en quittant Harbury vous trouvez enfin le repos, la solution à cette grave question que nous n'abordons plus.

— Je ne cesse d'y penser nuit et jour, et cela avec prière, car je puis prier maintenant, grâce au

bon ange qui a apporté la lumière dans mes ténèbres ! répondit Harold avec conviction. C'est là
une consolation qui me restera, n'importe ce qui
m'arrive; mais vous désiriez savoir quand je pars
pour l'étranger?

— Oui, dites-moi tout. Vous savez combien cela
m'intéresse.

— Eh bien donc, il ne me reste plus qu'à décider si je dois partir immédiatement. J'ai choisi
l'Amérique. Je m'y vouerai à la science et aux lettres; j'ai là une carrière assurée qui me donnera de
grandes satisfactions, mais il est possible qu'au
commencement j'aie beaucoup à lutter; c'est pourquoi je ne me soucie pas d'emmener personne avec
moi pour partager cette vie difficile.

— Quoi! pas même votre mère, qui vous chérit
si tendrement?

— Non, son affection même m'y rendrait l'épreuve
plus douloureuse ; notre isolement dans un pays
étranger, où la pauvreté pourrait venir ajouter son
fardeau à nos difficultés ; un travail opiniâtre, que
sais-je? bien d'autres causes réunies pourraient ai-
grir mon caractère. C'est un spectacle que je voudrais épargner à une femme.

— Combien vous connaissez peu de quoi nous

sommes capables! s'écria Olivia avec vivacité. Comment votre mère pourrait-elle se trouver malheureuse, étant près de vous? Peu lui importerait, je crois, la pauvreté, et si vous essuyiez des mécomptes, des contrariétés, n'auriez-vous pas besoin d'elle pour les adoucir? Qu'il est facile de tout supporter pour ceux que l'on aime!

— En est-il ainsi? dit Harold d'un ton pensif, et ses regards, comme sa voix, s'adoucirent. Vous croyez qu'une femme — je veux dire ma mère, naturellement — pourrait m'aimer à ce point?

Une fois encore, Olivia s'efforça de répondre avec calme :

— Je le crois.

De nouveau une longue pause, à laquelle Harold mit fin en disant :

— Vous souririez si je vous racontais combien le souvenir de la dernière promenade que j'ai faite ici avec mon ami me poursuit. Il faut réellement que j'aille le voir, ce pauvre ami; mais je suppose que vous ne prenez aucun intérêt à son histoire?

— Au contraire, j'aime beaucoup à entendre parler du bonheur des jeunes gens.

— Ah! son bonheur était loin d'être complet, car il ignorait si la femme qu'il aimait répondait à

son amour. Il n'avait même jamais osé lui faire
l'aveu du sien.

— Et pourquoi ?

— Pour plusieurs raisons : la première, c'est
que mon ami est fier et que, comme beaucoup
d'autres hommes, ayant été trompé une fois, il n'a
pas voulu s'exposer de nouveau à voir son repos
troublé. Ne trouvez-vous pas qu'il a raison ?

— Oui, si celle qu'il aime est capable d'agir avec
cette cruauté ; mais existe-t-il une femme qui puisse
mépriser un véritable amour, qui puisse en entendre
l'aveu et le repousser ? Si votre ami est digne d'elle,
ne se peut-il qu'elle l'aime sans qu'il s'en doute ?

— Fort bien, mais il a d'autres raisons... — Ici,
Harold s'arrêta et chercha à voir le visage d'Olivia ;
mais celle-ci avait détourné la tête. Il reprit : — des raisons que des hommes seuls comprennent. Comment
vous représenter quel acte redoutable c'est, pour un
homme, que de hasarder sur le caprice d'une jeune
fille un enjeu tel que son orgueil, ses espérances ? que de faire dépendre la félicité ou le malheur
de sa vie d'un oui ou d'un non inconsidérément
donnés ? En parlant ainsi, remarquez-le bien, ajouta-t-il avec une certaine emphase, je me mets à la
place de mon ami, ce jeune homme si épris.

13,

—Oui, je sais, je comprends ; mais continuez,
si du moins cela vous est permis.

—Oh ! oui, certainement. Un autre de ses motifs
était sa pauvreté ; fiancé, il pourrait s'écouler des
années avant qu'il puisse se marier ; enfin sa santé
qui est mauvaise. C'est pourquoi, tout en aimant
avec cette passion dont l'homme seul est capable, il
trouve qu'il est de son devoir de garder le silence.

—Je voudrais savoir un détail : dites-moi, a-t-il
jamais pu croire, a-t-il eu le plus léger soupçon que
son amour pouvait être payé de retour ?

— Il n'en sait rien. Cependant il a cru par moments pouvoir l'espérer.

—Oh ! alors il a eu tort, il est coupable, car il
ne songe qu'à son orgueil et non à celle qu'il aime.
Il s'inquiète peu de sa silencieuse angoisse, de sa
pudeur blessée par le sentiment d'aimer la première. Il ne voit pas les combats de ce pauvre cœur,
tantôt pétrifié par la souffrance, tantôt palpitant
d'un espoir fugitif dont les lueurs s'évanouissent, le
laissant plus sombre, plus désolé que jamais. Pauvre femme ! pauvre femme ! que je la plains !

Olivia s'était oubliée ; elle s'exprimait avec l'émotion d'une forte conviction. Quant à Harold, il l'observait attentivement.

— Vos paroles, dit-il, sont pleines de sympathie ;
poursuivez. D'après vous, quelle doit être la conduite de mon ami ?

— Il faut qu'il lui avoue son amour..., qu'il la
sauve ainsi du malheur de consumer sa jeunesse,
ses forces, ses espérances.

— Quoi ! il faut qu'il la lie par une promesse qui
demandera des années pour s'accomplir ?

— S'il a gagné son cœur, n'est-elle pas déjà liée ?
N'est-ce pas une dérision que d'employer le langage
du monde et de prétendre que par un faux sentiment d'honneur il la laisse libre ? Non, elle n'est
pas libre, je le répète ; elle est aussi liée à lui que
s'il l'avait épousée. Dites-lui cela, dites à votre ami
que la femme qu'il aime a le droit de savoir quelle
place elle tient dans son cœur. Qu'il ne lui fasse pas
l'insulte de douter d'elle davantage, de croire qu'elle
pourrait craindre la pauvreté ou une longue attente. Ah ! elle attendra des années, une vie entière
s'il le faut, jusqu'à ce qu'il la réclame ; s'il est malheureux, elle le consolera ; si, dans le rude combat
de la vie, il se sent défaillir, sa fidélité, sa constance
sera un appui, un baume à toutes ses peines.

— Mais, dit Harold d'une voix émue, s'il mourait ?

— S'il mourait?

— Oui, ne vaudrait-il pas mieux alors qu'il n'eût jamais parlé, et que son secret descendît avec lui dans la tombe ?

— Ah ciel ! que voulez-vous dire ? Quelle douleur pourrait égaler celle-là ?

A ces mots, des torrents de larmes s'échappèrent des yeux d'Olivia ; complétement subjuguée, elle les laissait couler sans songer à les retenir ou à les cacher. Harold aussi paraissait singulièrement agité ; mais ce ne fut chez lui que l'affaire d'un instant, car il reprit aussitôt d'un ton calme et doux :

— Vous parlez, mademoiselle Rothsay, comme une personne qui a de l'expérience dans ces matières ; or, cette expérience ne s'acquiert qu'à une seule école. Dites moi : — je suis un ami, vous savez, qui prie nuit et jour pour votre bonheur, — ne faites-vous pas là l'histoire de votre propre cœur ? Vous aimez, ou vous avez aimé !

Olivia crut qu'elle allait s'évanouir ; mais les yeux de Harold étaient fixés sur elle, ces yeux si profonds, si scrutateurs. — Dois-je le regarder en face et lui dire un mensonge? pensa-t-elle épouvantée. Non, non, je ne puis ; mais jamais, jamais il ne saura la vérité. Alors, baissant la tête, elle ne répondit qu'un mot. — Oui !

— Et pour une femme comme vous, aimer une fois, c'est aimer pour toujours !

Olivia baissa de nouveau la tête, et ce fut tout. On entendit un bruit de feuilles froissées avec impatience ; c'étaient celles que Harold tenait dans ses mains ; ce fut le seul signe d'émotion ou de sympathie qu'il donna.

Pendant quelques minutes ils marchèrent en silence ; à leurs pieds, le petit ruisseau gazouillait gaiement. Pourquoi sa voix fit-elle à Olivia l'effet d'un roulement de tonnerre ? pourquoi chacun de ses clapotements lui parut-il celui de la vague qui retombe et ferme le gouffre ? Harold rompit le premier le silence ; son ton était affectueux et bon ; il lui prit la main.

— Je vous remercie de la confiance que vous m'avez témoignée. Pardonnez-moi si je vous ai fait de la peine en la provoquant ; désormais je ne vous ferai plus de questions. Si vous pouvez rencontrer le bonheur, — ce que je demande à Dieu de tout mon cœur, — vous n'aurez plus besoin de moi. S'il en est autrement, tenez-moi toujours pour votre ami véritable, pour votre frère.

Olivia sentit que son cœur allait se briser ; mais bientôt cette agitation s'apaisa ; une torpeur pareille à celle de la mort s'empara de son âme. La voix de Harold, claire, froide, résonnait de nouveau à ses oreilles.

— Une fois encore, laissez-moi vous remercier de tout ce que je vous dois, de votre amitié, de vos conseils, de votre patience, car je l'ai mise à une rude épreuve. Pardonnez-moi ! De vous j'ai appris à avoir foi au ciel, à être en paix avec les hommes, à respecter de nouveau la femme. Votre amitié a été une bénédiction pour moi. Puisse Dieu vous bénir !

Il s'arrêta, et lorsque pour la première fois les lèvres de Harold touchèrent sa main, elle s'aperçut que ses lèvres tremblaient.

Ils reprirent tranquillement le chemin de la maison et se séparèrent cérémonieusement. L'occasion s'était présentée à eux, mais ils l'avaient laissé échapper ; le silence se rétablissait entre leurs deux âmes.

CHAPITRE XXIV

Olivia et Harold se séparèrent à la grille de madame Flora.

— J'ai des affaires en ville, dit M. Gwynne, je ne pourrai revenir que pour le dîner.

Il s'éloigna rapidement, et sa compagne se hâta de gagner sa chambre ; elle en ferma la porte à clef et se jeta sur son lit, à bout de force et de courage. Tout semblait l'abandonner à la fois. Elle ne pouvait pleurer ; des paroles entrecoupées s'échappaient à son insu de ses lèvres :

— C'est fini, tout est fini ! Il n'y a plus de doute maintenant.

Alors elle comprit, par ce complet anéantissement de toutes ses espérances, qu'elle avait vécu autrefois d'une vie différente, si faible, si incertain qu'en fût le souffle. En dépit de sa raison, de la con-

viction qu'elle s'était efforcée de s'imposer, il lui
était donc resté quelque vague espoir que Harold
pouvait l'aimer. Et maintenant ce rêve était effacé ; il
faudrait se réveiller comme une âme qui, brisant
les liens du corps, entrerait, à travers la mort, dans
une nouvelle existence; mais elle n'y pouvait songer
encore. Immobile, pareille à un cadavre, les mains
jointes, les yeux fermés, elle avait d'étranges visions. Il lui semblait qu'elle se considérait elle-même,
ainsi qu'un esprit peut contempler sa dépouille, avec
une sorte de compassion. Une fois, elle alla même
jusqu'à murmurer :

— Pauvre Olivia ! pauvre cœur brisé, écrasé !

Plusieurs heures s'écoulèrent ainsi dans une espèce de demi-évanouissement. Lorsqu'elle en sortit
enfin, elle s'aperçut avec étonnement que les ombres du soir s'allongeaient déjà dans sa chambre et
qu'il devait être fort tard.

Il y a une grande mélancolie, au sortir d'un assou-
pissement causé par la douleur, à entendre les différents bruits de la maison où chacun s'agite comme
à l'ordinaire, et à se dire que tout irait de même
si nous étions morts pendant ce lourd sommeil.

Olivia eût souhaité qu'il en fût ainsi pour elle, si
toutefois telle avait été la volonté de Dieu. Il lui au-

rait été si facile de se glisser sans bruit hors de ce
monde cruel ! personne ne se serait aperçu de son
départ ; mais puisque cela ne se pouvait pas, elle
essayerait de reprendre son fardeau et de poursuivre sa route.

Une consolation l'attendait en bas dans le salon ;
en y entrant, elle fut accueillie par un des plus bien-
veillants sourires de la tante Flora.

— Ma chère enfant, soyez la bienvenue ! Vous
vous êtes bien reposée, j'espère, depuis votre fatigante promenade de ce matin ?

— Ce matin ! répéta la pauvre Olivia, sans savoir
ce qu'elle disait. — Il lui semblait qu'il s'était écoulé
des siècles depuis ce matin ; de si sombres nuages
lui voilaient ce court intervalle !

— Mais oui, n'avez-vous pas été tous deux à l'ermitage ? Harold me l'a dit. Pauvre Harold !

Olivia s'arrêta immobile, s'attendant à apprendre
quelque horrible événement. Tous les malheurs lui
paraissaient possibles et naturels ; elle n'aurait pas
été étonnée si on lui eût dit que Harold était mort.

— Pauvre cher Harold ! reprit la tante Flora ; il
est parti.

— Parti ! dit encore Olivia du même ton machinal ; et elle laissa tomber ses mains froides sur ses genoux.

— Ah ! reprit la vieille dame, sans faire attention à la contenance de sa nièce, les choses sont allées de travers pour Harold, j'en suis sûre, car il n'a fait qu'entrer un instant ici, me disant d'un air troublé qu'il était forcé de s'éloigner sur-le-champ.

— Il est donc venu ici?

— Oui, pour un instant, comme je vous le dis. Je vous aurais envoyé chercher, ma chère, si Jeanne n'avait assuré que vous dormiez et si Harold n'eût dit qu'il ne fallait pas vous éveiller, parce que vous aviez l'air fatigué. Il ne pouvait pas attendre davantage et m'a chargée de vous faire ses adieux. Hé bien ! hé bien ! qu'avez-vous, enfant ?

Mais déjà Olivia s'était glissée hors du salon. Ainsi, il était parti ! Elle avait reçu son dernier serrement de main. Quelle triste séparation ! Une séparation sans adieu, sans espoir, où l'un des cœurs suit l'autre, en s'écriant avec angoisse : « Rends-moi ma vie que tu emportes avec toi ! » et où il ne reçoit aucune réponse ; alors la terre devient sombre et désolée comme un vaste tombeau.

Il se passa bien des jours avant qu'Olivia pût relever la tête après ce choc. Heureusement la souffrance physique, refroidissement ou fièvre, peu importe la cause donnée à cette indisposition, vint à son aide et lui servit de prétexte pour rester enfermée dans sa chambre solitaire.

Après quelques semaines de langueur, elle reprit ses forces et se retrouva dans son état ordinaire. Comme lors de ses épreuves antérieures, elle trouva un lien pour se rattacher à la vie. L'art était un remède à ses blessures ; elle en retrouverait les sentiers négligés, elle s'abreuverait encore à ses sources pures. Ses tableaux seraient ses enfants ; ils lui survivraient et jetteraient aux yeux de la postérité un voile glorieux sur les douleurs secrètes de leur auteur. Ce devait être tout ce qui resterait d'elle. — Non, ils ne seraient pas sacrifiés à cette misérable lutte pour une affection terrestre sans espoir. En conséquence, elle annonça à madame Flora Rothsay son intention de quitter Harbury, d'aller s'établir à Londres, afin de s'y consacrer tout entière à son art ; mais à la prière de sa tante, elle dut changer de résolution.

— Restez avec moi, ma chère nièce ; demeurez parmi la parenté et les amis de votre père. Je n'ai que peu d'années à vivre, ne me refusez pas !

Et ainsi fut-il décidé. Olivia devait cependant re-

tourner à Tornwood afin de disposer de son mobi-
lier et de prendre quelques arrangements relatifs
à Christal.

Elle avait beaucoup pensé dernièrement à la jeune
fille. Elle eût tant désiré trouver un intérêt pour
remplir sa vie ! Elle ne se rappelait pas sans quelques remords comment, au début de leurs relations,
son cœur s'était élancé au-devant de Christal, et
comment cette sympathie s'était éteinte peu à peu,
sans doute parce qu'elle n'avait trouvé aucun écho.
Mademoiselle Manners était bien toujours censée
faire partie de l'établissement du Dell, mais elle y
passait le moins de temps possible, et depuis la mort
de madame Rothsay en particulier, elle avait semblé se désintéresser de plus en plus de tout ce qui
s'y rattachait. Olivia, de son côté, en était arrivée
à la considérer avec indifférence, se disant qu'il n'y
avait là pour elle qu'un devoir à remplir. Ce devoir
devait-il maintenant continuer à l'occuper ? c'est ce
qui restait à déterminer. Christal elle-même en dé-
ciderait. Jamais Olivia ne l'abandonnerait de son
plein gré, non, pas même pour aller vivre dans le
paisible intérieur de la tante Flora. Ayant ainsi pris
son parti, mademoiselle Rothsay fixa le jour de son
retour à Tornwood, retour qu'elle n'envisageait

qu'avec un mélange de crainte et d'espérance. Encore une épreuve à supporter. Heureusement elle
serait courte.

Le nom de Harold n'avait pas été prononcé une
seule fois depuis son brusque départ. Pourquoi ce
silence chez madame Flora? Sa nièce l'attribua sans
hésitation à l'oubli propre à la vieillesse, dont tous
les intérêts, tous les besoins sont circonscrits dans
le cercle étroit de la vie de chaque jour. Cependant
il était bien possible que la vénérable dame fût plus
clairvoyante que sa nièce ne l'imaginait ; ce cœur si
fidèle, si éprouvé, ne pouvait être complétement
glacé par l'âge, par l'apathie de ses quatre-vingts ans.

Peu de jours avant qu'Olivia quittât Morning-Side,
madame Flora la fit demander dans sa chambre.

— J'ai quelque chose à vous dire, ma chère fille;
prêtez toute votre attention à une vieille femme.

— O tante Flora, s'écria Olivia, d'un ton d'affectueux reproche, comment pouvez-vous parler
ainsi?

Puis, s'asseyant à ses pieds, elle prit sa main
toute ridée et la posa sur son épaule.

— Ma douce bonne fille! dit l'excellente femme,
en donnant de petits coups sur la joue de sa nièce,
qu'elle traitait souvent comme une enfant... — ah!

si j'avais su plus tôt que le pauvre Angus avait laissé une fille !... Ne tardez pas à revenir, ma chérie !

— Dans un mois au plus, tante Flora.

— Un mois ! c'est bien long à mon âge. A quatre-vingts ans, il ne faut pas compter sur le lendemain. C'est pourquoi j'ai voulu vous dire ce que j'ai sur le cœur.

— Eh bien, chère tante, j'écoute.

— C'est au sujet des biens temporels que je lais-serai derrière moi. J'ai été soigneuse des bénédic-tions que le ciel m'a départies.

Ici, elle s'arrêta. Olivia, ne sachant que dire, se tut. Madame Flora continua :

— Dieu m'a accordé de longs jours. J'ai vu des jeunes gens devenir vieux. J'ai vu les vieux à leur tour disparaître ; quelques-uns de ceux que j'aurais souhaité voir me survivre ont été rappelés avant moi ; d'autres sont assez riches et n'ont pas besoin de mon bien. De toute ma parenté, et parmi tous mes amis, il n'y a personne à qui mon argent puisse être utile que ma nièce Olivia et Harold Gwynne. Est-ce que cela vous contrarierait, ma fille ? Son droit n'égale pas le vôtre, je le sais ; mais il sort d'un sang qui était allié au nôtre. Alison Bal-four était une Gordon par sa mère.

Lorsque la tante Flora prononça ce nom, Olivia s'aperçut d'un léger mouvement dans sa main gauche qu'elle tenait sur son cou ; les doigts flétris s'agitaient au-dessus de la bague de brillants ; mais lorsque la jeune artiste releva la tête, elle ne lut sur le visage de sa respectable parente que la plus parfaite sérénité, et faisant un retour sur elle-même, elle pria ardemment, afin qu'une paix semblable pût devenir son partage avec le temps.

— Avant votre arrivée ici, reprit madame Flora, j'avais songé à faire de Harold mon légataire universel, en lui demandant de prendre le nom de Gordon, car j'ai beaucoup aimé ce nom autrefois, il y a longtemps. Ah ! ma fille, même dans ce monde, Dieu peut essuyer bien des larmes de nos yeux et nous permettre ainsi de mieux apercevoir la patrie éternelle.

— Ainsi soit-il ! ainsi soit-il ! murmura Olivia Rothsay.

Cependant, en proférant ces mots, elle ne put empêcher les pleurs de l'aveugler. La douce main de sa tante, en effleurant son front, sembla ramener le calme dans son âme.

— Je me suis habituée à penser que vous êtes la dernière des Rothsay, mon enfant ; en supposant même que vous veniez à vous marier, le nom doit s'éteindre.

— Je ne me marierai jamais, tante Flora. Je vivrai comme vous avez vécu. Puisse Dieu rendre mon existence semblable à la vôtre !

— Vraiment, en est-il ainsi? Je ne l'aurais pas cru. Eh bien, Olivia, mon enfant, que Dieu alors te donne sa paix et te console !

Madame Flora baisa sa nièce sur le front et ne fit plus de questions. Peu de temps après, elle aborda de nouveau le sujet de son testament. Elle voulait agir équitablement, disait-elle, en laissant son bien à celui à qui il serait le plus nécessaire. Son cœur inclinait naturellement vers sa nièce, qu'elle mettrait par là à l'abri des luttes et des difficultés de la vie, tandis que Harold, fermement établi dans sa prébende, n'avait besoin d'aucun surcroît de revenu.

— Mais vous vous trompez, chère tante, il en a le plus grand besoin, s'écria Olivia avec vivacité. Vous ne pouvez vous imaginer jusqu'à quel point...!

— Comment! lui, un ministre?...Que voulez-vous dire ?

Olivia, rougissant et tremblant sous le regard investigateur de la vieille dame, s'arrêta court, craignant d'avoir trahi l'un des plus importants secrets de Harold Gwynne.

Elle reprit d'un ton suppliant :

— Tante Flora, ne me questionnez pas, je vous en conjure. Je ne puis, je ne dois pas vous en dire davantage. Sachez seulement qu'il peut venir une époque où cette fortune pourrait lui épargner de grandes angoisses.

— L'angoisse suit toujours le péché, répondit madame Flora avec sévérité. Me serais-je trompée sur mon cher Harold, lui, le fils d'Alison Balfour?

— Oh ! non, non ! C'est un beau, un noble caractère que le sien; il n'y en a pas de pareil dans le monde entier, s'écria Olivia, qui rougit en s'apercevant de son enthousiasme; néanmoins elle continua : Écoutez-moi, tante Flora : Harold Gwynne — elle prononça ce nom sans émotion — Harold Gwynne sera toujours pour moi un ami, un frère. Par une circonstance particulière, je me trouve être plus au courant de ses affaires que qui que ce soit, et je sais pertinemment qu'il peut tomber un jour dans la pauvreté. Quant à moi, vous le savez, je puis me suffire, et mon travail, mon art sont la consolation de ma vie. Votre fortune m'est donc inutile. Qu'en ferais-je à moi seule ? Ainsi, je vous en conjure, laissez-la-lui toute entière.

Madame Flora serra sa nièce dans ses bras sans prononcer un mot. Elle ne fit plus aucune allusion à son testament ; mais, le soir qui précéda le départ d'Olivia, elle lui fit ses adieux en lui donnant sa bénédiction. Adieux, bénédictions d'autant plus solennels qu'ils étaient tirés du divin volume qu'elle venait de fermer.

— Que le Seigneur te bénisse et te garde ! que le Seigneur tourne sa face vers toi ! qu'il te donne suivant le désir de ton cœur, et qu'il te remplisse de joie !

C'étaient là des paroles que la vénérable presbytérienne n'employait pas à la légère. Lorsque Olivia se releva, elle sentit son âme inondée de paix et d'espérance. Jetant un dernier regard sur sa tante en quittant la chambre, elle fut frappée de l'expression grave et sérieuse de son visage. Assise dans son grand fauteuil de velours cramoisi, les mains jointes et posées sur sa Bible, madame Flora avait la tête un peu relevée en avant, l'air recueilli comme quelqu'un qui écouterait un appel mystérieux.

Olivia, prise d'un secret pressentiment, se dit qu'elle avait pour la dernière fois entendu la voix, vu le visage de celle qui avait passé comme une sainte sur la terre !

CHAPITRE XV

Le retour à la maison ! comme ces mots résonnent différemment, selon les oreilles qui les entendent ! Ceux qui, au milieu de leurs voyages, de leurs courses errantes, possèdent encore le nid bien rempli où les attendent des affections et vers lequel un jour ils dirigeront leurs ailes, devraient songer à ceux, en si grand nombre, hélas! pour qui la surface du monde est uniforme, dont le seul appui doit se trouver en eux-mêmes et qui ne pourront jamais dire véritablement : « Je retourne à la maison, » jusqu'à ce qu'ils le disent en tournant les yeux avec espoir vers l'invisible demeure du Père commun.

Olivia Rothsay éprouvait quelque chose de cette mélancolie en voyageant par la plus sombre de toutes les journées du sombre novembre. Cependant sa tristesse se dissipa en partie lorsqu'elle vit briller de loin les fenêtres de Tornwood-Dell. A peine la chaise de poste se fut-elle arrêtée devant la porte, que la vieille Annah arriva en courant, suivie de la petite Ailie ; dans le salon, attendaient Christal et madame Gwynne.

Personne autre ! Il suffit à Olivia d'un coup d'œil pour s'en rendre compte ; elle s'accusa d'avoir désiré ce qu'elle n'avait aucun droit d'espérer. Ne valait-il pas mieux qu'il en fût ainsi ?

Madame Gwynne embrassa la voyageuse avec une vive affection, Christal avec une grâce mêlée de dignité. La jeune personne avait un air heureux et tout épanoui ; l'éclat de ses yeux noirs était tempéré par une douceur inaccoutumée. Les manières brusques, agitées, qu'on avait quelquefois remarquées en elle depuis qu'elle habitait Tornwood, avaient fait place à une tenue plus féminine. En résumé, Christal avait beaucoup gagné.

— Eh bien, dit-elle avec un sourire se jouant sur sa jolie bouche, n'êtes-vous pas curieuse de savoir des nouvelles de tous vos amis ? Nous n'en sommes pas tout à fait au même point que lorsque vous nous avez quittés ; il y a eu du changement parmi nous. Pour commencer par... voyons... par M. Harold Gwynne...

Madame Gwynne interrompit mademoiselle Christal d'un air contrarié :

— Je vous prie de ne pas parler de ce sujet ; il
m'est pénible, vous le savez. Ce n'est pas une raison,
ma chère bonne Olivia, pour me regarder de cet air
inquiet ; mon fils et moi nous allons bien. Harold a
pris une détermination que je ne crois pas absolument à son avantage et qui me préoccupe par moments, voilà tout. Quoi qu'il en soit, nous parlerons
de cela plus tard.

— Voulez-vous encore des nouvelles, Olivia ?
(Christal se reprenait à lui donner son petit nom.)
Eh bien, sachez donc que dame Fortune a été pro-
digue de ses faveurs envers votre favori, M. Lyle
Derwent, qu'elle vient de gratifier de mille livres
sterling de rente et d'une petite propriété par des-
sus le marché.

— Ah ! j'en suis enchantée ; bon cher Lyle, il le
mérite si bien !

— Cher Lyle ! répéta Christal en détournant la
tête, tandis qu'un éclair, soit d'ironie, soit de mé-
contentement, vint briller dans ses regards ; toutefois, elle sut dissimuler cette expression et continua
gaiement : — Gagner et mériter font deux ! Je
pourrais nommer une demi-douzaine de jeunes gens

14.

dignes, excellents, qui auraient mieux mérité que
lui l'avantage de posséder un oncle riche et qui sau-
raient aussi faire un meilleur usage que lui de leur
fortune.

— Oh ! oh ! Lyle vous remercierait, s'il savait ce
que vous dites.

— C'est ce qu'il fait déjà et ce qu'il fera toute sa
vie, s'écria Christal en redressant sa belle taille
avec fierté ; puis, riant aux éclats, elle disparut de
la chambre.

Olivia, restée seule avec madame Gwynne, lui aurait volontiers pris les deux mains et se serait
écriée : — Amie, racontez-moi tout ce qui vous inquiète, tout ce qui vous concerne vous et *lui*. Mais
une réserve pleine d'appréhension ferma ses lèvres.
Cependant la mère de Harold, qui observait sa physionomie, parut deviner ce qui se passait dans son
âme.

— Vous avez l'air soucieux, ma chère enfant, dit-
elle. Jamais mon fils et moi n'avons eu d'ami plus
fidèle que vous ! Que je regrette que vous n'ayez pas
été ici la semaine dernière ! Vous m'auriez aidée à
le persuader de ne point partir.

— Comment ! il est parti pour l'Amérique ?

— Pour l'Amérique ? Qui a jamais parlé de l'Amé-

rique? répliqua madame Gwynne avec aigreur.
Vous en aurait-il dit plus qu'à moi?

Olivia, regrettant le mot qui lui était échappé,
essaya d'apaiser la jalousie qu'elle venait involontairement d'exciter :

— Vous savez parfaitement, ma bonne amie, dit-
elle, que M. Gwynne n'aurait pas manqué de confier
ses intentions à sa mère, si elles avaient été sérieuses. Je l'ai quelquefois entendu dire qu'il aimait
l'Amérique et qu'il voudrait y aller. Voilà tout.

— Alors, il y a renoncé, car il est parti avec son
ami, lord Arundale, pour faire le tour de l'Europe.
Je trouve regrettable qu'un homme portant sa
robe perde ainsi son temps, et cela montre combien
son esprit est agité et perplexe. En vérité, je ne
comprends plus rien à mon fils !

— Son départ a-t-il été subit? y a-t-il longtemps
qu'il vous a quittée? demanda Olivia, couvrant ses
yeux de sa main comme pour les préserver de la lumière du feu.

— Seulement depuis hier. Je lui ai dit que vous
deviez revenir aujourd'hui; il m'a chargée de vous
exprimer ses regrets de vous manquer d'aussi peu
d'heures, mais cela était inévitable, attendu que lord
Arundale était prêt depuis longtemps et qu'il ne

pouvait l'obliger à ajourner son départ pour lui.
Vous n'en serez pas offensée, n'est-ce pas?

— Oh! non, non!

Et la main qui faisait écran devant ses yeux les
couvrait tout à fait. Madame Gwynne continua :

— Quoique j'aie toute confiance en mon fils, cependant j'avoue que cette brusque décision m'a surprise et troublée. Sa santé est meilleure ; pourquoi
ne pouvait-il rester à Harbury ?

Olivia, qui désirait pénétrer jusqu'à quel degré
madame Gwynne se doutait du triste secret de son
fils, répondit :

— M. Gwynne mène ici une vie monotone, une vie
qui ne paraît guère faite pour lui.

— Ah! je le sais, fit sa mère en soupirant. Son
cœur n'est pas dans sa vocation, il y a longtemps
que je craignais cela ; mais ce n'est pas là la raison
qui l'entraîne sur le continent, car je lui ai proposé
de résigner ses fonctions entre les mains de son vicaire, de quitter la cure et de prendre des pensionnaires ; il y a ici, dans le voisinage, une charmante
petite maison qui nous aurait parfaitement convenu ;
il n'a pas voulu entendre parler de ce projet et a
déclaré qu'il lui fallait absolument quitter Harbury,

— Et pour combien de temps?

— Je ne sais, il ne me l'a pas dit. Je suppose que son absence ne dépassera pas une année. Sa mère n'en a plus beaucoup à vivre auprès de lui, ajouta madame Gwynne dont la voix trembla légèrement; mais elle reprit tout aussitôt avec dignité :

— Ne vous imaginez pas, Olivia, qu'il entre dans mes paroles aucune idée de blâme contre mon fils. Il a agi comme il le jugeait bon. S'il avait cru s'opposer à mes désirs ou à mon bonheur, je suis persuadée qu'il ne l'eût pas fait; mais il a ignoré le chagrin qu'il me causait. Il valait mieux qu'il en fût ainsi. Maintenant, ma chère, n'en parlons plus.

Olivia se perdit en conjectures sur les motifs qui avaient pu pousser Harold à ce départ précipité. Elle croyait le connaître parfaitement, mieux que qui que ce fût : mais il y avait en lui des profondeurs qui dépassaient sa portée. Heureusement elle avait une foi entière en lui et en la bonté de son cœur; c'est pourquoi cette pensée qui l'avait déjà si souvent consolée, la calma encore cette fois.

Madame Gwynne, après avoir passé une couple d'heures auprès d'elle, se disposa à retourner à la cure.

— Allons, ma petite Ailie, dit-elle, il faut retourner chez nous avant qu'il fasse nuit; nous n'avons plus personne maintenant qui prenne soin de nous.

Un profond chagrin perçait dans ces paroles, et lorsqu'elle prit par la main sa petite fille pour traverser le jardin, il sembla à Olivia que le pas de la vieille dame était moins ferme que de coutume. Son cœur s'émut pour la mère de Harold.

— Permettez-moi de vous accompagner un bout de chemin, madame Gwynne; je suis complétement reposée à présent, et peu m'importe de revenir seule.

— Quel faible petit bras vous m'offrez là! dit madame Gwynne en souriant, lorsque, après quelque résistance, elle eut accepté la compagnie d'Olivia; il ne ressemble guère au bras de mon Harold, et pourtant je suis bien contente de l'avoir; je crains d'être forcée d'y recourir souvent maintenant, Olivia. Y serez-vous disposée?

— En doutez-vous? Je serai toujours très-heureuse de pouvoir vous l'offrir.

Mademoiselle Rothsay fit tout le chemin jusqu'à Harbury. Ne lui était-il pas doux de marcher ainsi, entre la mère et l'enfant de Harold? Ce ne fut que lorsqu'elle les eut quittées qu'elle put mesurer toute l'amertume de son isolement. Alors seulement elle comprit que le rêve de tant de mois était évanoui!

C'était quelque chose, même au milieu de ses chagrins, quoiqu'elle ne pût souvent ni le voir, ni lui
parler, que de sentir Harold si près d'elle. Que de
fois, travaillant avec effort dans son atelier, ne s'é-
tait-elle pas dit : « Qui sait? Je vais peut-être l'entendre frapper à ma porte. » Ou bien, dans une de
ses mélancoliques promenades, elle avait au moins
la chance de le voir traverser son sentier, et alors
son cœur battait de joie. Tout cela était fini ; elle ne
retrouverait plus ces impressions ; désormais, sur
cette chère vieille route de Harbury, il n'y avait plus
d'illusions possibles ; l'image chérie ne viendrait
plus éclairer sa tristesse. Là où si souvent ils avaient
marché ensemble, prenant conseil l'un de l'autre,
comme deux amis, il fallait aller seule ; ni là, ni
ailleurs peut-être, ne se retrouverait-elle jamais aux
côtés de Harold !

En prenant, au milieu de ses premiers tourments,
la résolution courageuse de fuir Harbury, elle ne
s'était pas représenté ce qui arriverait lorsque tout
serait fini, ni à quel point le monde sans Harold serait vide, désolé. Son âme s'était échappée du piége,
il est vrai ; mais comment ses ailes meurtries la sup-
porteraient-elle maintenant dans l'air ténébreux?

C'était le silence morne du désert ; il ne lui restait plus qu'à raser le sol jusqu'à la mort, séduisant mirage !

Olivia, plongée dans ses pensées, cheminait d'un pas lent et lourd. « Je suis seule, seule au monde, » se répétait-elle. A force de se redire ces paroles, il lui sembla qu'elle faisait vibrer en elle quelque vieux souvenir ; ce fut quelque chose de très-vague, de très-obscur d'abord. A la fin elle se rappela la lettre qu'elle avait mise, il y a dix ans, dans le tiroir secret du bureau de son père. Chose étrange ! elle n'y avait jamais songé depuis. Était-ce qu'elle frissonnait instinctivement devant les idées qu'elle faisait naître, ou les rapides changements de la vie avaient-ils contribué à bannir cet incident de sa mémoire ? Mais aujourd'hui tout était devenu réalité ; cette terre déserte qui, vue à distance, avait paru si redoutable à la jeune fille, les pas de la femme s'y étaient arrêtés. C'était bien le moment de lire les paroles que son père avait écrites « pour sa fille Olivia, lorsqu'elle sera tout à fait seule dans le monde. »

En rentrant chez elle, Olivia passa rapidement devant le salon où Christal étudiait un air italien avec force roulades, et courut s'enfermer dans son atelier. Le feu y était allumé ainsi que les bougies. Elle ferma la porte à clef, afin d'éviter toute interruption, et s'assit devant le bureau.

Elle éprouva quelque difficulté à ouvrir le tiroir secret, car le ressort en était rouillé, n'ayant pas joué depuis tant d'années ; et puis ses doigts tremblaient. Enfin elle tient la lettre : le papier jauni, l'encre effacée la frappèrent douloureusement ; c'était comme si elle se fût retrouvée brusquement face à face avec la mort.

Une impression solennelle, pleine d'angoisse, enveloppa son âme. Elle hésita longtemps avant de rompre le cachet et essaya de se rappeler tout ce qu'elle savait de son père : ses traits, sa voix, ses manières. Que tout cela était vague dans sa pensée ! elle était encore si jeune lorsqu'il mourut, et les dix années qui avaient suivi sa perte avaient été si remplies ! Elle avait tant vécu, tant souffert, qu'elle pouvait à peine se rappeler ce qu'elle avait éprouvé dans ce temps reculé, et surtout vis-à-vis de son père. Elle l'avait aimé, elle le savait bien ; sa mère aussi, hélas ! et cet amour avait toujours vécu dans le souvenir de celle-ci. Que de fois, pendant les jours qui précédèrent la fin de madame Rothsay, ne s'était-elle pas arrêtée avec complaisance à parler de la jeune heureuse épouse qu'aimait Angus. Il y avait eu à la vérité quelques allusions à des fautes commises qui avaient un moment obscurci cette affection, et les réminiscences d'Olivia lui disaient que cela était exact ; mais elle repoussa vivement cette pensée, se disant que maintenant son père et sa mère étaient tous deux devant Dieu.

S'armant de courage, elle rompit le mystérieux cachet. Elle tressaillit en voyant la date, celle de la dernière nuit que le capitaine Rothsay avait passée chez lui, de cette soirée qu'elle s'était si longtemps efforcée de garder entre toutes dans sa mémoire, parce qu'ils avaient été alors tous trois si heureux ensemble, lui si tendre, si aimant pour sa mère et pour elle ; elles deux si reconnaissantes. Ce fut sous l'impression de cette affectueuse tristesse qu'elle commença à lire ce qui suit :

« Olivia Rothsay, ma chère fille, il peut s'écouler bien des années (Dieu sait que je lui demande de les prolonger surtout pour toi), avant que tu sois appelée à ouvrir cette lettre. Quand tu l'ouvriras enfin, songe à moi dans la position où je me trouve en t'écrivant, ou plutôt songe à celle que j'occupais il y a une heure, assis aux côtés de ta mère, tes bras entourant mon cou, et ainsi pensant à moi, représente-

toi la lutte affreuse que j'ai dû subir avant de
t'écrire ce qui va suivre, avant de te confesser ce
qu'il m'eût été impossible de te révéler de mon vivant ou de celui de ta mère. Si j'agis ainsi, c'est que
j'y suis poussé par un violent remords, c'est que je
voudrais que mon Olivia, la fille chérie dont j'at-
tends la consolation de mon existence, puisse, si
je meurs, réparer, expier le péché de son père ! —
Oui, le péché ! Réfléchis à quel degré d'humiliation
je dois être réduit pour m'abaisser ainsi devant ma
propre chair, pour révéler à ma fille, si pure, si noble, ce qui..., mais je ferai ce triste récit en entier
et sans chercher à m'excuser, sans rien dissimuler.

« J'étais fort jeune lorsque j'épousai Sybil Hyde,
ta mère. Dieu m'est témoin que je l'aimais alors et
que je n'ai jamais cessé de l'aimer. Rappelle-toi cela,
Olivia; crois-en la parole de celui qui te parle comme
du fond du tombeau. Olivia, j'aimais ta mère. Pourquoi Dieu n'a-t-il pas permis qu'elle m'aimât de
même, ou que du moins elle sût mieux me témoigner son affection ?

« Peu de temps après mon mariage, je fus forcé
de quitter ma femme pour plusieurs années. Ce n'est
pas à une jeune fille qu'il convient de parler des tentations qui viennent assaillir l'homme, tentations de

toutes sortes. Qu'il te suffise de savoir que je les ai
connues et que je les surmontai. Je revins et serrai
ma femme dans mes bras, contre le cœur le plus
tendre, le plus fidèle qui eût jamais battu dans la
poitrine d'un mari ! Aujourd'hui encore, quoique je
paraisse si froid, si indifférent, je ne puis écrire ces
mots, réveiller ce souvenir sans émotion ; mais je
dois me rappeler, en traçant ces pages, que tu ne
les liras qu'après que ta mère et moi nous serons
endormis depuis longtemps dans le même tombeau ;
il me faut m'exprimer, non selon mes impressions
d'aujourd'hui, mais selon celles que j'avais alors. Je
continue mon récit :

« Après mon retour, un nuage s'éleva entre ta
mère et moi ; j'ignore à qui en fut la faute ; peut-
être à tous deux. Toujours est-il que ce nuage était
sans cesse suspendu, sombre, menaçant, sur mon
foyer domestique, et que je n'y trouvais plus ni paix
ni joie. Chassé de ma maison, je cherchai au dehors,
dans le jeu, dans la fièvre des spéculations, l'oubli
de mes maux ; enfin je fus entraîné jusqu'au crime.

«Dans les Indes occidentales, vivait une femme qui
m'avait aimé avec toute la fougue de son sang mé-
ridional, mais aimé en vain ; — remarque que je dis :
en vain. Elle était quarteronne, l'enfant d'une esclave

et d'un planteur ; elle appartenait à cette misérable
race dont la beauté cause l'abjection et dont la passion ne connaît d'autre loi qu'une aveugle fidélité.
Hélas ! Dieu me pardonne ! la pauvre créature ne me
fut que trop fidèle !

« A mon insu cette femme me suivit en Angleterre.
Rarement elle avait entendu parler du mariage et
ne pouvait comprendre ce que le mien avait de
sacré.

« Je ne l'aimais pas ; jamais du moins je ne res-
sentis pour elle l'ombre même de cet amour pur,
saint, que j'éprouvai pour Sybil Hyde, mais je la
plaignais. Quelquefois je détournais mes regards de
mon triste intérieur, où aucune âme ne répondait à
la mienne, où ma personne et mes désirs étaient
comptés pour rien, et je songeais à cette femme
pour laquelle j'étais tout dans le monde. Olivia, ma
fille, si un jour tu deviens épouse et que tu veuilles
conserver l'amour de ton mari, ne laisse jamais
ces pensées entrer dans son esprit, elles le perverti-
raient. Donne-lui tout ton cœur et il n'en cherchera
pas d'autre ; rends-lui son intérieur doux et agréable,
il ne s'en écartera pas ; enchaîne-le étroitement,
solidement, par les liens de ton amour.

« Ah ! pourquoi Sybil n'eut-elle pas la force, la puis-

sance de m'enchaîner ainsi?... Olivia, tu n'es pas ma
seule enfant. Je n'ai pas l'intention d'atténuer mon
péché, péché mortel, je le sais ; péché contre la loi de
Dieu, contre ma femme confiante, fidèle ; péché contre
cette infortunée créature à laquelle j'apportais toute
une existence de misère. Que dis-je? non-seulement
contre elle, mais aussi contre l'innocente petite créature qui ne reçut de moi qu'un héritage de honte et à
qui il m'est impossible de faire réparation sur cette
terre. Je sentis cela dès qu'elle vint au monde.
C'était une fille aussi ! une faible petite fille sans défense. Lorsque je la contemplais endormie, avec son
gracieux et pur visage, je me disais que sur ce front
innocent était une tache indélébile qui la suivrait
pendant toute sa vie, et que cette tache, c'était moi,
son père, qui l'y avais mise. Alors, s'éveilla en moi
un remords qui ne s'éteindra jamais! Hélas! Olivia,
je ne t'ai pas encore tout dit. Mon remords, dès son
origine, fut égoïste comme mon crime ; j'en rendis
responsable celle qui, toute coupable qu'elle fût,
l'était à un degré bien moindre que moi.

« Un jour, j'arrivai chez elle inquiet, irrité, incapable de lui cacher davantage le ver rongeur qui me
dévorait le cœur. Elle le découvrit bientôt et son
orgueil s'en révolta ; un torrent de reproches, de

paroles amères, m'accueillit. Je lui répondis ainsi
que peut le faire un homme qui a failli comme moi.
Pauvre créature! je l'outrageais, en l'accusant d'être
la cause de mon malheur, et quand je la vis furieuse
et hors d'elle-même, je me mis à opposer dans mon
esprit, à son image, celle de cette douce, patiente,
confiante Sybil — ma femme — que j'avais laissée
le matin même dans ma demeure, jusqu'à ce que me
haïssant moi-même, je la maudis, elle — l'enchante-
resse — qui avait amené ma perte. Puis, je me pré-
cipitai hors de la maison, poursuivi par sa voix
menaçante et aiguë. Le lendemain, la mère et l'enfant avaient disparu. Où avaient-elles fui? je ne
pus le découvrir et je l'ai ignoré jusqu'à ce jour,
quoique je n'aie rien négligé pour résoudre ce mystère
qui me fait paraître à mes yeux presque comme un
meurtrier. Et cependant, je les crois encore vi-
vantes, ces deux pauvres créatures. Ah! si je n'a-
vais cette conviction, il me semble que j'en devien-
drais fou.

« Olivia, aie pitié de ton père et exauce sa prière.
Tant que je vivrai, je poursuivrai cette recherche,
mais je puis mourir sans avoir eu le temps d'expier
et de réparer mes torts. Dans ce cas, je t'adjure,
mon Olivia, de te tenir entre la mémoire de ton père et

son iniquité. Si tu ne contractes pas d'autre lien, si tu ne te maries pas, si tu es appelée à vivre seule dans le monde, recherche et protége la pauvre enfant. Rappelle-toi que c'est ton sang ; qu'elle, du moins, ne t'a pas offensée. En lui témoignant ta compassion, c'est de ton père que tu auras pitié, de ton père qui, lorsque tu liras ces lignes, aura été depuis longtemps rayé du nombre des vivants. Ah! songe que c'est sa voix qui t'implore du sein de la poussière et qui te supplie d'absoudre sa mémoire. Sauve-moi de cette horrible pensée qui vient me hanter sans cesse : que l'être qui me doit la vie pourrait un jour charger mon nom de ses malédictions. Ci-inclus tu trouveras des instructions relatives à une rente qui doit être payée à la mère. Le capital de cette rente a été déposé à la banque de *** par M. Wyld que j'ai trompé quant à sa destination, car j'ai vieilli maintenant dans l'école de l'hypocrisie. Jusqu'ici le montant n'en a jamais été touché.

« Olivia, ma fille, pardonne-moi, ne me juge pas trop sévèrement; je ne t'aurais jamais demandé cela tant que ta mère aurait vécu, ta mère que j'ai aimée malgré la grave injure que je lui ai faite. Sous quelques rapports elle a eu aussi des torts vis-à-vis de moi; mais j'aurais dû lui témoigner plus de sympathie et la traiter avec plus de douceur, elle dont la nature était si opposée à la mienne.

« Dieu veuille nous pardonner à tous deux! Dieu! nous serons en sa présence quand toi, notre fille, tu liras ce récit. Puisse-t-il te bénir, ce même Dieu, toujours davantage, mon Olivia! c'est la prière d'un père qui t'aime.

« ANGUS ROTHSAY.

« *P. S.* Le nom de la pauvre femme est Célia Manners; l'enfant s'appelle Christal. »

Ici s'arrêtait la voix d'Angus Rothsay, depuis dix ans muette au fond de son tombeau. Sa fille restait immobile sur son siége, les yeux fixes, regardant sans voir, les membres roidis et glacés. On eût dit une statue de marbre.

CHAPITRE XVI

Olivia avait lu la lettre sans s'arrêter, comme elle aurait lu quelque étrange récit d'une infortune qui ne la concernait en rien. Elle ne commença à comprendre quelque chose à ce mystère que lorsque le nom de « Christal » vint frapper ses regards. Alors la vérité éclata, l'enveloppant de sa froide horreur et, pour un instant, paralysant toutes ses facultés. Lorsqu'elle les recouvra, la lettre était encore entre ses mains, mais le nom qui avait résonné si longtemps familièrement à ses oreilles ressortait seul, clair, visible, de ces pages. Ainsi, pendant tout ce temps, l'aveugle destinée l'avait poussée à remplir instinctivement les intentions de son père. La jeune fille qui demeurait dans sa maison depuis plusieurs mois, qu'elle s'était efforcée d'aimer, qu'elle avait cherché à guider, à protéger, c'était « sa sœur. » Cette

découverte jeta son esprit dans un véritable chaos.
Là première pensée d'Olivia fut pour sa mère, qui
avait prodigué son affection à cette enfant de la
honte et qui, en mourant, lui avait recommandé
d'en prendre soin.

Par un mouvement de répugnance instinctive,
Olivia repoussa la lettre loin d'elle; le simple attouchement de ce papier semblait souiller ses
doigts.

—Ah! ma mère, ma pauvre mère outragée, s'écria-
t-elle, il est heureux pour vous de n'avoir pas vécu
jusqu'à ce jour. Vous si bonne, si aimante, qui *lui*
avez été si dévouée jusqu'à la fin! Et moi! il me
me faut vivre pour mépriser la mémoire de mon
père! C'est affreux!

En prononçant cette exclamation d'angoisse, elle
s'arrêta soudain, remplie d'horreur à la pensée
qu'elle parlait ainsi d'un mort vénéré, de celui à qui
elle devait la vie.

— Ma raison s'égare, balbutia-t-elle en tombant
à genoux. Ah! Dieu, qui me juges, tu vois que je ne
me possède plus!

Elle ne trouva point d'expressions pour prier;
mais son âme s'éleva vers Dieu dans une profonde
aspiration; elle y recouvra le calme et la force qui

lui étaient nécessaires pour endurer une autre souffrance, d'une nature différente, mais plus redoutable encore que toutes les précédentes.

Bien des douleurs avaient déjà rempli sa vie,
mais jamais, jusqu'à cette heure, Olivia Rothsay ne
s'était rencontrée face à face avec le crime. Il lui fallait maintenant apprendre la leçon finale que reçoit la
vertu. Comment se conduire avec le vice? Devait-elle
s'en détourner avec une orgueilleuse supériorité, ou
bien, le considérant avec l'œil sévère de la pureté,
son cœur devait-il se fondre de compassion, se
souvenant de la parole du Maître :

— Tous ont failli... Que celui d'entre vous qui est
sans péché lui jette le premier la pierre !

La fille d'Angus Rothsay relut le récit du péché
de son père. En accomplissant cette tâche pour la
seconde fois, elle fut frappée de la profondeur de son
remords ; pour assurer une future expiation, Angus
Rothsay rejetait toute réserve, toute dignité, tout
orgueil. Que le repentir qui l'avait poussé à une
pareille confession avait dû être amer ! un repentir
qui humiliait ainsi un père jusque dans la poussière
devant son enfant ! Il lui sembla, du fond de cette
tombe depuis si longtemps fermée, entendre une
voix suppliante qui lui criait : « Expie mon péché !

Oh! expie-le, ma fille. » Cette voix domina celle de
sa mère offensée.

Il fallait donc s'acquitter de ce devoir qu'il n'appartenait qu'à Olivia, « laissée seule sur la terre »,
d'accomplir. Cet appel était la voix même du destin; n'y avait-il pas en effet quelque chose de pro-
videntiel dans les combinaisons qui avaient amené
cette situation et ainsi tracé devant elle une route si
simple? Elle en eut le frisson. Cela s'était vu cependant souvent. Sa vie lui apparut toute tissée d'une
trame mystérieuse; les fils en étaient d'abord
invisibles, mais peu à peu ils devenaient distincts, et
enfin tout ce concours de circonstances s'imposa à
son esprit avec une force irrésistible qui calma sa
souffrance en lui inspirant une confiance enfantine
dans la toute-puissance qui tire sans cesse le bien
du mal.

Olivia reprit possession d'elle-même. Déposer la
couronne des joies de cette terre et se charger de sa
croix, tel devait être désormais son lot. Cette œuvre
sainte remplirait sa vie solitaire.

—Je ferai ce que vous me demandez, s'écria-
t-elle. Ah ! mon pauvre père, puisse Dieu vous avoir
pardonné comme ma mère l'aurait fait et comme je
le fais moi-même! Ce n'est pas à moi de vous juger;

à moi, au contraire, d'expier votre faute si je le
puis; mais comment y parvenir?

Elle réfléchit longtemps en silence, essayant de
recueillir tous ses lambeaux de souvenirs sur la
mère de Christal. Elle la reconnaissait maintenant dans la femme qui jadis avait si fortement
excité son imagination de jeune fille. La visite qu'elle
lui avait faite lui revint à la mémoire avec tous
ses étranges incidents. Malgré la répugnance rétro-
spective qu'elle éprouva pour la malheureuse créature, elle ne pouvait s'empêcher d'être touchée de
cet amour maternel qui, jusque sur son lit de mort,
l'avait porté à renoncer à tous ses droits et à
imprimer dans l'esprit de sa fille une fable habilement composée, plutôt que de laisser peser sur
sa tête innocente la flétrissure d'une naissance
illégitime.

Tout à coup, au milieu de ces réflexions, elle entendit dans la chambre voisine la voix de Christal
qui résonnait joyeusement.

— Ma sœur ! cria Olivia d'une voix étouffée. Elle
est ma sœur, l'enfant de mon père !

Alors, avec un mélange de compassion et de terreur, elle se mit à songer à ce que Christal éprouve-
rait lorsqu'elle saurait la vérité ! Christal, si fière de

sa naissance supposée, Christal dont la nature orgueilleuse était en opposition constante avec le
contrôle d'Olivia. Un tel coup devait, ou l'écraser,
ou, réveillant le noir esprit qui sommeillait en
elle, la pousser au désespoir. A cette pensée, Olivia oublia tout, excepté de plaindre l'infortunée
jeune fille ; tout, excepté la misère, la souffrance
qui, de génération en génération, serait la conséquence de cette faute.

N'était-il pas singulier que Christal eût nourri
pendant tant d'années cette aveugle croyance à sa
noble origine, sans chercher à la préciser lorsque
cela était en son pouvoir ? En effet, jamais depuis son
retour de France elle n'avait questionné mademoiselle Vanburgh, ni fait la moindre allusion à sa famille. Une telle indifférence semblait incroyable ; on
ne pouvait l'expliquer que par la légèreté naturelle
de Christal, par sa fierté et son ignorance absolue
du monde.

Quelle conduite avait à tenir Olivia ? Lui révèle-
rait-elle la vérité et, par là, ternirait-elle à toujours
l'aurore de sa vie si pleine d'espérance? Serait-ce sa
main qui imprimerait le stigmate de la honte sur le
front de cette jeune créature? — Une jeune fille ! le
moment viendrait où quelque honnête homme,

épris d'elle, reculerait à la pensée d'appeler son
épouse celle dont la mère n'avait jamais porté
ce titre. Mais, d'autre part, Olivia allait donc être
condamnée à garder le perpétuel fardeau de ce secret,
à trembler sans cesse que Christal ne vînt à le découvrir? Qui sait si ce ne serait pas à une époque où elle
ne serait plus protégée, consolée par l'affection de
sa sœur?

Tandis qu'elle était en proie à cette lutte, elle entendit frapper à sa porte :

— Olivia! Olivia! et la voix de Christal lui parut plus
affectueuse que de coutume. Quand viendrez-vous
donc? Je m'ennuie tant d'être seule! Laissez-moi
entrer dans l'atelier.

Olivia s'élança vers son bureau et cacha précipitamment la lettre; puis, sans proférer un mot— elle
n'en avait pas la force — elle ouvrit machinalement
la porte.

— Enfin! c'est bien heureux qu'il soit permis de
pénétrer jusqu'à vous! s'écria Christal gaiement.
J'ai cru que vous alliez passer la nuit, ainsi enfermée. Mais qu'avez-vous donc? vous êtes aussi
pâle qu'un spectre ; vos regards évitent les miens.
On dirait presque que vous venez de comploter un
meurtre et que c'est moi qui suis l'innocente, in-

consciente victime, comme on dit dans les romans.

— Vous, la victime! répéta Olivia avec une grande agitation. Mais tout aussitôt, par un effort surhumain, elle reprit son empire sur elle-même et dit avec calme : — Christal, ma chère Christal, ne faites pas attention à moi ; ce n'est rien, je ne suis qu'un peu souffrante.

— De quoi? qu'avez-vous donc fait?

Olivia, poussée par l'instinct de la vérité, répondit simplement :

— Je suis restée là longtemps assise toute seule, songeant au temps passé, relisant d'anciennes lettres.

— Des lettres? lesquelles? je veux le savoir, dit Christal avec un entrain moitié plaisant, moitié sérieux, comme si quelque soupçon naissait dans son esprit.

— C'étaient des lettres de mon père, de mon pauvre père.

— Ah! est-ce tout! Eh bien, je vous trouve bonne, en vérité, de vous chagriner pour un vieux père mort et enterré depuis si longtemps. Ce ne serait certainement pas moi qui m'en donnerais la peine; il est vrai que je n'en ai jamais eu l'occasion ; j'ai si peu entendu parler du mien !

Olivia détourna la tête et garda le silence ; mais Christal qui, par quelque motif connu d'elle seule, était en ce moment de très-bonne humeur, reprit avec bienveillance :

— En vérité, vous tremblez, vous vous êtes rendue toute malade. C'est à peine si vous pouvez vous tenir debout. Voyons, donnez-moi le bras, que je vous conduise jusqu'au sofa.

Olivia recula comme si un serpent l'avait piquée, lorsque les doigts délicats de Christal effleurèrent son bras. Elle considéra ces doigts longs et effilés, et une circonstance insignifiante, oubliée depuis longtemps, se retraça vivement à son souvenir. Sa mère n'avait-elle pas remarqué la main de la jeune fille dès le premier soir de son arrivée, en parlant de la beauté héréditaire des mains dans la famille Rothsay ? Elle comprenait maintenant pourquoi la main de Christal ressemblait à celle de son père.

Un frisson répulsif parcourut ses membres ; mais tout aussitôt la voix mystérieuse du sang vibra dans son cœur. Elle prit cette main, la main de sa sœur, et la pressa contre son cœur avec passion.

— Ah ! Christal, aimons-nous ! dites, le voulez-vous ? Nous n'avons plus ni l'une ni l'autre de lien de famille sur la terre.

Mais Christal, qui n'était pas souvent d'humeur sensible, se borna à lever les épaules et, frappant d'un air protecteur de petits coups sur le bras d'Olivia, elle dit :

— Voyons, calmez-vous, ce voyage vous a trop fatiguée. Qu'avez-vous affaire aussi de tant courir avec madame Gwynne? reposez-vous un peu sur le sofa et ensuite couchez-vous.

Olivia avait peur de la nuit et de la solitude. Elle savait qu'il n'y aurait pas de sommeil pour elle; aussi, lorsqu'elle fut un peu remise, se sentant incapable de parler, elle pria Christal de lui faire la lecture.

Celle-ci parut contrariée de cette proposition :

— C'est agréable de jouer le personnage de sa dame de compagnie, de sa lectrice? murmura-t-elle, pensant qu'Olivia ne l'entendait pas. Mademoiselle Rothsay oublie sans doute qui je suis.

Olivia qui l'avait entendue frissonna à ces paroles. Mademoiselle Manners ouvrit négligemment le journal et se mit à lire le premier article qui lui tomba sous les yeux.

C'était un de ces tristes épisodes comme il s'en révèle souvent dans les tribunaux de la grande capitale. Une jeune fille, une voleuse, conduite devant la

cour, racontait pour sa défense l'histoire de sa vie :
Elle était née dans la honte, elle avait grandi dans le
vice. Fille illégitime et abandonnée d'un homme
riche, elle avait dû nécessairement suivre sa destinée. Le journal ajoutait que lorsque la malheureuse
déportée fut emmenée de la barre du tribunal, elle
tomba dans un violent état d'excitation, appelant
la malédiction divine sur ses parents, et en particulier sur son père, qui, disait-elle, avait lâche-
ment délaissé sa mère. Elle s'écria à plusieurs re-
prises que c'était à lui qu'elle devait sa vie de péché
et de misère et que son sang retomberait sur sa
tête.

— Oui, il sera retombé sur sa tête ! s'écria avec impétuosité Christal, dont la sympathie, comme éveillée
par un instinct fatal, semblait vivement excitée par
cette lecture : — Si j'avais été cette jeune fille, con-
tinua-t-elle, j'aurais poursuivi mon indigne père à
travers l'univers entier ; j'aurais, pendant toute ma
vie, étalé devant lui ma misère, afin que partout où
il aurait été, elle l'eût suivi pour le torturer et l'humilier. Sur son lit de mort je l'aurais maudit et j'aurais foulé sa fosse aux pieds avec joie !

En prononçant ces derniers mots, Christal s'était
levée ; ses yeux flamboyaient, ses mains étaient cris-

pées, toute sa personne paraissait en proie à un de
ces paroxysmes, heureusement rares chez elle, et
qui faisaient peur à voir.

C'était l'âme violente de sa mère ; Olivia la reconnut et résolut dès cette heure, quoi qu'il dût lui
en coûter, d'ensevelir à jamais dans son sein le
secret de la naissance de Christal.

Mademoiselle Rothsay accomplit fidèlement son
vœu ; il impliqua pour elle quelques changements
dans ses plans pour l'avenir, car, sans qu'il lui fût
possible d'en donner le motif, Christal refusa absolument de quitter Tornwood pour aller vivre avec elle
à Edimbourg. Ainsi fut frustré le souhait désespéré
d'Olivia de fuir Harbury et tous ses amers souvenirs. Il serait difficile de dire si elle se réjouit ou
s'affligea de cette nécessité ; la décision qu'elle
avait prise lui avait tant coûté qu'elle regrettait
à peine de ne pouvoir la mettre à exécution. Elle
trouvait une intime douceur à vivre en vue du presbytère de Harbury, à remplir insensiblement un rôle
filial auprès de la mère de celui qu'elle aimait toujours
si fidèlement. Lorsqu'elle songeait maintenant à Harold, c'était avec moins d'amertume Ce dernier choc
avait changé le courant de ses pensées et, les détournant d'elle-même, les reportait sur le grand et sacré

devoir qui lui était confié. Sa vie pouvait être utile-
ment remplie, même sans amour.

Elle essaya donc de se créer une paisible retraite
dans son modeste intérieur et, par-dessus tout, d'y
attirer et d'y fixer sa sœur par toutes sortes de ruses
affectueuses. Sa sœur! que de fois ne soupirait-elle
pas en souhaitant d'oser se jeter au cou de Christal
et l'appeler de ce doux nom! Mais elle savait que
cela ne se pourrait jamais; son cœur avait été trop
mûri à l'école de l'épreuve pour se révolter de ce
que, dans tous les liens terrestres qui avaient été
son partage jusqu'ici, nul, à l'exception de sa mère,
ne l'avait jamais aimée avec l'intensité de sentiment qu'elle-même prodiguait si généreusement aux
autres.

Harold Gwynne écrivit fréquemment de Rome;
ses lettres étaient toutes adressées à madame Gwynne.
Une fois, celle-ci, qui se trouvait souffrante, pria
Olivia de prendre sa place et de répondre au voyageur, qui n'avait du reste jamais manqué de parler
d'elle avec intérêt.

— Cela lui fera grand plaisir, disait la vieille
dame, car je crois que de tous ses amis de Harbury
il n'y en a aucun que mon fils considère autant que
vous.

Olivia ne pouvait refuser ; pourquoi, en effet, ne lui écrirait-elle pas? Il ne lui avait jamais parlé d'amour. De quel droit aurait-elle été blessée ou triste de son silence ?

Elle écrivit donc; ce fut une lettre amicale, mais insignifiante, sans allusion au passé, n'exprimant ni regrets, ni souffrances. Ce style ne ressemblait guère aux pages sérieuses et pressantes qu'elle lui avait autrefois envoyées. Elle essaya de faire de sa lettre une épître agréable et facile, comme celle qu'on écrit à une connaissance ordinaire ; elle la remplit de tout ce qu'elle savait pouvoir l'intéresser et le distraire. Jamais, se disait-elle, il ne s'imaginerait dans quelles dispositions, avec quelle main froide et tremblante, avec quels yeux pleins de larmes, quel front brûlant, elle avait tracé ces phrases coulantes et banales.

Il y était peu question d'elle-même et de ses propres affaires; elle demandait seulement que, pendant son séjour à Rome, il voulût bien prendre la peine de découvrir les Vanburgh dont elle n'avait pas entendu parler depuis longtemps.

Un instant elle s'interrompit, se demandant si elle ne devait pas lui faire quelques excuses pour la démarche dont elle le chargeait ; mais tout aussitôt elle se rappela ses paroles, presque les dernières qu'il lui eût dites : « qu'elle devait toujours le considérer comme un ami, comme un frère. »

—C'est ce que je ferai, murmura-t-elle. Je ne douterai pas de lui, ni de sa sincère amitié pour moi. Il ne peut me donner davantage ; mais tant qu'il me conservera cette amitié, cette estime, je pourrai supporter la vie.

CHAPITRE XVII

Vers le milieu de l'hiver seulement, les habitants du Dell reçurent la visite de leur ami, Lyle Derwent, devenu un riche et important personnage. Olivia déplorait cet abandon apparent ; tout soupçon de changement dans ceux qu'elle aimait l'affligeait sensiblement. Quant à Christal, elle en riait, ou du moins faisait semblant d'en rire. Mademoiselle Rothsay ne remarqua pas avec quelle attention la jeune fille écoutait le moindre bruit ni comment, lorsque les matinées étaient belles et claires, elle se mettait en route précipitamment du côté de Harbury afin d'y rencontrer le facteur.

Ce fut précisément pendant une de ces absences que Lyle fit son apparition au Dell. Olivia était assise dans son atelier, mais non devant son chevalet abandonné : elle mettait en ordre des papiers dans son bureau et se demandait pour la centième fois si elle ne ferait pas mieux de détruire la lettre de son père, de peur que quelque circonstance imprévue, sa mort par exemple, ne vînt tout à coup révéler à Christal le fatal secret. L'entrée subite de Lyle la fit tressaillir ; elle jeta précipitamment la lettre sur le bureau. Par suite de cet incident, sa contenance parut troublée et son accueil ne fut pas aussi cordial qu'elle l'aurait voulu. Son agitation, apparemment, se communiqua à son visiteur, car il restait debout, l'air embarrassé et incertain.

— Vous ne m'en voulez pas, n'est-ce pas, mademoiselle Rothsay, de ce que j'ai tant tardé à venir vous voir ? dit enfin Lyle après avoir reçu ses félicitations sur son récent changement de fortune. Vous n'avez pas cru, j'espère, que ma nouvelle position pût en aucune façon altérer mes sentiments pour vous ?

Olivia ne put s'empêcher de sourire de cette curieuse façon de parler ; mais elle savait que c'était là la tournure d'esprit particulière du jeune homme. Elle lui dit simplement et avec franchise qu'elle n'avait jamais douté de lui, sur quoi le pauvre Lyle tomba dans une véritable extase.

Ils parlèrent ensuite de ses plans auxquels Olivia

prit un vif intérêt. Lyle lui décrivit sa nouvelle propriété, les beaux jardins qui entouraient la maison
d'habitation; il avait l'intention d'y vivre d'une
façon toute poétique et arcadienne, disait-il. Lyle
était si naïf, si touchant par sa jeunesse, que mademoiselle Rothsay prêtait l'oreille avec plaisir à
tout ce qu'il lui racontait. Cela lui faisait du bien, de
voir qu'il y eût encore des gens heureux dans ce
monde.

Quel joli tableau vous me tracez là de la vie à la
campagne! lui dit-elle en souriant; je désire sincèrement que vous puissiez le réaliser, mon cher Lyle.

— Mais il faut que je me déshabitue de vous appeler
ainsi, maintenant que vous êtes M. Derwent de
Holey Wood.

— Oh! non, appelez-moi toujours Lyle, rien que
Lyle. Ce nom m'a toujours paru résonner si doucement sur vos lèvres, même lorsque j'étais enfant!
Vous souvenez-vous de ce que je vous disais alors,
que je vous aimais plus que personne au monde?

— Oui, je m'en souviens. C'était une comique
prétention à ce qui deviendra un jour, j'espère, une
réalité, car vous serez certainement, Lyle, le plus
poétique des amoureux qu'on aura jamais vus sous
le soleil.

—Vous croyez cela? O mademoiselle Rothsay,
est-ce possible?

Et le jeune homme mit tant d'ardeur à prononcer
ces paroles, qu'Olivia en éprouva un étonnement pénible. Elle craignit d'avoir involontairement touché
quelques cordes sensibles, et qu'il n'y eût chez Lyle
un sentiment plus sérieux qu'elle ne l'avait soup-
çonné. Pour rien au monde elle n'aurait plaisanté
ainsi, si elle avait cru à un attachement réel. Ce
fut donc avec un ton affectueux et plein d'intérêt
qu'elle lui répondit :

— Ne vous méprenez pas sur ce que j'ai dit, mon
cher Lyle ; ne vous imaginez pas surtout que je veuille
me moquer de vous ; mais en vérité je ne croyais
pas que vous eussiez jamais songé à ces choses ; vous
avez à peine vingt et un ans, et par conséquent tout
le temps d'y penser ; mais voyons, dites-moi franchement, — vous savez que vous le pouvez, à moi
une vieille amie, — croyez-vous avoir jamais été
sérieusement amoureux?

— Il est fort singulier que ce soit vous qui me
fassiez cette question.

— Eh bien, n'y répondez pas, alors, et pardonnez-
moi; je ne vous ai parlé ainsi que par un vif désir de
vous voir heureux, vous qui êtes mêlé à tant de mes

souvenirs, vous, le frère de ma pauvre Sara, le petit favori de ma jeunesse.

Olivia, émue en disant ces derniers mots, tendit affectueusement la main à Lyle. Celui-ci la saisit avec vivacité :

— Qu'il m'est doux de vous entendre parler ainsi! s'écria-t-il. Oh! si je pouvais tout vous dire!

— Mais vous le pouvez, répondit Olivia avec douceur; j'espère que vous pouvez vous confier en moi, mon bon Lyle. Voyons, contez-moi toute votre histoire.

— Ce sera celle d'un rêve que j'eus dans mon enfance, où j'ai entrevu une noble et belle créature que j'ai révérée, adorée, et qu'enfin j'ai osé aimer, dit Lyle tout à coup en proie à une grande agitation.

— Je ne m'attendais pas à cela, répondit Olivia à la fois surprise et affligée ; vous autres poëtes et rêveurs, vous avez tant de charmantes visions! Mon pauvre Lyle, en est-il vraiment ainsi? Vous, que je croyais capable de tomber amoureux chaque mois d'une nouvelle beauté, seriez vous sérieusement épris depuis longtemps d'une seule jeune fille? Êtes-vous bien sûr que ce ne soit que d'une seule? répéta-t-elle en souriant à demi.

Celui à qui elle s'adressait ainsi parut plus confus que jamais.

16.

— On ne peut faire autrement que de vous dire la vérité, murmura-t-il. D'ailleurs, que ce soit ma volonté ou non, il faut toujours que je finisse par vous la dire. Si je ne le faisais pas, vous pourriez l'apprendre de la bouche d'un autre, et cela me causerait un profond chagrin.

— Voyons, j'écoute.

— Sachez donc que bien que je n'aie jamais aimé que cette belle, adorable personne, cependant, il m'est arrivé *une fois*, et cela pendant un très-court espace de temps, je vous le jure, d'être entraîné à faire la cour à une autre, une autre que vous connaissez.

Olivia réfléchit un instant, puis elle dit d'un ton très-sérieux :

— Voulez-vous dire Christal Manners ?

— Oui, c'est elle; elle m'a entraîné, subjugué, mais je vous jure que ce n'était pas de l'amour; ce ne fut qu'un caprice passager.

— Lui avez-vous fait connaître vos sentiments ?

— Seulement par quelques vers absurdes, dont elle s'est moquée.

— Mais c'est très-mal ce que vous avez fait là ! Est-il permis de singer un amour qu'on n'éprouve pas ?

— Ah ! ma chère mademoiselle Rothsay, ne vous fâchez pas contre moi, je vous en supplie ! quelle

qu'ait pu être ma folie, vous savez très-bien qu'il
n'y a qu'une femme au monde que j'aie véritablement
aimée, que j'aime encore passionnément; et cette
femme, c'est vous!

Olivia leva les yeux vers Lyle, muette d'étonnement. Elle crut un instant que son sentimentalisme
lui tournait la tête; cependant Lyle continuait avec
un sérieux et une ardeur à laquelle il était impossible de se méprendre, malgré l'exagération de ses
expressions :

— Tout ce qu'il peut y avoir de bon en moi, je le
tiens de vous; c'est vous qui me l'avez inspiré dès
mon enfance. Je vous prenais alors pour un ange,
vous étiez l'objet de tous mes rêves; plus tard,
vous fûtes mon idole, je vous consacrais toutes mes
poésies; vos cheveux dorés, vos doux yeux furent
chantés par moi. Vous me paraissiez alors, et vous
me paraissez encore telle, la plus ravissante créature
du monde.

— Lyle, vous vous raillez de moi, fit Olivia avec
tristesse.

— Moi, me railler de vous! Qu'il est cruel de me
parler ainsi ⌐dit le jeune homme, et il se détourna
avec une expression de chagrin à laquelle il était
impossible de se méprendre.

Olivia commença enfin à sortir du trouble étrange
où l'avait jetée l'aveu de Lyle; mais elle ne pouvait
admettre qu'il pût l'aimer, elle, son aînée de plusieurs années, vieille par le cœur, fatiguée, triste,
difforme comme elle l'était; la conviction de ses défauts physiques, qui l'avait obsédée toute sa vie,
reparut alors; en regardant Lyle, elle regretta de
lui avoir parlé durement.

— Pardonnez-moi, lui dit-elle, mais tout ceci est
bien singulier; vous ne pouvez parler sérieusement. Il me semble impossible que vous m'aimiez;
je suis trop âgée pour vous; je n'ai ni beauté, ni
grâce, je suis... Elle s'arrêta et rougit légèrement.

— Je sais ce que vous voulez dire, interrompit
vivement le jeune homme; mais je ne m'en suis jamais aperçu, jamais! Pour moi vous êtes, comme je
l'ai dit, une angélique apparition; je suis venu ici
aujourd'hui exprès pour vous le dire, pour vous
demander de venir partager ma nouvelle fortune,
m'enseigner à m'en rendre digne. Chère mademoiselle Rothsay, ne soyez pas seulement mon amie,
devenez ma femme!

Il n'était plus possible de ne pas le comprendre à
présent. La violence de sa passion lui avait donné
de la dignité, de la virilité. Olivia reconnaissait à

peine, dans le prétendant persuasif qui se tenait devant elle, le sentimental et poétique Lyle d'autrefois; elle éprouva une grande souffrance; jamais elle n'aurait imaginé cette épreuve nouvelle: être aimée comme elle aimait elle-même, sans espoir.

— Vous ne me répondez pas, mademoiselle Rothsay?... Que peut signifier votre silence? que je suis trop présomptueux sans doute? que vous me jugez toujours un enfant stupide, romanesque?... Eh bien, malgré cela, je vous aime de tout mon cœur, de toute mon âme.

— Ah! Lyle, pourquoi me parler ainsi? Vous ne savez pas tout le chagrin que vous me causez.

— Du chagrin! alors, vous ne m'aimez pas? Ah! s'écria-t-il en poussant un soupir, comment l'aurais-je pu espérer tout de suite? mais vous me donnerez du temps; vous me mettrez à l'épreuve; vous me laisserez un peu d'espoir; en un mot, vous me permettrez de vous mériter.

Olivia secoua la tête avec mélancolie :

— Lyle, mon cher Lyle, oubliez tout ceci, c'est un vain rêve, et il passera; je sais qu'il passera. Vous choisirez un jour quelque jolie jeune fille capable de vous apprécier, et pour laquelle vous serez un bon et fidèle mari.

Lyle devint très-pâle :

— Vous voulez donc dire que vous me jugez indigne d'être à vous?

— Oh! non, je ne veux pas dire cela ; vous m'êtes cher, vous me l'avez toujours été, mais je ne vous aime pas, dans le sens que vous attachez à ce mot. Cela me perce le cœur, croyez-le, de vous infliger un chagrin même momentané; mais je ne puis vous épouser, c'est impossible.

En prononçant ces derniers mots, Olivia cacha sa tête dans ses mains avec émotion. Lyle, très-agité, se mit à marcher de long en large dans la chambre. Peut-être l'orgueil de l'homme s'éveillait-il en lui avec l'amour.

— Il faut qu'il y ait quelques raisons pour cela, dit-il enfin. Si je vous suis cher, même à un faible degré, ne puis-je espérer qu'avec le temps une affection plus profonde pourra naître dans votre cœur? Dites, pourra-t-il jamais en être ainsi?

— Non, jamais ! ..

— En êtes-vous bien sûre?

— Parfaitement sûre !

— J'arrive sans doute trop tard, reprit le jeune homme avec amertume. Oui, c'est cela, vous aimez quelqu'un ; parlez, j'ai le droit de le savoir.

Olivia devint pourpre et, reprenant toute sa dignité, répliqua avec hauteur :

— Lyle, vous allez trop loin ; cessons cette conversation, je vous en prie.

— Pardonnez-moi, pardonnez-moi ! s'écria aussitôt ce dernier, à la fois effrayé et humilié ; je ne de-
manderai plus rien, je ne désire plus rien savoir ;
n'est-ce pas déjà un assez grand malheur d'apprendre que vous ne pourrez jamais m'aimer, que
vous ne pourrez jamais être à moi?

— Vous pourrez toujours me considérer avec
affection. Vous apprendrez peu à peu à me traiter
comme une sœur... une sœur aînée. Ce sont
là les relations les plus naturelles qui puissent
s'établir entre nous deux ; vous-même, avec le
temps, finirez par en juger ainsi.

Olivia croyait fermement ce qu'elle disait. Peut-
être avait-elle raison, et que cette passion n'était en
effet qu'une de ces fantaisies romanesques comme
beaucoup d'hommes en éprouvent dans leur jeunesse
et qui s'évanouissent avec les réalités de la vie, sans
laisser de traces. Quoi qu'il en soit, pour le moment,
l'amour de Lyle était des plus profonds et des plus
sincères.

Tandis que mademoiselle Rothsay parlait, le pau-

vre jeune homme, comme aux jours de son enfance,
s'était jeté à genoux et, lui saisissant les deux mains,
la contemplait avec exaltation.

— Je veux, je veux vous adorer toujours! s'criait-
il ; vous si bonne, si pure, si parfaite ; vous que je
considère comme une sainte. J'étais fou de songer
à vous d'une autre façon. Tout ce que je vous
demande, c'est de ne pas m'oublier ; c'est de dai-
gner toujours me conseiller, me guider. Ah! si
vous alliez m'être enlevée, vous marier!

—Je ne me marierai jamais, répondit Olivia, répétant avec solennité les paroles qu'elle avait souvent
proférées.

Lyle la regarda longtemps, éperdu, haletant,
puis, appuyant sa tête sur ses mains, il pleura
amèrement.

En cet instant la porte fut brusquement ouverte.
Christal Manners apparut sur le seuil. Ce ne fut
qu'une vision, car elle s'éloigna aussitôt. Lyle ne la
vit pas ; mais Olivia l'avait aperçue, et lorsque le
jeune homme l'eut quittée et qu'elle se mit à re-
passer toute cette scène, le visage livide de Christal,
ses yeux étincelants de colère, vinrent la glacer
d'effroi comme un présage de malheur.

Elle n'eut guère le temps de reprendre possession

d'elle-même, car la porte se rouvrit de nouveau et Christal, cette fois, entra résolûment dans la chambre ; ses cheveux tombaient en désordre sur ses épaules, ses yeux avaient d'étranges lueurs ; elle tenait son chapeau et son châle à la main. Jetant ces objets loin d'elle, elle s'arrêta près de la porte :

— Mademoiselle Rothsay, dit-elle, je désire vous parler seule ; afin que personne ne nous interrompe, je vais fermer la porte à clef.

L'action suivit immédiatement ces paroles ; elle tourna la clef dans la serrure avec violence, comme si cette clef eût été un être vivant qu'elle eût voulu écraser. Olivia la regardait faire avec stupéfaction. Dans sa sœur elle trouvait réunies deux ressemblances : l'une, celle de la femme qu'elle avait entendue crier d'une voix si lamentable le nom de Rothsay ; l'autre, celle de son propre père, dans les rares moments où il se mettait en colère, comme dans la nuit où il l'avait appelée de ce mot outrageant qui lui avait percé le cœur pour la vie.

Christal marcha droit à Olivia :

— Maintenant, s'écria-t-elle, dites-moi, car je veux le savoir, ce qui s'est passé entre vous et celui qui sort d'ici.

— Lyle Derwent ?

— Oui ; répétez chaque parole, chaque parole, entendez-vous ?

— Pourquoi ? Qu'avez-vous ? répondit Olivia, essayant de garder sa dignité accoutumée et s'exprimant avec douceur. Vous ne vous conduisez pas bien vis-à-vis de moi, ma chère Christal ; vous êtes plus jeune que moi ; vous avez à peine le droit de me questionner ainsi.

— Le droit ! si vous en venez là, où est le vôtre ? Comment osez-vous souffrir que Lyle Derwent soit à vos pieds ? comment l'osez-vous, dites !

— Christal, Christal, silence !

— Non, je veux parler. Je voudrais que chacune de mes paroles fût un poignard qui vous perçât le cœur, méchante, cruelle femme, qui êtes venue vous placer entre lui et moi, car il est épris de moi, je le sais ; et je l'aime.

— Vous l'aimez ?

— Vous me l'avez enlevé, vous l'avez ensorcelé par vos lâches flatteries. Comment, sans cela, pourrait-il me dédaigner, vous préférer à moi, vous ?

A ces mots, Christal redressa sa taille noble et majestueuse, en jetant sur la pauvre Olivia tremblante un regard de mépris, un regard pareil à celui

que son père, leur père à toutes deux, avait jeté sur
elle autrefois. Olivia s'en souvenait trop bien. Pendant quelques minutes, le sentiment de l'injure qui
lui était faite étouffa sa compassion ; mais elle se
ranima bientôt. Laquelle des deux était la plus
outragée, la plus malheureuse, d'elle ou de la jeune
créature qui se tenait là debout devant elle, comme
agitée par un violent orage intérieur?

Mademoiselle Rothsay étendit ses mains suppliantes vers Christal :

— Écoutez-moi, je vous en conjure, dit-elle. En
vérité, je suis innocente de ce dont vous m'accusez.
Jamais je n'épouserai ce malheureux jeune homme,
jamais ! je viens de le lui déclarer.

— Il vous l'a donc demandé ? dit Christal en grin-
çant des dents. Alors il m'a trompée. Mais non, je
ne puis le croire, c'est vous qui me trompez maintenant. S'il vous aimait, vous ne pourriez faire autrement que de répondre à son amour.

— Que faut-il faire, que faut-il dire pour vous
convaincre? répéta Olivia avec angoisse : que cela
est amer !

— Amer pour vous ! Que doit-il en être alors pour
moi ? Vous ne me croyiez pas capable de passion,
n'est-ce pas ? Vous me jugiez d'après votre âme

froide, placide; mais la mienne est toute brûlante. Malheur à ceux qui ont allumé cet incendie !

Elle se mit à marcher dans l'atelier, passant et
repassant devant Olivia avec colère; c'était la parfaite image de sa mère : la haine, l'amour, se heur-
tant et se confondant, illuminaient ses grands yeux
noirs, des yeux du midi, tandis que sa bouche con-
tractée dénotait une volonté de fer, héritage de son
origine septentrionale. Tout à coup elle s'arrêta en
face d'Olivia :

— Vous me considérez comme une enfant, sans
doute; sachez que j'ai appris à être femme de bonne
heure; il le fallait.

— Pauvre enfant

— Comment osez-vous me plaindre ! Vous croyez
que je me meurs d'amour, n'est-ce pas ? Non, non !
C'est de l'orgueil, rien que de l'orgueil. N'ai-je pas
toujours dédaigné ce pauvre garçon ? Il l'a su une
fois, que je le méprisais. Ce n'est que plus tard,
parce qu'il n'y avait personne que lui autour de
moi, parce que j'étais seule au monde, que je voulais
avoir ma maison, que je suis fière et que je souhaitais une position; ce n'est qu'alors que je me suis
abaissée jusqu'à lui.

— Mais, Christal, si vous ne l'avez jamais réellement aimé !...

— Qui vous dit cela ? je ne vous le dis pas, s'écria
Christal, chez qui son langage entrecoupé, con-
tradictoire, inconhérent, révélait le trouble de
l'esprit. Je vous dis que je l'aimais plus que vous
ne pouvez vous l'imaginer avec tous vos froids
calculs ! Comment un être tel que vous peut-il
rien savoir de l'amour ? et pourtant vous me l'avez
enlevé !

— Mais je vous le répète, jamais jusqu'à ce jour
Lyle ne m'a fait entendre une seule parole d'amour.
Je puis vous montrer ses lettres.

— Ses lettres ! il vous a donc écrit, et je l'ignorais !
Oh ! comme je vous hais ! je me sens capable de vous
tuer sur l'heure.

En disant cela, Christal s'était élancée vers le bureau ouvert et commençait d'une main tremblante à
fureter dans les papiers.

— Arrêtez ! que faites-vous ? s'écria Olivia, pâle
de terreur.

— Ce que je fais ? je veux lire ces lettres, je les
lirai en votre présence, car je ne veux rien vous dérober, mais je veux tout savoir ; vous êtes en mon
pouvoir ; il est inutile de bouger ou de crier.

Olivia cependant ne put réprimer un cri, lorsqu'elle vit Christal effleurer des doigts la lettre fatale. Un instant elle eût l'espoir qu'elle la laisserait de côté; mais non, le malheur voulut que son œil fût attiré par le post-scriptum dans lequel figurait son nom :

— Encore de méchantes intrigues contre moi! s'écria la jeune fille avec colère ; je veux découvrir toute cette conspiration. Et elle déplia le papier.

— La lettre ! donnez-moi cette lettre ! Ah! Christal, par le bonheur de toute votre vie, je vous en supplie, je vous en conjure, ne la lisez pas!

Et Olivia, s'élançant vers la jeune fille, essaya d'arrêter son bras. Christal la repoussa avec violence.

— Il est de votre intérêt de me cacher ce qu'elle contient, dit-elle; mais je vous brave et je la lirai.

Cependant, dans la confusion où était son esprit, elle ne put de suite retrouver le passage où elle avait aperçu son nom. Elle reprit la lettre depuis le commencement et la lut d'un bout à l'autre sans que sa physionomie trahît aucune de ses impressions ; mais lorsqu'elle arriva à la fin, le changement qui s'opéra sur ses traits fut si terrible, que nulle altération, si ce n'est celle laissée par la mort sur le visage humain, ne peut lui être comparée. Ses bras tombèrent à ses côtés comme paralysés; elle chancela tout étourdie et s'appuya contre la muraille.

Olivia s'approcha d'elle en tremblant et la toucha doucement. Christal frémit et frappa le plancher du pied en s'écriant:

— C'est un mensonge, un horrible mensonge! Vous l'avez forgé pour me perdre aux yeux de mon prétendant.

— Oh! non, répondit Olivia avec tendresse. Je vous jure que nul dans le monde ne le sait que nous deux. Personne ne le connaîtra jamais, je vous le promets! Ah! pourquoi ne m'avez-vous pas écoutée? J'aurais gardé à toujours ce secret; oui, même pour vous, ma sœur, ma pauvre sœur!

— Votre sœur! et c'est vous qui êtes son enfant, son enfant légitime, tandis que moi... mais non, vous ne vivrez pas pour vous railler de moi. Je vais vous tuer, vous envoyer rejoindre votre père et le mien, et vous lui direz que je le maudis jusque dans son tombeau!

En proférant ces mots, elle entoura de ses bras la taille frêle d'Olivia, et avec une force prodigieuse que la rage seule peut produire, elle l'enleva du plancher et la lança à terre avec fureur. En tombant, le front d'Olivia alla heurter contre le marbre de la cheminée ; elle resta évanouie, insensible, gisante sur le foyer.

Christal regarda un instant sa sœur sans compassion, sans remords, mais avec une muette horreur. Puis, elle ouvrit la porte et s'enfuit.

CHAPITRE XVIII

Lorsque Olivia reprit connaissance, elle était couchée sur le lit où sa mère avait rendu le dernier soupir ; elle crut qu'elle aussi allait mourir, tant elle se sentait faible et malade ; les rideaux étaient fermés et lui dérobaient la faible lueur d'une lampe de nuit placée derrière elle. Elle poussa un profond soupir ; quelqu'un qui veillait près d'elle l'entendit et lui demanda à voix basse si elle ne dormait pas.

Dans la confusion où était encore son esprit, cette voix lui parut être celle de Harold. Elle s'imagina qu'elle était morte et qu'il était assis près de sa bière, la considérant avec mélancolie, et même avec tendresse. Si forte fut cette hallucination qu'elle murmura faiblement son nom.

— C'est moi, ma chère Olivia, la mère de Harold ; rêviez-vous à mon fils ?

17.

— Olivia était beaucoup trop malade pour éprouver aucun sentiment de honte de s'être trahie elle-
même; rien n'était clair dans sa mémoire. Elle
étendit seulement les bras vers madame Gwynne,
comme pour chercher vers elle paix et refuge.

— Ah! prenez soin de moi; ayez pitié de moi!
murmura-t-elle.

Ce fut tout ce qu'elle put dire, et comme au même
instant elle fut entourée des bras de l'excellente
dame et pressée sur ce sein où Harold s'était reposé
autrefois, elle perdit toute conscience de sa situation; elle sentait seulement qu'il lui serait doux de
mourir ainsi.

Mais après une heure où deux, elle reprit plus de
force et commença à considérer ce qui avait pu lui
arriver. Elle eut un horrible soupçon qu'il y avait
quelque chose à cacher.

— Dites-moi, oh! dites-moi, madame Gwynne,
ai-je parlé pendant mon sommeil? Si je l'ai fait, n'en
tenez aucun compte, je vous en prie. Je suis si malade, vous savez!

— Vous avez été très-malade, en effet. Pendant
plusieurs jours, je ne vous ai pas quittée.

— Mais que s'est-il passé dans la maison pendant
tout ce temps? Et où est Christal... Pauvre Christal!

Madame Gwynne fronça le sourcil et prit un air
si sévère que le souvenir de tout ce qui avait eu lieu
revint aussitôt à Olivia. Elle leva vers sa garde-ma-
lade un regard interrogateur :

— Quelque chose est arrivé, quelque chose de
terrible ; l'avez-vous appris ?

— Je sais tout, mais taisez-vous, Olivia ; vous ne
devez pas parler.

— Ah ! ne me laissez pas seule avec mes pensées,
ou je perdrai de nouveau la raison. C'est pourquoi
dites-moi tout ce que vous avez découvert ; je vous
en supplie !

Madame Gwynne s'aperçut qu'il valait mieux lui
céder ; les traits d'Olivia exprimaient une sorte
d'égarement qui faisait peine à voir.

— Restez tranquille, lui dit-elle ; à cette condition,
je vous raconterai tout. J'arrivai dans la maison
lorsque cette malheureuse fille s'en échappait ; je l'y
ramenai de force ; je la subjuguai, comme j'ai subjugué bien d'autres passions tout aussi violentes que
les siennes ; mais c'est un vrai démon.

— Silence ! silence ! murmura Olivia.

— Elle m'a tout dit, tout avoué ; votre secret est
en sûreté ; je suis en possession de la lettre et il n'y
a que moi qui vous aie veillée.

— Oh! que vous êtes bonne! que vous avez été
prévoyante et sage !

— J'aurais fait beaucoup plus encore pour l'amour
de vous, Olivia, et à cause de votre malheureux père.
Hélas! pourquoi ai-je jamais su cette conduite
d'Angus Rothsay? Dans quel monde de péché vivons-
nous donc? Nul n'est à l'abri des tentations, sauf
mon fils Harold.

Ce nom tomba au milieu des pensées flottantes d'O-
livia comme un véritable baume effaçant de son esprit les scènes d'horreur qu'elle venait de traverser.

— Vous m'en direz une autre fois davantage, dit-
elle. Et épuisée, tous les objets devenant de nouveau
vagues et confus, elle s'endormit, tenant dans sa
main celle de la mère de Harold.

Le lendemain, elle parut assez forte pour que madame Gwynne pût lui raconter avec plus de détail
tout ce qui s'était passé. Dès que Christal avait vu
sa sœur emportée comme morte dans sa chambre,
sa rage s'était apaisée; mais elle ne manifesta ni regrets ni inquiétudes. Elle courut s'enfermer dans
son propre appartement, d'où elle n'avait plus bougé.
Personne ne pénétrait près d'elle que madame
Gwynne, qui seule paraissait exercer quelque empire
sur cette nature indomptable. C'était elle qui appor-

tait à Christal ses repas et qui la contraignait à prendre quelque nourriture ; car, dans son morne désespoir, la jeune fille avait menacé de se laisser
mourir de faim. Plus d'une contestation orageuse
s'était élevée entre ces deux femmes ; madame
Gwynne, sévère dans son indignation, n'avait pas
manqué de condamner rigoureusement Christal ; ces
entretiens réduisaient la coupable au silence, mais
ne l'amenaient pas au repentir.

Non, elle n'était pas repentante, car, nuit après
nuit, à mesure qu'Olivia reprenait ses sens, elle l'entendait marcher dans sa chambre, quelquefois jusqu'au point du jour. L'esprit de révolte et de haine
qui était en elle parut étouffé tant que l'état si
grave d'Olivia la tint sous le coup d'une accusation
de meurtre ; mais il se ranima avec une intensité
nouvelle, aussitôt que tout danger eut disparu. Ni
persuasion, ni prières ne purent décider Christal à
voir sa sœur, quoique celle-ci ne cessât chaque jour
de la demander instamment et d'exprimer le désir
d'une réconciliation complète.

Il y a parfois dans la maladie un grand repos,
surtout lorsqu'elle succède à une longue lutte
morale. Dans la vague tranquillité de sa chambre
d'où le grand jour était soigneusement écarté, tous

les objets extérieurs, tous les soucis, toutes les souffrances n'apparurent plus à Olivia que sous une
teinte effacée. Son amour même en fut tout sanctifié,
comme si c'était une affection d'outre-tombe. Pendant des heures entières, elle pensait à Harold avec
douceur. Il était consolant pour elle d'être soignée
avec tant de tendresse par madame Gwynne, de se
dire qu'un lien semblable à celui qui existe entre
une mère et son enfant se formait entre elles deux.
Madame Gwynne, dans les derniers temps, avait souvent exprimé cette idée, disant qu'elle souhaiterait
d'avoir dans sa vieillesse une fille telle qu'Olivia et,
de temps en temps, à l'insu de la malade, elle lui
jetait des regards pénétrants, afin d'observer l'effet
produit par des paroles de ce genre.

Un jour qu'Olivia était à peine capable de se tenir
assise sur son séant et qu'enveloppée de ses blanches mousselines elle avait l'air d'un fantôme, madame Gwynne entra, apportant des lettres. A cette
vue, Olivia devint livide. Dans son imagination,
toutes les lettres qui arrivaient par Harbury ne pouvaient venir que de Rome.

— Ce sont de bonnes nouvelles, ma chère, se hâta
de dire madame Gwynne, des nouvelles de Harold ;
mais vous voilà toute tremblante.

— Tout ce qui arrive d'inattendu me saisit ; je suis si faible ! murmura Olivia ; mais vous paraissez heureuse ; il paraît que tout va bien pour lui ?

— Oui, tout va bien. Il m'écrit une très-longue lettre, et en voici une pour vous !

— Pour moi ! Et le pâle visage d'Olivia s'éclaira ; la malade étendit vivement la main ; mais lorsqu'elle tint la lettre entre ses doigts, ils tremblaient tellement qu'elle ne put l'ouvrir. Son empire sur elle-même l'abandonna ; elle regarda tristement l'écriture de Harold et fondit en larmes.

Madame Gwynne considéra un instant Olivia, comme si elle était jalouse de la voir empiéter sur ses propres droits ; mais pouvait-elle blâmer celle dont le seul tort était d'aimer autant qu'elle-même ? Cependant, pas un mot ne vint trahir le secret qu'elle avait enfin découvert. Qui sait si, au fond, elle n'était pas fière de ce que son fils pût inspirer un pareil amour ?

Se penchant sur Olivia, elle calma son émotion par des caresses :

— Vous êtes vraiment trop faible pour qu'on vous dise rien de ce qui se passe dans le monde ; il faut que je prenne plus de précautions avec vous, ma chère enfant. Allons, ne vous tourmentez pas de ce que vous avez cédé à un moment de faiblesse.

Le visage d'Olivia se couvrit d'une fugitive rougeur.

— C'est bien naturel, continua madame Gwynne. La circonstance la plus insignifiante doit impressionner, lorsque l'on vient d'être aussi dangereusement malade que vous. Voyons, voulez-vous lire votre lettre, ou vaut-il mieux attendre que vous soyez remise?

— Oh! non, non, je voudrais la lire de suite. Il est bien aimable à lui de m'écrire. La maladie me rend sa bonté plus sensible; c'est ce qui m'a fait pleurer.

— Sans doute, ma chère; mais je veux vous laisser, car je n'ai pas encore lu la mienne. Je suis sûre que Harold serait très-satisfait s'il savait combien nous sommes heureuses toutes deux d'avoir de ses nouvelles, ajouta madame Gwynne en appuyant avec intention sur cette dernière phrase. Puis Olivia fut laissée seule.

Pourquoi Harold, en effet, ne pouvait-il la voir en ce moment? pourquoi ne pouvait-il entendre ses joyeuses exclamations, lorsqu'elle lut les lignes qu'il avait tracées? Il aurait compris quelle bénédiction c'était d'être ainsi aimé, de régner sur ce pur cœur de femme que nul n'avait possédé avant lui et qui lui appartiendrait jusqu'à son dernier soupir.

Cependant Harold s'exprimait, dans cette lettre, avec plus de réserve encore que d'habitude, mais toujours avec une grande bonté. Il avait soin de répondre à chacune des questions que lui faisait Olivia; il parlait peu de lui et de ses propres sentiments. Il n'avait pu jusqu'à présent, disait-il, découvrir les Vanburgh, mais il ferait tout ce qui dépendrait de lui pour y parvenir avant de quitter Rome. Mademoiselle Rothsay devait toujours avoir recours à lui, toutes les fois qu'elle en aurait besoin, et ne jamais oublier qu'il était « son ami sincère et fidèle. »

— Oui, il sera toujours un ami fidèle et sincère, répétait la malade en regardant avec un doux sourire la lettre qu'elle avait posée sur ses genoux. Je suis satisfaite, complétement satisfaite.

En effet, le courrier de Rome parut lui avoir rendu une nouvelle vie; heure après heure, sa convalescence devint plus rapide; son désir de revoir sa malheureuse sœur s'en augmenta. Celle ci, pensait Olivia, devait souffrir cruellement de sa faute; elle avait au moins l'excuse des torts de la destinée contre elle.

— Dites à Christal combien je souhaite de la voir,

disait Olivia à madame Gwynne. Demain je serai assez forte, je crois, pour monter vers elle, et je ne la quitterai que lorsque nous nous serons réconciliées.

Mais Christal déclara qu'aucune puissance humaine ne pourrait la décider à revoir sa sœur.

— Hélas! qu'allons-nous devenir? s'écria douloureusement Olivia, lorsqu'on lui rapporta cette réponse.

Toute la nuit elle resta éveillée, se creusant la tête à chercher les moyens de gagner et d'amollir ce cœur endurci. Quelque chose lui disait qu'elle réussirait. Pendant tout ce temps, elle entendait la marche saccadée de Christal au-dessus de sa tête. Ce ne fut que vers le matin qu'elle s'endormit paisiblement. Lorsqu'elle s'éveilla, il était fort tard. La maison, ordinairement si calme, lui parut singulièrement bruyante. On entendait des pas précipités dans toutes les directions, et la voix aiguë de madame Gwynne qui parlait dans la chambre voisine. Bientôt elle fut auprès du lit d'Olivia et lui fit son triste récit :

Christal s'était enfuie tandis que tout le monde dans la maison était profondément endormi. Elle avait habilement accompli son dessein. Sa porte

était restée verrouillée ; apparemment la pauvre
fille était descendue par la fenètre, qui était très-
basse, en s'aidant d'un espalier qui garnissait le
mur. Il était évident, en outre, que cette fuite effec-
tuée avec tant de mystère avait été préparée de
longue main, car tout son argent, tous ses bijoux,
la plupart de ses vêtements avaient disparu. Christal
était partie. Où ? C'est ce que, au premier abord,
aucun indice ne faisait même supposer.

Mais en visitant minutieusement sa chambre, on
trouva une lettre adressée à mademoiselle Rothsay
et conçue en ces termes :

« Il y a longtemps que je me serais ôté la vie, si
je n'avais cru qu'en agissant ainsi j'aurais déchargé
votre conscience d'un fardeau, d'une angoisse que
je désire voir durer toute votre vie, comme elle me
poursuivra pendant toute la mienne. Puis, mourir,
c'était aller en enfer et y rencontrer celui que je
hais, mon cruel, cruel père. Voilà pourquoi je ne
me suis pas tuée.

« Je ne veux pas rester auprès de vous pour être
tyrannisée ou insultée par votre compassion hypocrite. Je ne veux ni manger votre pain, ni vivre de la
lâche aumône que cet homme m'a laissée. J'ai l'intention de subvenir moi-même à mon entretien ; je

compte me placer; ce sera probablement dans la pension où j'ai été élevée. Je vous avertis de mon dessein; mais, en même temps, je vous préviens que si vous osez m'y faire chercher, que si vous voulez m'arracher de cet asile... Mais non, il n'y a pas de risque; vous serez trop heureuse d'être débarrassée de moi à jamais.

« Il n'y a qu'une chose que je regrette, c'est que, par un sentiment de respect et de justice pour ma mère, je doive cesser de penser avec affection à la vôtre. Entre nous deux tout est fini; je ne vous pardonne ni ne vous prie de me pardonner. Adieu !

« Christal Manners. »

La lettre avait été rouverte pour y ajouter ce court *post-scriptum* :

« Dites à Lyle Derwent que je suis partie pour toujours, ou plutôt que je suis morte. Si vous osez lui dire un mot de plus, je vous poursuivrai à travers tout l'univers, jusqu'à ce que je sois vengée. »

Madame Gwynne avait lu la lettre à haute voix. Cette lecture éveilla quelque pitié même dans le cœur de l'austère et pieuse Écossaise; mais elle ne put s'empêcher d'y voir une manifestation de la justice de Dieu, bien que ce sentiment entraînât là condamnation de l'homme dont le souvenir était mêlé à celui des heureuses années de sa jeunesse.

Olivia, plus indulgente, essaya de purifier de ses larmes les fautes de son père, et elle fit monter vers le ciel, pour sa sœur, cette supplication qui n'est jamais offerte en vain : l'humble prière d'un cœur pur.

CHAPITRE XIX

Plus d'un conciliabule fut tenu entre madame Gwynne et Olivia, afin de décider ce qu'on pourrait faire pour la malheureuse enfant : enfant pouvait-on vraiment l'appeler à cause du nombre de ses années, quoique sa triste destinée lui eût révélé plusieurs des souffrances de la femme et quelques-uns de ses péchés. Cependant, après avoir lu et relu ensemble la cruelle lettre, elles ne purent s'empêcher d'espérer qu'il restait encore dans le cœur de Christal quelque influence de l'ange gardien qui, dit-on, est attaché à tout être humain.

— Oh ! si quelqu'un pouvait la suivre et la sauver ! s'écriait Olivia ; quelqu'un qui fût capable à la fois de la dominer et de la consoler ; quelqu'un qui, bien que par nous envoyé, ne fût pas associé avec nous dans sa pensée et pût prendre un empire absolu sur son esprit !

— J'y ai réfléchi aussi, répondit madame Gwynne, mais vous savez, Olivia, que ceci est un secret inviolable, puisque c'est celui de votre père. Il vous est interdit de le révéler, si ce n'est à ceux qui vous sont unis par les liens les plus étroits, à votre mari, par exemple, ou à votre frère, si vous en aviez un.

— Je ne vois pas trop pourquoi, répondit Olivia en rougissant légèrement.

Madame Gwynne détourna les yeux, afin d'éviter à sa compagne tout embarras, mais elle ajouta :

— N'oubliez pas, ma chère, que vous êtes ma fille adoptive. Comme telle, il me semble que mon fils pourrait revendiquer les priviléges d'un frère. Craindriez-vous de vous fier à Harold ?

— Me fier à Harold ? certainement il n'y a pas de secret que je ne puisse partager avec lui, répondit Olivia avec conviction. Elle savait que la louange de Harold n'était pas moins douce au cœur de sa mère qu'au sien propre.

— Eh bien, remettez-lui cette affaire, je crois qu'il a ce droit... ou qu'il l'aura un jour.

Madame Gwynne laissa échapper ces derniers mots d'une voix indistincte ; ils ne parvinrent pas jusqu'à

l'oreille d'Olivia. Cela valut peut-être mieux pour
elle; tant de lumière tombant sur ses ténèbres l'auraient éblouie.

La décision ne tarda pas à être prise; madame
Gwynne écrivit à son fils et lui raconta tout. Il était
alors à Paris. Elle le chargea de découvrir la pension
où se trouvait Christal. Soutenu par sa qualité de
ministre, sa dignité personnelle et la maturité de
ses années, il lui était possible d'exercer une invisible surveillance sur la jeune fille égarée. Sa mère
le pressa d'accepter ce rôle en vertu de son caractère
sacerdotal et « pour l'amour d'Olivia. »

— J'ai ajouté ce dernier point, dit madame
Gwynne, parce que je sais toute la considération
qu'il a pour vous et tout l'intérêt qu'il vous porte.

Que ces paroles vibrèrent délicieusement aux
oreilles d'Olivia! elles rendirent sa main tremblante,
lorsqu'elle ajouta quelques lignes à la lettre, pour
exprimer à Harold toute la confiance qu'elle avait
en lui et pour le supplier de sauver sa sœur.

« Je suis prêt à faire tout ce que vous désirez. »
Telle fut la réponse qui ne se fit pas attendre. « Ah!
ma chère amie, vous à qui je dois tout, quel ne serait pas mon bonheur si je pouvais en quelque façon
vous être utile, ainsi qu'à ceux qui vous intéressent! »

A partir de ce moment, ses lettres arrivèrent régu-
lièrement. Quelques passages feront comprendre
comment il entreprit et mena à fin son œuvre charitable.

« Paris, le...

« Je n'ai eu aucune difficulté à me faire admettre
dans la pension, m'y étant rendu par hasard dans
l'équipage de lord Arundale. Madame Blandin rece-
vrait n'importe qui se présentant sous les auspices
d'un lord. Christal est chez cette dame, dans la position qu'elle avait imaginée. J'ai découvert promple-
ment — de même qu'elle, pauvre fille, ne tardera
pas à le faire, — quelle différence il y a entre la situation d'une humble sous-maîtresse et celui d'une
riche pensionnaire. Je n'ai pu lui parler. Elle refuse,
m'a dit madame Blandin, de voir tout ami venant
d'Angleterre; d'ailleurs, on ne pouvait se passer
d'elle en ce moment dans la salle d'études. Il me faut
donc essayer de quelque nouveau plan pour l'a-
border.

« Ne parlez donc pas, je vous en supplie, de cette
affaire comme d'un fardeau pour moi. Comment
pourrait-il en être ainsi, lorsqu'il s'agit de vous et
de votre sœur? Croyez-moi, quoique ce devoir ne
rentre pas précisément dans l'exercice de mes fonc-

tions, il n'en est pas moins infiniment doux pour
moi de le remplir, à cause de vous, mon amie.

.   .   .   .

« J'ai vu Christal pendant la messe. Elle y accompagne, je présume, les élèves catholiques. Je l'ai
observée attentivement, mais à la dérobée. Pauvre fille! toute une vie d'angoisse se lit sur son
visage. Bien que sachant toute sa conduite, je ne
pus m'empêcher de la plaindre, lorsque je la vis
courbée devant un crucifix, tout son corps tremblant, frémissant de sanglots étouffés. On n'aurait pas dit que c'était une fervente prière qu'elle
adressait à Dieu ; ce devait être l'agonie d'un cœur
brisé qui la tenait ainsi humiliée. Je m'approchai
de façon à me trouver en face d'elle lorsqu'elle se
relèverait. Dès qu'elle m'aperçut, son visage s'enflamma ; je crois que sans la sainteté du lieu, elle
n'aurait pu se contenir. Je n'ai jamais vu tant de
colère unie à tant d'angoisse et en même temps à la
plus profonde humiliation. Elle se détourna brusquement, tenant ses petites élèves par la main et
sortit de la chapelle. Je n'osai la suivre ; mais, depuis, je l'ai observée plusieurs fois dans le même
lieu, en prenant grand soin qu'elle ne m'aperçût pas.
Qui pourrait jamais croire que cette femme à l'air

hagard, aux mouvements convulsifs, négligée dans
sa mise — voyez avec quelle attention je l'examine
— soit la joyeuse Christal d'autrefois! Cependant
je me rappelle avoir parfois entrevu, au milieu même
de ses jeux et de ses plaisanteries, chez cette jeune
fille, quelques traits d'une nature sauvage. Pauvre
créature! elle pouvait aimer passionnément pourtant. Ah! ne nous pressons pas de la juger! pou-
vons-nous jamais pénétrer dans les profondeurs du
cœur d'autrui?

« Christal m'a aperçu aujourd'hui ; son regard
avait quelque chose de diabolique dans son expression menaçante. La pitié qu'elle dut lire dans le mien
ne fit qu'exciter sa colère; je ne crois pas qu'elle
revienne à la chapelle.

« Chère mademoiselle Rothsay, ce rôle d'espion
ne me plaît guère ; je me mépriserais moi-même de
le jouer, si ce n'était par bonne intention et par
amitié pour vous. J'ai entendu beaucoup parler de
votre sœur aujourd'hui par une jeune fille qui est
au nombre des pensionnaires de madame Blandin ;
mais ne craignez rien, je l'ai questionnée adroitement
et sans trahir votre secret. Vous me connaissez bien,

mon amie, ainsi que vous le dites ; vous ignorez cependant avec quelle prudence je puis me rendre maître d'un secret tout en gardant le mien. En vérité, j'ai appris cela à une honorable école d'hypocrisie ! Mais venons à mon sujet. La petite Clotilde n'aime pas sa sous-maîtresse ; il semble que la pauvre Christal soit en guerre avec toute la maison. La pensionnaire d'autrefois et l'humble gouvernante d'aujourd'hui doivent être deux personnes très-différentes aux yeux de madame Blandin. Rien d'étonnant que la malheureuse enfant soit aigrie, rien d'étonnant dans les explosions de fureur auxquelles elle s'abandonne, suivant Clotilde, absolument comme si elle était une grande *milady* anglaise, tandis qu'elle n'est *rien du tout*, comme je lui ai dit une fois, ajouta la petite fille d'un air triomphant.

« — Et que vous a-t-elle répondu ? demandai-je.

« — Elle entra dans une grande colère, reprit Clotilde, et me secoua à me faire trembler des pieds à la tête ; puis elle se jeta sur son lit à l'autre extrémité du dortoir et toute la nuit, chaque fois que je me réveillai, je l'entendis pleurer et gémir. Cela m'aurait fait de la peine si c'eût été toute autre personne qu'une sous-maîtresse, une misérable Anglaise sans le sou.

« Telle est, mon amie, la leçon que Christal a dû apprendre. Elle lui déchirera le cœur et le laissera ulcéré, ou contrit. Mais croyez que je veille continuellement sur elle. Il se peut que je ne sois guère propre à cette tâche qui serait plutôt celle d'une femme, d'une femme telle que vous. Je n'en protégerai pas moins Christal, comme si j'étais son propre frère... et le vôtre.

.   .   .   .

« Il paraît que la crise approche; d'après ce que la petite fille me raconte, mademoiselle Manners et madame Blandin sont depuis quelques jours en guerre ouverte. Clotilde est dans la joie de son cœur à l'idée du renvoi imminent de la sous-maîtresse anglaise. Pauvre Christal! où ira-t-elle? Il faut que j'essaye de la voir et de la sauver, avant qu'il soit trop tard.

.   .   .   .

« Il est minuit, je me hâte de vous écrire ces quelques mots, afin de vous apprendre ce qui s'est passé aujourd'hui, de manière que vous puissiez me répondre de suite et m'indiquer la ligne de conduite que je dois suivre. J'ai fait encore une visite à madame Blandin, qui s'est répandue en reproches, presque en invectives, contre Christal.

18.

« — Elle a toujours été un *vrai diable*, a-t-elle dit, et aujourd'hui, quoique je l'aie eue pour élève pendant des années, je préfère la renvoyer, dût-elle mourir de faim, que de la garder dans ma maison un jour de plus.

« — Mais répliquai-je, ne pourriez-vous pas lui procurer une autre position?

« — Je le lui ai offert, à la seule condition qu'elle me dirait qui elle est et me ferait connaître sa famille ; je ne puis recommander comme institutrice une fille sans amis, sans parents, en un mot une inconnue.

« — Cependant, vous l'avez prise comme élève.

« — Ah! Monsieur, le cas était bien différent alors; puis, j'étais largement rétribuée. — Mais si vous étiez son parent...

« — En aucune façon, je vous l'ai déjà déclaré, répondis-je, indigné de la bassesse de cette femme. Je n'en désire pas moins voir cette infortunée jeune fille, si elle veut me recevoir.

« — Sa volonté est de peu d'importance. Qui s'inquiète maintenant des caprices de mademoiselle Manners? Telle fut la réponse insouciante de madame Blandin, qui m'ouvrit aussitôt la porte de la salle d'études, alors déserte, et disparut. Elle

redoutait évidemment une rencontre avec la sous-
maîtresse récalcitrante; elle avait bien raison de la
craindre, car Christal... Mais je vais vous raconter
la scène dans le plus grand détail. Vous verrez, par
le soin que je prends de tout noter, combien je partage votre anxiété.

« Je trouvai Christal assise à la fenêtre, contemplant les grands murs blancs du jardin, semblables
à ceux d'un couvent. Un sombre désespoir se
peignait sur tous ses traits et dans son attitude. Dès
qu'elle me vit, elle se leva; ses yeux lancèrent des
éclairs :

« — Venez-vous pour m'insulter, monsieur
Gwynne? Ne vous ai-je pas fait dire que je ne voulais voir personne? Pourquoi me persécuter ainsi?

« Je lui parlai avec calme, et la suppliai de se
rappeler que j'étais un ami, que je m'étais séparé
d'elle en ami tel trois mois auparavant.

« — Mais vous avez su ce qui est arrivé depuis?
N'essayez pas de me tromper. Oui, vous le savez !
Je l'ai lu dans vos yeux, il y a longtemps, à la chapelle. Vous venez pour plaindre la malheureuse sans
nom, là! ... Ah! vous connaissez cet horrible mot !
Eh bien, est-ce que j'en ai l'air? lit-on sur mon
visage la honte de ma mère?

« Elle était hors d'elle ; c'était affreux d'entendre une jeune fille comme elle parler ainsi, et cela sans rougir une seule fois. Je lui dis avec douceur qu'en effet je connaissais la triste vérité, mais qu'à mes yeux, comme à ceux de toute personne sensée, cela ne pouvait en aucune façon modifier les sentiments qu'on avait pour elle, et que ceux qui l'avaient aimée autrefois ne lui retiraient pas leur affection, puisque j'étais envoyé par eux pour lui venir en aide.

« — Vous voulez me parler de votre mère, qui me déteste comme je la déteste moi-même, et d'Olivia Rothsay que j'ai voulu tuer !

« Effrayé à cette révélation, car vous ne m'aviez pas dit cela, mon amie, je retirai ma main que je lui avais offerte. Pardonnez-moi, Olivia ! — permettez-moi de vous appeler ainsi cette fois seulement, — pardonnez si j'ai éprouvé un moment de répulsion pour l'infortunée créature qui a failli vous ôter la vie. Vous m'avez caché ce fait, à moi ! Cependant, tout en me rappelant son crime, je m'adressai de nouveau à votre sœur ; je le fis d'un ton solennel, je le sais, car j'étais très-ému ; elle ne peut être totalement pervertie, puisqu'elle vous est encore chère et qu'elle vous tient de si près.

« — Christal, lui dis-je, j'apprends ce fait de vos lèvres ; celles de votre sœur ont été closes sur ce fatal secret, de même qu'elles l'auraient été à toujours sur celui de votre naissance. Est-ce que tant de générosité ne vous touche pas ?

« — Non, non ! Elle s'imagine m'humilier par cette conduite, mais il n'en sera pas ainsi. Je me réjouirai si je m'endurcis, si je deviens plus perverse que nul de vous n'a pu le prévoir ; elle sera ainsi punie du tort que m'a fait son père. Je me vengerai sur elle. Rappelez-vous que tout cela vient de lui ! Quant à sa fille, j'aurais pu l'aimer autrefois, jusqu'à ce qu'elle vint se placer sur mon chemin entre moi et...

« — Je sais tout cela, répondis-je sans trop prendre garde à ce que je disais, car je ne songeais pas à Christal dans ce moment. Elle se leva comme une furie et me demanda quel droit j'avais de me mêler de ses affaires. Après un instant de lutte intérieure, je lui parlai de nouveau, employant les termes que je crus les mieux appropriés à la circonstance. Lesquels, je vous le dirai un jour. Elle se calma à mon explication, mais sa colère s'enflamma de nouveau dès que je prononçai le nom de Lyle.

« — Ne parlez plus de tout cela, s'écria-t-elle ; c'est

passé, fini depuis longtemps ; il n'y a plus de place dans mon cœur que pour des sentiments de haine et de dévorante humiliation. Ah ! pourquoi suis-je née !

« Je la plaignais de toute mon âme, la voyant ainsi affaissée sur elle-même, ne pleurant pas, mais poussant des gémissements de douleur. Je m'étonnais qu'elle me les laissât entendre ; mais elle était à présent humiliée, et s'apercevant que j'avais confiance en elle, elle était plus disposée à se laisser guider par moi. J'avais bien espéré amener ce résultat par la tournure que j'avais donnée à la conversation.

« Ma chère amie, j'apprends moi-même ce que je voudrais enseigner à cette pauvre fille : c'est que nous pouvons faire beaucoup de mal par cet égoïsme que nous décorons du nom de légitime orgueil.

« Tandis que nous causions ainsi, moi très-sérieusement, elle beaucoup plus soumise, madame Blandin entra à l'improviste. A sa vue, le malin esprit se réveilla dans l'âme de la malheureuse Christal : elle ne proféra pas une parole, mais ses yeux étincelèrent de colère, toute son attitude devint arrogante. Il faut l'avouer, les manières dédaigneuses de madame Blandin n'étaient pas faites pour la calmer.

« — Je viens, dit celle-ci, pour faire à mademoi-selle une dernière proposition. Je lui conseille de l'accepter, toujours sous l'approbation de son ami venu d'Angleterre, car je suppose que c'est en cette qualité que monsieur..., ajouta-t-elle d'un air af-fecté et sans achever sa phrase.

« — Je vous ai déjà dit, madame, interrompis-je, maîtrisant avec peine mon indignation, que cette jeune dame est une amie de ma mère, et que je suis ministre.

« — Eh bien, alors, monsieur le ministre peut fa-cilement expliquer le mystère qui enveloppe made-moiselle Christal ; elle pourra ainsi, sans difficulté, accepter la position que je lui ai trouvée. Quant à ses talents, j'en répondrai moi-même. On demande simplement qu'elle soit protestante et bien apparen-tée. Naturellement, ce dernier point n'offrira aucun embarras à une jeune dame qui était autrefois si fière de sa noble famille.

« A ces mots, on eût dit que Christal allait s'élan-cer sur son bourreau et lui arracher les yeux. Elle devint mortellement pâle et s'écria d'une voix en-trecoupée et comme égarée :

« — Otez-moi d'ici, laissez-moi me cacher n'importe où.

« Madame Blandin parut prête à faire d'amères allusions à la vérité ; je craignis que la pauvre fille n'en devînt folle et qu'elle ne fût poussée à commettre quelque horrible crime. Je n'osai la laisser dans cette maison une heure de plus. Une idée me frappa soudain.

« — Venez, Christal, lui dis-je ; je vais vous emmener chez moi.

« — Chez vous ! Que dira-t-on alors de moi? que dira le monde cruel, médisant? Vous voyez, je commence à devenir prévoyante dans le vice, dit-elle en riant d'une manière effrayante ; mais peu importe ce que fera l'enfant de ma mère. J'irai avec vous.

« — Vous viendrez avec moi, dis-je d'un ton ferme ; vous serez confiée aux soins de mon amie, lady Arundale. Il lui suffira de savoir que vous êtes de Harbury et que vous m'êtes connue.

« Christal ne résista pas davantage. Je la conduisis chez la bonne lady Arundale, qui ne demanda aucune explication, heureuse de me rendre un service.

« Olivia, — puis-je recommencer à vous appeler ainsi? — Agissant comme votre frère, il me semble que j'en ai un peu les droits, — Olivia, soyez tranquille. Cette nuit, avant de me mettre à vous écrire, je me suis assuré que votre sœur était paisiblement endormie sous ce toit hospitalier. Il la protégera jusqu'à ce que nous puissions former quelque autre plan pour elle. Je me sens en repos, vous ayant procuré le repos. Pourquoi ne pas entrevoir aussi la paix dans notre avenir, lorsque cette épreuve sera passée? Dieu veuille nous l'accorder, ce Dieu vers lequel j'élève dans ce moment mes regards, en contemplant les étoiles qui brillent dans le ciel de minuit, ce Dieu auquel je dis : Tu es mon Dieu !

. . . .

« J'ai une terrible histoire à vous raconter, une histoire dont je craindrais de vous donner les détails, si je ne pouvais dire avec gratitude que toute angoisse a disparu et que Dieu a tout conduit pour le mieux. Ne tremblez donc pas quand vous lirez ces lignes : qu'elles ne vous effrayent pas, faible comme vous l'êtes encore, ainsi que me le mande ma mère. Pauvre petite Olivia ! comme elle dit.

« Hier soir, après avoir terminé ma lettre, je sortis pour faire mon tour de promenade accoutumé avant de me livrer au repos. J'allais sur le pont de Neuilly,

non loin duquel demeure lord Arundale. Je mar-
chais lentement, car j'étais plongé dans de profondes réflexions ; il importe peu de vous dire
quelle en était la nature. En somme, c'étaient
d'heureuses pensées, si heureuses que je ne voyais
pas marcher devant moi un être misérable, une
femme. Lorsque je l'aperçus, poussé par un sentiment de compassion, je traversai le pont, afin que la
malheureuse créature ne crût pas que je l'épiais.
J'allais m'éloigner tout à fait, sans lui avoir accordé
plus d'attention, quand mes regards furent attirés
par des vêtements blancs qui ressortaient au clair
de lune. C'était la malheureuse qui montait sur
le parapet et allait se jeter dans le fleuve! J'ignore
ce qui se passa dans ce terrible moment, ce que je
dis, ce que je fis ; il n'y avait pas de temps à perdre
en délibérations ; tout ce que je sais, c'est que je la
sauvai. Je la serrai fortement dans mes bras, mais
elle se débattait avec une vigueur extraordinaire, et
un moment nos deux vies furent en péril. Cram-
ponné d'un bras au parapet, je tenais de l'autre l'infortunée ; nous étions suspendus tous deux sur le
fleuve qui coulait sombre et rapide. Enfin, je l'ai
sauvée!

« Après cette horrible lutte, la femme, à moitié

évanouie, tomba à terre et je pus voir son visage.
C'était Christal !

« O Olivia, écriez-vous avec moi : Dieu soit loué !
Dieu soit loué ! Je frémis en songeant que si je n'a-
vais pas été entraîné par ma rêverie, attardé par ces
heureuses pensées — fasse le ciel que je puisse vous
les dire un jour ! — votre sœur aurait péri. Encore une fois, rendons grâce à Dieu ensemble de
ce que sa Providence veille toujours sur nous.

« Je ne puis absolument vous raconter ce que je
fis dans ce moment d'épouvante. Je me rappelle seulement que Christal, en me reconnaissant, s'écria
d'un ton de lamentable reproche : « Oh ! pourquoi ne
« m'avez-vous pas laissée mourir ? » Mais elle est sauvée. Olivia, soyez-en bien convaincue, elle est sauvée
Son jugement, sa raison lui reviendront peu à peu,
elle est déjà mieux. La bonne lady Arundale n'exer-
cera pas en vain sa salutaire influence. C'est vers
elle que j'ai ramené Christal ; j'ai naturellement
été contraint de lui révéler une partie de la vérité,
la moindre possible cependant. Comment la malheureuse fille est parvenue à s'échapper, c'est ce que
nous ne pouvons nous expliquer ; mais cela n'arrivera plus. Ne soyez pas inquiète de votre sœur,
prenez soin de votre propre santé. Songez combien

elle est précieuse à ma mère et à... tous vos amis.
Excusez la brièveté de cette lettre. Je suis encore
tout bouleversé ; mais j'écrirai bientôt de nouveau.
Faites-moi dire que vous êtes bien portante et que
vous vous fiez à moi en ce qui concerne Christal.

. . . .

« Je suis resté plusieurs jours sans voir Christal ;
elle a été très-malade. Lady Arundale est comme
une mère pour elle. La plus complète solitude lui
était nécessaire ; hier cependant elle m'a fait demander. Je la trouvai étendue sur un sofa, son
exaltation tout à fait apaisée. Elle sourit faiblement
lorsqu'elle me vit entrer, et sa bouche avait une
expression de soumission, de résignation, pareille à
celle que je remarquai chez vous l'an passé, lorsque
vous étiez malade. Elle me parut vous ressembler
beaucoup dans cet instant. J'aurais été tenté de
pleurer sur elle. Ne trouvez-vous pas que je suis
bien changé ? Je le trouve moi-même ; mais laissons
cela quant à présent.

« Christal ne fit aucune allusion au passé. Elle me
dit simplement qu'elle désirait m'entretenir de son
avenir, me consulter sur un projet qu'elle avait
formé. Ce projet n'a rien qui doive nous étonner.
Elle souhaite de se retirer du monde, de s'en faire

oublier et de mener une vie dont le repos et l'obscurité ressemblent à la mort.

« — Je verrai ce qu'on pourra faire, lui répondis-je,
mais c'est assez difficile. Il n'y a point de couvents
ni de monastères pour nous autres protestants.

« A ces mots, l'ancienne Christal dédaigneuse et
hautaine sembla revivre tout entière : *Nous autres
protestants !* répéta-t-elle ; mais tout aussitôt elle
reprit avec humilité :

« — Encore une confession ; elle ne peut me coûter à présent. Je vous ai tous trompés : je suis, j'ai
toujours été catholique romaine.

« Peut-être pensait-elle que j'allais la juger sévèrement à cause de sa longue hypocrisie. La juger, moi !
Olivia, au nom du ciel, ne laissez pas lire ces lignes
à ma mère. Un jour elle saura tout, mais il n'en est
pas encore temps.

« — Vous n'apporterez pas d'obstacle à mes projets, n'est-ce pas ? quoique vous soyez ministre,
reprit Christal. Vous me découvrirez quelque asile,
un couvent où je puisse me cacher, et nul n'enten-
dra plus parler de moi ?

« Je m'aperçus qu'il était inutile de m'opposer à
son dessein. Elle a toujours eu peu de religion ; ce
n'est ni par dévotion ni par repentir qu'elle est

poussée à cette résolution ; elle n'a besoin que de
repos. Vous conviendrez avec moi qu'il vaut mieux
qu'elle fasse sa volonté, au moins pour un temps. »

« Je viens de recevoir votre lettre. Oui ! votre plan
me paraît sage et charitable ; je vais en écrire à
mademoiselle Flora. Pauvre Christal ! peut-être, en
effet, trouvera-t-elle la paix comme novice au couvent de Sainte-Marguerite. »

« Christal est partie ! Lady Arundale va la conduire
elle-même à Sainte-Marguerite, où votre tante a fait
tout préparer pour la recevoir. Olivia, nous ne pouvons manquer tous deux d'aller à Édimbourg ;
quelque chose me dit que cette bonne action sera la
dernière qu'aura accomplie sur la terre votre excellente tante Flora. Merci de ce que vous me dites
dans votre dernière lettre. Mais pourquoi parler de
reconnaissance ? Qu'ai-je pu faire qui soit digne de
vous ? Vous me questionnez sur moi-même, sur mes
plans, mes projets. Je n'en ai guère formé depuis
quelque temps, mais je vais maintenant m'occuper
de moi. Dites à ma mère que j'ai reçu toutes ses
lettres et qu'elles ont été les bienvenues, *surtout la
première.* »

« Lord Arundale reste encore jusqu'à la fin de
l'année sur le continent. Quant à moi, dès le printemps, je retournerai à la maison. La maison !
oui, à la maison.

« Dieu soit loué ! »

CHAPITRE XX

Nuit et jour les dernières paroles de la lettre de Harold retentissaient aux oreilles d'Olivia. « Dès le printemps, je reviendrai à la maison. » Ces paroles étaient bien simples; pourquoi avaient-elles un son si joyeux, si plein d'espérance? Olivia n'en savait rien, mais lorsqu'elle songeait à Harold, le monde lui paraissait tout transfiguré. Il allait revenir ! Avec lui le printemps, la jeunesse, l'espoir.

On n'était qu'en mars. Les croccus montraient leurs petites têtes, les violettes couvraient les fossés; de temps en temps de doux vents d'ouest soupiraient en effleurant la terre. Pas une brise ne venait caresser son front, pas une fleur ne surgissait sous ses pieds, pas un beau jour ne venait lui sourire, sans que le cœur d'Olivia bondît au dedans d'elle, sans qu'elle y entendît l'écho de cette phrase :

— Il va revenir avec le printemps ! le printemps
le ramènera ! Comment, et dans quelles dispositions
d'esprit reviendrait-il? Lui dirait-il qu'il l'aimait?
lui demanderait-il de vouloir bien être sa femme?
Elle ne se posait pas toutes ces questions. Son amour
était trop désintéressé, trop concentré en lui-même
pour qu'elle songeât à autre chose qu'au bonheur
de le revoir, de placer son bras sous le sien et de
reprendre leurs longues promenades comme autrefois ; pas tout à fait peut-être comme autrefois, car
elle avait conscience que le lien qui les unissait
alors avait subi depuis, à leur insu à tous deux, un
changement, une transformation considérable. Souvent elle se demandait lorsqu'elle rêvait à ce « revoir, » s'il lui dirait tout ce qu'il lui promettait dans
ses lettres? A quoi faisait-il ainsi allusion? Par-dessus
tout l'appellerait-il « Olivia? » Ecrit, ce mot lui paraissait si beau! que serait-ce quand ses lèvres le
prononceraient ?

Cependant, elle s'efforçait de modérer sa joie,
car Olivia n'était pas une jeune fille follement éprise,
mais une femme qui, en donnant son cœur (jusqu'à
quel degré elle s'était engagée vis-à-vis d'elle-même,
elle seule le savait), en avait disposé devant Dieu
et en toute simplicité. Ayant connu les peines de

19.

l'amour, elle n'avait pas honte d'en savourer les
joies; mais elle les acceptait humblement, avec hésitation, comme y croyant à peine, de peur d'en
être dominée. Aucun de ses devoirs ne devait en
souffrir; c'est ainsi qu'elle se remit assidûment à
travailler au tableau commencé.

— Il faut qu'il soit fini avant le retour de Harold,
lui dit madame Gwynne. Je le lui ai annoncé dans
mes lettres, vous le savez.

— En vérité ! Je ne me souviens pas de cela et
cependant vous m'avez montré, je crois, toutes vos
lettres ?

— Oui toutes, excepté celle que j'écrivis lorsque
vous étiez malade; mais ne vous en inquiétez pas,
ma chère; je pourrais bien vous dire ce que je lui
écrivais, mais non, Harold s'en chargera, ajouta
madame Gwynne dont le visage, en prononçant
ces derniers mots, s'éclaira d'un sourire fin et malicieux. L'entretien en resta là.

Pendant quelque temps encore, ces deux cœurs
aimants attendirent avec anxiété le retour du voyageur. À la fin il arriva. Ce fut dans ce doux mois
d'avril, ce mois qui ouvre la série des beaux jours.
Madame Gwynne et Olivia étaient toutes deux in-
stallées dans le salon de Harbury; la première trico-

tant dans son grand fauteuil, la seconde à la fenêtre, admirant le jardin. Quant à la petite Ailie,
on l'avait envoyée en pension, sa turbulence devenant fatigante pour sa grand'mère. Que la nature
paraissait belle à Olivia! Ce soir-là, la verdure venait d'être rafraîchie par une récente ondée et le
nuage allégé s'éloignait, se fondant dans la pourpre
du couchant. Le bonheur d'Olivia prit aussi une
teinte de printemps toute romantique : — Lorsque
l'aubépine, aujourd'hui couverte de feuilles d'un
vert tendre, fleurira, il sera là, Harold, se disait-elle;
et son cœur palpitant de joie l'emporta loin du présent. Toutefois ses espérances ne lui faisaient point
oublier ni sa pauvre sœur, ni Lyle, dont elle n'avait
pas entendu parler depuis le jour où il l'avait quittée. Comme chez ceux qui sont heureux après avoir
beaucoup souffert, ce cri s'échappa de son âme :
« Dieu veuille aussi donner le bonheur à tous ceux
que j'aime ! »

A peine cette aspiration, bien digne de faire descendre la bénédiction du ciel sur celle qui la prononçait, s'était-elle échappée de son cœur, que l'on
entendit un bruit de pas dans le vestibule. Les oreilles de madame Gwynne en furent les premières
frappées.

— Écoutez, dit-elle, il y a quelqu'un dans le corridor; écoutez, Olivia, c'est sa voix; oui, le voilà,
c'est lui, c'est mon fils, mon cher Harold ! Et la
mère tout émue se précipita à la rencontre du voyageur.

Olivia resta en arrière; elle n'avait aucun droit
d'aller à sa rencontre; son cœur battait avec force ;
elle se sentait si faible qu'à peine pouvait-elle se
tenir debout. C'était la voix de Harold, cette voix depuis si longtemps muette ! En l'écoutant, toutes ces
anciennes impressions revinrent s'emparer d'elle;
elle frissonna en se disant avec effroi : « Dieu,
sauve-moi de moi-même ! Garde mon cœur en paix;
fais que je sois calme et forte pour le recevoir ! »
Et elle devenait pâle et froide comme un marbre.

Enfin la porte s'ouvrit. Harold entra seul; elle ne
fit pas un pas au-devant de lui, pas une parole de
bienvenue ne tomba de ses lèvres. Harold était
aussi pâle qu'elle; il ne proféra pas un mot non
plus ; mais, prenant les deux mains d'Olivia dans
les siennes, il les pressa longtemps, et, pour la
première fois, son regard traduisit son cœur. Il lui
disait, ce regard, qu'elle lui était plus chère que
toute amie sur la terre, et elle crut que cet instant
allait devenir le moment décisif de sa vie; ce mo-

ment où deux âmes s'unissent dans un même
amour, complétant ainsi leur nature suivant les
desseins de Dieu. Malheureusement madame Gwynne
suivait de près son fils. A sa vue, leurs mains se
séparèrent; Harold s'éloigna d'Olivia et s'occupa de
sa mère.

Ce rapide instant allait-il changer la destinée de
mademoiselle Rothsay? Le nuage qu'elle avait observé
se transformant dans les gloires du couchant en
était-il l'image? Quel que fût le motif mystérieux
qui tint scellées les lèvres de Harold, elle croyait
au plus profond de son âme qu'il l'aimait. Telles
étaient les réflexions auxquelles s'abandonnait Olivia,
douce conviction dont la félicité lui eût paru autrefois trop forte pour sa raison. Aujourd'hui, cette félicité avec quelque chose de solennel; elle l'acceptait les mains jointes, les yeux levés vers le ciel.

Harold et sa mère étaient assis sur le sofa. Lorsque Olivia s'approcha d'eux, le premier lui tendit
la main et lui dit :

— Venez auprès de nous, Olivia; n'est-ce pas,
ma mère, que vous le voulez?

Madame Gwynne répondit par un : « Oui ! » très-bas.
Olivia l'entendit pourtant. Ce fut pour elle comme
une bienvenue à leur foyer; tous trois restèrent

longtemps ainsi, causant dans la demi-obscurité
du crépuscule, comme faisant partie de la même
famille, n'ayant qu'un seul et même intérêt. Et cependant, le mot qui aurait dû mettre le sceau à cette
situation ne fut pas prononcé.

— Qu'il fait bon revenir chez soi! disait Harold;
quelle bénédiction n'est-ce pas, que de sentir qu'on
en possède un! Je ne l'ai jamais mieux comprise
qu'un jour, à Rome, auprès d'un des anciens amis
d'Olivia, Michel Vanburgh.

— Ah! parlez-moi des Vanburgh, s'écria celle-ci
avec empressement. Vous les avez donc vus enfin, quoique vous n'en ayez rien dit dans vos
lettres?

— Je n'en ai rien dit, parce que c'était une longue
histoire à raconter et que nos propres sentiments à
tous deux nous occupaient trop. Mais vous la dirai-je
maintenant? je dois vous prévenir que c'est un
triste récit et qu'il vous affligera, Olivia, ajouta Harold en lui serrant affectueusement la main.

— N'importe, je veux tout savoir.

Le plus lourd chagrin ne devait-il pas lui paraître
allégé avec cette main dans la sienne?

— Il s'écoula beaucoup de temps avant que je
pusse découvrir M. Vanburgh, reprit Harold, et

plus de temps encore avant que je trouvasse sa demeure. Jour après jour, je le rencontrai, je lui parlai dans la Sixtine, mais jamais il ne m'invita à aller chez lui, ni ne fit la moindre allusion au quartier où il demeurait. Il avait de bonnes raisons pour cela, ainsi que je l'appris plus tard.

— Était-il donc si pauvre? demanda Olivia avec anxiété; je l'avais toujours craint.

— Je vous le répète, c'est une triste histoire; c'est celle d'une espérance déçue. Vanburgh est un homme que la fortune a toujours oublié; il a dû la poursuivre toute sa vie avec une ambition orgueilleuse et capricieuse. Il y a longtemps que j'ai pénétré son caractère; — n'en avais-je pas un autre du même genre à déchiffrer? Mais, grâce à Dieu, celui-là est bien changé, ajouta le narrateur avec conviction. — Or, pour en revenir au peintre, pendant qu'il s'abandonnait à son rêve, la pauvre sœur gardait la maison et y mourait de faim.

— Mourait de faim! Que dites-vous? Oh! non, c'est impossible.

— Cela serait arrivé sans la générosité que déploya lord Arundale, lorsque enfin nous fûmes parvenus à les découvrir. Ils vivaient dans une misérable maison, dont une seule chambre à peine était présentable. C'était l'atelier, naturellement.

— La pièce où se tient Michaël doit être conforta-
ble, nous dit mademoiselle Méliora.

Je la reconnus de suite à ce trait, d'après ce que
vous m'aviez raconté d'elle. Pauvre femme! elle
pleurait presque, en entendant ma voix anglaise et
en parlant de vous. Elle m'avoua qu'elle se trouvait
très-isolée parmi tous ces étrangers, mais elle finirait par s'y habituer; sa santé n'était pas bonne
non plus, seulement cela irait mieux avec le printemps. Il ne servait à rien de se laisser aller au
découragement; il était inutile d'inquiéter Michaël.

— Pauvre Méliora! Vous lui avez témoigné de la
bonté, n'est-ce pas? vous êtes allé souvent la voir,
j'en suis sûre.

— Je n'en eus pas le temps, répondit Harold avec
tristesse. Le lendemain du jour où nous lui fîmes
visite, nous allâmes trouver Vanburgh dans son
refuge accoutumé, la chapelle Sixtine. Il nous parut
tant soit peu déconcerté parce que sa sœur n'avait pu
se lever à temps pour nettoyer sa palette et mettre
en ordre son atelier. Inquiet, je me rendis auprès
de mademoiselle Méliora, et je la trouvai mourante.

Ici Harold fit une pause. Olivia était trop émue
pour parler. Le narrateur poursuivit :

— L'appel fut si subit que la malade ne pouvait y croire elle-même ; elle ne cessait de répéter qu'elle voulait se lever avant le retour de Michel. Même lorsqu'elle eut compris qu'elle allait mourir, elle ne parut songer qu'à lui, toujours à sa façon si humble et si simple. Je me rappelle comment, entre autres choses, elle disait d'une voix coupée par l'oppression, qu'elle avait des draperies à faire pour un modèle qu'il fallait achever le jour même, me demandant s'il n'était pas possible de trouver quelqu'un pour la remplacer, car le tableau ne devait pas être interrompu. Une fois, elle pleura en murmurant : « Qui donc prendra soin de Michaël lorsque je ne serai plus là ? » Elle ne voulut pas qu'on l'envoyât chercher ; il n'aimait pas être dérangé lorsqu'il était à la Sixtine. Vers le soir, elle parut prêter l'oreille attentivement, comme si elle l'entendait ; mais il ne revint pas. Enfin, elle me chargea de faire ses adieux à Michel, de lui dire qu'elle aurait voulu recevoir encore un baiser de lui avant sa mort. Il ne l'avait pas embrassée depuis trente ans. Il y eut un instant où, lorsque je la croyais plongée dans le sommeil avant-coureur de l'agonie, elle se réveilla à moitié pour prier qu'on eût soin que Michel trouvât son thé prêt à son retour à la maison. Ce furent les derniers mots qu'elle prononça.

— Pauvre Méliora! pauvre âme simple et aimante! dit Olivia laissant couler ses larmes. Après
ce légitime tribut de regret payé à la mémoire
de son amie, elle s'informa comment Michel Vanburgh avait supporté cette épreuve.

— D'une façon assez bizarre, répondit Harold.
C'est moi qui lui annonçai la mort de sa sœur. Il
reçut cette nouvelle très-froidement, comme un
événement qu'il ne pouvait admettre; puis il se mit
à table absolument comme à l'ordinaire et comme
s'il comptait qu'elle allait venir lui verser son thé;
mais bientôt, se levant brusquement sans avoir
touché à son repas, il alla s'enfermer dans son atelier sans proférer un mot. Je ne le revis plus, car je dus
quitter Rome immédiatement après, mais non sans
avoir chargé un ami de veiller sur lui et de m'en
donner des nouvelles. A partir de la mort de sa
sœur, un grand changement se fit remarquer en
lui. Le seul appui, le seul intérêt qu'il eût dans sa
maison une fois brisé, il parut aussi incapable
qu'un enfant de se tirer d'affaire. Il errait de chambre en chambre, comme si quelque chose lui manquait, mais il n'aurait pu dire quoi. La peinture fut
abandonnée; sa mise fut encore plus négligée que

par le passé, son regard égaré. On ne pouvait dire qu'il pleurât sa sœur, mais elle lui manquait comme une habitude de toute sa vie. Bref, sa santé s'altéra; il devint promptement un vieillard à l'air usé, fatigué. Enfin, une semaine après avoir vendu son tableau au cardinal, j'ai appris que Vanburgh s'était endormi du dernier sommeil sous le ciel bleu de la Cité éternelle.

— Ainsi son vœu a été exaucé; il a eu ce que son âme désirait, dit doucement Olivia, et sa fidèle petite sœur aussi, car rien n'a pu les séparer. C'est le lot des femmes de donner leur vie pour ceux qu'elles aiment, et ce lot leur suffit. C'est un bonheur qui compense pour elles toutes les souffrances.

— Vous m'avez déjà dit cela, reprit Harold à voix basse. Vous souvenez-vous dans quel lieu? C'était à l'Ermitage de Braid.

Il s'arrêta, pensant qu'Olivia allait faire quelques réflexions. Contre son attente, elle garda le silence. Ce silence sembla jeter sur eux comme un épais nuage. Lorsqu'on apporta les lumières, Harold Gwynne avait repris son air froid et impassible d'autrefois. Sans qu'elle sût pourquoi, Olivia découvrit qu'elle lui répondait avec indifférence et embarras. Tout le charme de cette heure s'était envolé avec elle.

Ce contraste si subit l'affligea tellement, qu'elle
ne tarda pas à vouloir reprendre le chemin de sa
demeure. Harold se leva pour l'accompagner; mais
sa phrase :— Permettez-moi, mademoiselle Rothsay,
d'avoir le plaisir... — était empreinte d'une politesse si formaliste, qu'elle perça le cœur de celle à
qui elle s'adressait.

— En vérité, cela n'est pas nécessaire, répondit
Olivia; vous êtes déjà si fatigué, et l'heure est
si peu avancée, que je puis parfaitement faire la
route seule.

Harold se rassit. Elle se prépara au départ, serra
la main à madame Gwynne, ensuite à lui-même,
parlant très-bas de peur qu'il ne s'aperçût que sa
voix tremblait, puis elle sortit du salon; mais elle
n'avait pas atteint la grille du jardin que Harold la
rejoignit.

— Veuillez m'excuser, dit-il; ma mère est inquiète
de vous savoir seule, c'est elle qui m'envoie; pourquoi ne reprendrions-nous pas notre ancienne coutume, ne fût-ce que pour une fois encore?

Que voulait-il dire? Olivia n'osa le lui demander.
Un voile était jeté sur leurs cœurs. Serait-il jamais
levé? La conversation jusqu'à Tornwood fut peu
animée et ne roula que sur des lieux communs. Une

fois Olivia nomma Michel Vanburgh en l'appelant malheureux.

— Pourquoi malheureux? Qu'en savez-vous? demanda Harold avec vivacité. N'ayant nul besoin d'affections, il ne souffrait point de leur absence ; il n'avait qu'une ambition, celle de la gloire ; jamais son orgueil n'eut à s'humilier, à se sentir dépendant devant l'amour. Je crois, moi, que le vieux peintre fut un homme célèbre et heureux.

— Célèbre, oui ; heureux, non. Si l'on m'eût donné à choisir, j'aurais de beaucoup préféré être sa pauvre petite sœur qui consuma sa vie pour lui.

— Consumer sa vie sans profit pour personne, à quoi bon?

— On n'aime jamais en vain ; j'ai pensé quelquefois qu'il valait mieux donner que recevoir et que ceux qui savent aimer sont plus heureux que les objets mêmes de leur affection.

Harold demeura silencieux jusqu'au moment où ils s'arrêtèrent devant la porte de mademoiselle Rothsay ; alors, lui prenant la main au moment de lui dire adieu, il prononça d'un ton interrogateur ce seul mot :

— Olivia?

— Que voulez-vous? répondit celle-ci tremblant

légèrement, car son rêve de bonheur allait s'effaçant
lentement ; elle se sentait fatalement retomber dans
son ancien état. Ce fut donc l'Olivia de jadis qui
ajouta :

— Avez-vous quelque chose à me dire ?

— Non, non, rien. Adieu.

Harold s'éloigna rapidement.

Une heure après, les paupières d'Olivia, brûlantes
de larmes, se fermaient lourdement ; elle tombait endormie, se disant qu'il n'y avait rien de plus précieux
que l'oubli de la nuit après les fatigues du jour.

Elle se doutait bien peu que cette nuit profonde
renfermait dans son sein le mystère de sa destinée.
Un sentiment de vague terreur la tira de cet acca-
blant sommeil. Elle ne discernait pas très-claire-
ment ce qui lui arrivait ; c'était un grand bruit, des
coups répétés, un son confus de voix ; par-dessus
tout, son nom prononcé très-haut par une voix qu'elle
aurait reconnue entre mille, car c'était celle de
Harold Gwynne. D'abord elle crut à quelque horrible
cauchemar, mais bientôt la conscience lui revint
complétement ; avant d'entendre un second appel,
elle avait tout compris : elle se réveillait au milieu
de la maison en feu.

Il y a des femmes qui, dans les moments de danger,

acquièrent tout à coup un calme merveilleux et une
étrange présence d'esprit. Olivia était du nombre.
Au cri désespéré de Harold qui l'appelait dans le
corridor, elle répondit avec tranquillité :

— Je me réveille, je suis saine et sauve ; le feu
n'est pas dans ma chambre. Dites-moi ce qu'il faut
que je fasse.

— Habillez-vous promptement, il n'y a pas de
temps à perdre ; prenez ce que vous avez de plus
précieux et venez vite, répondit Harold avec autorité.
Son cri d'alarme avait cessé, il avait repris son empire sur lui-même.

Il faisait aussi clair dans la chambre d'Olivia
qu'en plein jour ; les flammes qui consumaient
l'autre partie de la maison s'y reflétaient. Elle s'habilla rapidement ; ses mains ne tremblaient pas, sa
pensée était lucide et embrassait les moindres détails. Elle se rendit compte en un instant de ce
qu'elle allait perdre ; ses souvenirs domestiques, ses
tableaux inachevés, ses livres chéris. Elle se vit ap-
pauvrie, sans asile, ne sauvant du désastre que sa
vie. Mais cette vie, elle la devait à Harold Gwynne.
Il y avait une sorte de douceur, de joie même, au milieu de ce péril, à la pensée que Harold était venu
pour la sauver.

Elle entendait sa voix pleine d'anxiété qui répétait :

— Mademoiselle Rothsay; hâtez-vous, le feu gagne du terrain !

A ces invitations pressantes se mêlaient les cris de sa fidèle vieille servante qui l'appelait du dehors. Harold semblait tout diriger, tout gouverner, au milieu de la confusion et de l'épouvante générales. Il paraissait ne connaître aucune crainte; il ne semblait trembler qu'en prononçant le nom d'Olivia.

— Vite, vite, pour l'amour de Dieu, hâtez-vous ! Sauvez ce que vous avez de plus précieux, cria-t-il encore, et venez vite !

Elle n'avait que deux trésors qu'elle tenait toujours à sa portée, le portrait de sa mère et les lettres de Harold; elle cacha les lettres dans son sein et saisit le portrait dans ses bras. Ainsi chargée, elle quitta la maison embrasée.

C'était une scène terrible; l'isolement de l'habitation ôtait toute espérance de pouvoir combattre le feu; mais la nuit étant calme et sans un souffle d'air, les progrès de l'incendie étaient lents. Par moments on aurait dit qu'il dédaignait la proie qui lui était offerte et qu'il allait s'éteindre de lui-même; mais bientôt il se ranimait et lançait un violent tourbillon de flammes.

Olivia et Harold étaient debout sur la pelouse, se tenant tous deux par la main.

— N'y a-t-il aucun espoir de rien sauver de mon joli cottage, de la chère maison où ma mère a rendu le dernier soupir?

— Puisque vous êtes sauvée, qu'importe que la maison brûle? murmura Harold. On eût dit qu'il était jaloux de ces pensées, de ces regrets. — Soyez satisfaite, reprit-il. Voyez, on a fait tout ce qu'il était possible de faire; et il montrait du doigt la pelouse couverte de meubles et d'objets de toute sorte. Tout est là, votre tableau, le fauteuil de votre mère. J'ai sauvé tout ce qui m'a paru devoir vous être le plus précieux.

— Sans compter ma vie. Oh! qu'il est doux de vous devoir tant!

Harold s'éloigna un instant pour donner des ordres aux hommes qu'il avait amenés avec lui de Harbury; puis il revint et se tint aux côtés d'Olivia; elle regardant la maison condamnée à périr, lui ne voyant qu'elle.

— La nuit est froide, dit Harold, vous frissonnez. Je suis bien aise d'avoir pris ceci. Et il l'enveloppa dans son plaid, lui prodiguant les plus tendres soins. Elle s'en apercevait à peine, absorbée qu'elle était par le spectacle de la destruction qui s'accomplissait sous ses yeux ; à travers les fenêtres éclatantes de lumière, elle voyait le feu détruire, comme en se jouant, ce qui lui était cher. Le petit salon fut bientôt dévasté ; les flammes se tordaient le long des rideaux blancs et du lit où sa mère s'était paisiblement endormie dans ses bras. Immobile, muette, Olivia voyait avec stupeur s'achever la ruine de cette demeure où étaient ensevelis tant de ses souvenirs. Enfin un épouvantable craquement annonça que la toiture s'effondrait ; un épais nuage de fumée l'enveloppe, ainsi que Harold ; des étincelles, des débris enflammés viennent tomber à leurs pieds.

Par un mouvement instinctif de terreur, Olivia saisit Harold par le bras et cacha sa tête sur son épaule. Il lui rendit son étreinte un instant seulement, mais ce fut avec l'impulsion qu'un sentiment unique peut inspirer.

— Vous ne pouvez rester ici, s'écria-t-il effrayé ; venez, quittons ces lieux, venez chez moi.

— Chez vous ? et elle contempla avec tristesse les ruines de sa demeure.

— Oui, chez moi, chez ma mère ; pour le moment, il faut que ma maison soit la vôtre. Venez !...

Il lui offrit son bras ; elle essaya de marcher, mais

ce fut en vain ; après quelques efforts inutiles, elle chancela et tomba évanouie. Lorsqu'elle reprit ses sens, elle se sentit emportée dans les bras de Harold. Il lui était impossible de faire un mouvement ni de parler ; tout lui paraissait confus comme dans un rêve. A travers le vague de ses idées, elle crut plusieurs fois entendre Harold murmurer, comme se parlant à lui-même : « Je t'ai sauvée, je t'ai sauvée, mon Olivia, ma bien-aimée ! »

Lorsqu'ils atteignirent enfin la porte du presbytère, Harold s'arrêta un instant, fixant son regard sur son précieux fardeau ; puis il le déposa entre les bras de sa mère.

— Elle est sauvée, sauvée, Dieu soit loué ! s'écria madame Gwynne ; et toi aussi, mon fils, tu es hors de danger, mon noble Harold !

En achevant ces mots, elle se tourna vers Harold qui, hors d'haleine, épuisé de fatigue, s'appuyait contre la muraille. Il voulut essayer de lui répondre ; il poussa un soupir, mais ce fut tout. Un flot de sang s'échappa de ses lèvres, et il tomba sans connaissance aux pieds de sa mère.

CHAPITRE XXI

— Il a donné sa vie pour sauver la mienne. Oh !
que ne puis-je mourir à mon tour pour toi, mon
Harold, mon cher Harold !

Tel était le cri d'Olivia pendant ces jours de cruelle
attente, où l'on croyait que chaque heure serait la
dernière de la vie du jeune pasteur.

Un vaisseau s'était rompu dans sa poitrine, sous
le coup de quelque violente émotion sans doute,
disait le médecin. Sans ce motif, il était impossible
d'expliquer ce qui avait pu produire cet accident
dans une constitution aussi forte et aussi ro-
buste.

— Et c'est pour moi ! c'est moi qui en suis la cause !
se répétait Olivia en gémissant ; moi qui doutais de
lui, qui le trouvais indifférent, cruel ! Oh ! pourquoi
n'ai-je connu son cœur que si tard ?

Tout sentiment de réserve féminine s'évanouit devant l'ombre menaçante de la mort. Jour et nuit, Olivia errait devant la porte de la chambre de Harold, prêtant l'oreille au plus léger bruit qui s'y faisait; mais tout y était silencieux; nul n'y pénétrait que sa mère; sa mère, sur laquelle Olivia osait à peine arrêter ses regards, tant elle craignait de lire dans ceux de madame Gwynne quelque secret reproche. Un jour elle lui communiqua cette impression :

— Moi, vous en vouloir de ce qui est arrivé à mon fils en cherchant à vous sauver? Non, Olivia, non; quelles que soient les intentions de Dieu sur nous, nous nous y conformerons et nous le remercierons ensemble.

Madame Gwynne prononça ces paroles avec bonté; cependant son cœur semblait fermé à toute autre pensée que celle de son fils. Elle ne le quittait pas, ne faisant attention à personne autre, pas même à Olivia.

Le combat entre la vie et la mort se prolongea pendant plusieurs jours, et celles qui auraient donné jusqu'à la dernière goutte de leur sang pour sauver le malade ne pouvaient qu'attendre silencieusement et prier. Olivia reçut alors des nouvelles du dehors qui, dans tout autre moment, l'auraient émue.

20.

Lyle Derwent s'était marié, ayant donné son cœur, comme beaucoup d'autres, par dépit; madame Flora Rothsay s'était éteinte paisiblement, une nuit, pendant son sommeil. Olivia n'eut pas de larmes à répandre sur sa mémoire. Si elle frissonna en lisant la lettre qui annonçait cet événement, ce fut uniquement parce qu'elle parlait de *mort*. Tout l'univers lui semblait couvert d'un voile funèbre ; elle marchait sous cette ombre nuit et jour. Son unique pensée, son unique prière était :

— O mon Dieu, donne-moi sa vie, rien que sa vie !

La vie de Harold lui fut donnée, mais l'espoir fut bien faible au début. Peut-être valait-il mieux qu'il en fût ainsi, car elle n'aurait pu supporter une trop vive transition. Quoi qu'il en soit, l'espoir grandit peu à peu. Enfin on put dire que tout danger avait disparu. Les plus grands ménagements continuèrent néanmoins à être nécessaires pendant longtemps ; il fallait éviter les rechutes qui auraient pu être fatales. Olivia, à laquelle on avait permis une fois de pénétrer dans la chambre de Harold à l'insu de celui-ci, en fut maintenant soigneusement écartée.

— Il lui faut le plus grand calme, disait sa mère; il ne doit ni vous voir, ni vous entendre.

Pourquoi madame Gwynne détourna-t-elle la tête en prononçant ces mots, comme si elle craignait d'en avoir trop dit?

Enfin le jour vint où le malade put être transporté dans la chambre de sa mère. Que de mouvement elle se donna, l'excellente dame, pour chercher dans toute la maison les oreillers, les coussins, les plaids, pour l'envelopper! elle y mettait une joie, une vivacité tout enfantines : n'en est-il pas toujours ainsi lorsque nous saluons la convalescence d'un de nos bien-aimés, que nous avons cru perdre? Cette heureuse influence s'étendit à tous les serviteurs, qui étaient très-attachés à leur maître. Seule, Olivia restait silencieuse dans sa chambre, écoutant, attendant.

— Il est installé sur le sofa, vint lui dire madame Gwynne après plusieurs heures, mais il est bien faible, bien épuisé encore. Il nous faut prendre les plus grandes précautions.

— Sans doute, sans doute, répondit Olivia. Elle entendait à demi ce que signifiaient ces paroles et n'osait exprimer aucun désir.

— Je me demande ce qu'il faut faire, disait madame Gwynne avec anxiété. Il a dit qu'il serait heureux de vous voir.

— De me voir !

— Je lui ai répondu que ce ne serait pas pour aujourd'hui, et j'ai eu raison. Enfant, regardez-vous donc dans le miroir ! Jusqu'à ce que vous soyez plus tranquille, vous ne verrez pas mon Harold.

Olivia se rassit avec soumission et sans dire un mot. Cette conduite toucha madame Gwynne :

— Voyons, reprit-elle, vous ferez ce que vous voudrez, pauvre âme ! Je l'ai laissé endormi ; vous pourrez attendre son réveil. Venez !

Elle l'accompagna jusqu'à la porte, puis elle se retira, se rappelant les jours où elle aussi était jeune.

Olivia entra d'un pas léger. Elle s'assit en silence aux pieds du sofa sur lequel reposait Harold. Que ses traits étaient changés, adoucis, par cette longue maladie ! Son sommeil était paisible, mais qu'il semblait faible et dépendant, lui l'homme fort d'autrefois !

Pendant qu'elle le contemplait ainsi, Olivia sentit combien elle l'aimait ; comment, s'il était mort, le monde ne lui fût plus apparu que comme à travers un nuage obscur. Et maintenant, une séparation, de quelque nature qu'elle fût, devait-elle avoir lieu entre eux ?

— Non, ce serait impossible... impossible. Ce serait plus que je ne pourrais supporter.

Du fond de sa poitrine s'exhala un long soupir. Harold parut l'entendre, car il, fit un mouvement et il s'éveilla en demandant d'une voix faible :

— Qui est là ?

— C'est moi.

— Olivia, Olivia !

Les joues du malade se couvrirent d'une légère rougeur, et en même temps il lui tendait la main. Mais elle, se rappelant l'avertissement de sa mère, murmura tout bas :

— Je suis heureuse, oui, bien heureuse !

—Il y a bien longtemps que je ne vous ai vue, reprit Harold d'une voix brisée par la faiblesse. Placez-vous donc de manière que je puisse vous apercevoir, Olivia.

Elle obéit. Il la regarda longtemps, fixement, avec tristesse.

— Je vois que vous avez pleuré, dit-il. Pourquoi ?

— Parce que je suis heureuse, reconnaissante envers Dieu, de vous savoir sauvé.

— Dites-vous vrai? Me portez-vous un tel intérêt?

Son pâle visage s'éclaira d'un joyeux mais fugitif sourire, qui, en disparaissant, laissa des traces d'une vive émotion. Olivia s'alarma.

— Il ne faut pas parler ainsi; pas un mot de plus, je vous en supplie. Rappelez-vous que vous avez été très-malade. Je resterai ici près de vous, si vous le permettez. Ah! que pourrai-je jamais dire ou faire pour vous témoigner toute ma gratitude?

— Votre gratitude?

Harold répéta le mot comme s'il lui faisait mal; puis il resta immobile sans relever les yeux. Graduellement sa contenance, qui avait paru changée sous l'influence de quelque amer souvenir, s'adoucit de nouveau.

— Olivia, reprit-il, comment osez-vous parler de reconnaissance? Songez à ce que doit être la mienne. Pendant ces longues heures où j'étais étendu, insensible en apparence, mais ayant conscience de tout ce qui se passait autour de moi et en moi, sachant qu'un fil me séparait de l'éternité, que serais-je devenu, si je n'avais reçu de vous cette sainte foi qui rend triomphant de la mort?

— Dieu en soit loué, Dieu en soit loué! Mais vous êtes faible et ne devez pas vous fatiguer.

— Si, il le faut ; je me sens plus fort à présent. votre présence seule me fait du bien, vous qui avez été mon ange tutélaire. Laissez-moi vous appeler ainsi, pendant que je le puis.

— Pendant que vous le pouvez ?

— Oui, tandis que je le puis, car il me semble parfois, quoique me trouvant mieux dans ce moment, que je ne dois jamais guérir et que, lentement, sans souffrance peut-être, je quitterai bientôt ce monde.

— Oh ! non, non, à Dieu ne plaise ! s'écria Olivia en saisissant la main de Harold avec une expression d'effroi. Vous ne pouvez mourir ! je... je ne pourrais le supporter.

En achevant ces mots, une vive rougeur colora le visage d'Olivia, puis un torrent de larmes lui succéda.

Harold fit un effort pour se soulever.

— Comment puis-je vous voir pleurer ainsi et rester si calme ?

Il attendit un instant que son émotion fût apaisée, puis il ajouta :

— Relevez la tête, Olivia ; laissez-moi vous regarder. Ne tremblez pas, car je vais parler de choses

solennelles, de choses que j'avais toujours réservées
pour une heure comme celle-ci. Vous les entendrez,
ma chère amie, ma sœur... car vous l'êtes toujours, n'est-ce pas ?

— Oui, oui, toujours !

— O Olivia, vous croyez peut-être que vous
n'avez jamais été pour moi plus qu'une amie, une
sœur, que je ne vous ai jamais aimée qu'à ce double
titre ; eh bien, sachez que c'est avec toute la passion
et toute l'ardeur de mon âme, ainsi que l'on aime
la femme que l'on voudrait choisir entre toutes pour
la sienne, que je vous aime !

Ce fut de lèvres qui avaient la pâleur de la mort
que tombèrent ces paroles brûlantes. Olivia les
entendit. Elle se contenta de lui serrer la main en
silence. Harold poursuivit :

— Je vous dis cela aujourd'hui, parce que je
me sens si changé, que toutes les choses de la terre
s'effacent pour moi et que mon orgueil a disparu.
Il n'en a pas toujours été ainsi, je l'avoue. Vous
vous étiez glissée dans mon cœur à mon insu. Oh !
comme j'ai lutté contre cet amour, moi qui, ayant
été trompé, ne pouvais plus avoir confiance en aucune femme ! Enfin, je résolus de me fier à vous ;
mais auparavant je voulus vous mettre à l'épreuve.

Vous souvenez-vous de ce que je vous dis à l'Ermitage de Braid et de votre réponse? Je sus alors que
vous aviez donné votre cœur, mais j'ignorais que ce
fût à moi.

— Oh! comment ne l'aviez-vous pas deviné, Harold?

En l'entendant ainsi pour la première fois prononcer son nom d'une voix émue, Harold tressaillit.
Il eut néanmoins assez d'empire sur lui-même et
répondit tranquillement :

— Ceci ne change rien à ce que je veux vous
dire; j'ai mis de côté tout orgueil; je ne désire
qu'une chose : c'est que vous sachiez combien je
vous ai profondément aimée, et que, quel que soit
mon destin, ce n'est qu'avec ma vie que cessera
mon amour.

Olivia voulut parler, lui raconter à son tour toute
l'histoire, la grande histoire de son attachement
sans espoir, si fidèle, si tendre, quoique muet. Elle
ne put prononcer que ces mots : « Harold! Harold! »
Mais ces mots disaient tout.

Le malade tourna vers elle des yeux qui exprimaient une immense félicité; il fit un effort pour
se soulever, comme s'il eût voulu saisir dans ses

bras Olivia, son Olivia tant aimée; mais ce fut en vain.

— Je n'ai aucune force, voyez, dit-il avec découragement; je ne peux même presser sur mon cœur ma bien-aimée, ma femme; je suis si faible, si épuisé!

— Mais je suis forte, moi, dit Olivia; et passant son bras sous sa tête, elle força Harold à s'appuyer sur son épaule. Les traits du malade s'éclairèrent d'un beau sourire.

— Qu'il est doux, qu'il est doux, ce moment! s'écria-t-il. Je pourrais m'endormir, mourir ainsi..

— Oh! non, vous ne mourrez pas, Dieu ne le permettra pas, mon Harold, murmura Olivia. Puis tous deux restèrent silencieux.

Complétement anéanti par une émotion qui était au-dessus de ses forces, Harold demeura immobile. Peu à peu, comme les ombres du soir s'étendaient dans la chambre, sa respiration devint plus forte et il s'endormit, la tête toujours appuyée sur l'épaule d'Olivia.

Elle contemplait avec attendrissement ses traits altérés, sa main amaigrie qui retombait sans force dans la sienne. Quels flots d'impressions diverses venaient inonder son cœur!

— Et moi qui croyais avoir à parcourir cette longue vie dans la solitude pour l'amour de toi, mon Harold ! Oui, j'aurais vécu sans murmurer, ni contre le ciel, ni contre toi, car je connaissais ma propre indignité; mais puisqu'il ne doit pas en être ainsi, je te donnerai en échange toute une vie de fidèle amour, l'amour d'une épouse, tel qu'il n'y en eut jamais de pareil.

Alors, se retraçant le passé, elle reconnut que tout avait concouru pour cette fin. Elle reconnut que sa patience avait mûri en espérance, ses souffrances en joie. Non, elle n'avait pas fait un pas en vain sur ce chemin raboteux; pas une épine n'avait percé ses pieds qui n'eût, avec son aiguillon, fait pénétrer en même temps un baume rafraîchissant dans son âme. Ses souvenirs l'entraînèrent rapidement en arrière; elle revit Harold tel qu'il était dans les jours où son influence à elle et ses prières avaient changé son cœur et l'avaient conduit des ténèbres à la lumière. Elle se rappela la première amertume de son amour dédaigné, alors qu'il la torturait sans se douter des coups qu'il lui portait ; elle se souvint comment, lorsqu'elle connut son sort, elle avait essayé de le supporter avec calme et de n'être autre chose qu'une amie pour lui. Qu'elle l'avait trouvé froid, sévère, sans écho ! Se le rappelant ainsi, elle ne put s'empêcher d'être complétement dominée par le contraste du présent. Qu'il était faible et dépendant devant elle, à cette heure !

Déposant un baiser sur le front du malade endormi, ses lèvres répétèrent les mêmes mots par lesquels sa tante Flora l'avait accueillie à Morning-Side :

— O Dieu, je te rends grâces, car tu m'as donné le désir de mon cœur !

Bientôt après, madame Gwynne entra ; mais Olivia ne manifesta aucun trouble à son aspect, sa joie était trop solennelle.

— Chut ! dit-elle, ne l'éveillez pas. Il m'aime, je le sais maintenant; ne soyez pas offensée. Pour moi, je l'ai toujours aimé.

— Je le savais, Olivia, répondit simplement madame Gwynne.

Et la mère de Harold se tint longtemps en silence au pied du sofa. Dieu seul connut la lutte qui s'éleva dans son cœur, si étroits étaient les liens qui unissaient cette mère à son fils unique. Avant qu'elle fût terminée, Harold s'éveilla :

— Mère, est-ce vous ?

— Oui, fit madame Gwynne doucement.

Elle se leva et alla les embrasser tous deux, d'abord son fils, puis Olivia. Ensuite, sans dire un seul mot, elle quitta la chambre.

CHAPITRE XXII

C'était par une après-midi du mois de mai, un dimanche. La pluie tombait doucement, pluie chaude, silencieuse, comme si le printemps, à force de joie, eût laissé couler ses larmes. A travers la fenêtre ouverte, pénétrait ce parfum particulier à la saison, et qui s'exhale de la terre, des feuilles naissantes, des fleurs fraîchement arrosées. Sur la pelouse, on aurait presque pu voir pousser l'herbe verte; aussi, quoique le ciel fût gris et triste, toute l'atmosphère était si embaumée, si riche de promesses pour le lendemain, qu'il n'y avait rien d'étonnant à entendre chanter les oiseaux comme en plein soleil. Olivia écoutait depuis une demi-heure un rossignol qui, abrité sous un grand buisson de syringa, chantait si gaiement et avec tant de persistance que madame Gwynne, assise entre elle et son fils, en fut troublée dans sa méditation et qu'elle ferma son livre. C'était le meilleur des livres, celui qui convient au dimanche, le seul qu'elle lût maintenant. Harold, faible encore, étendu dans son fauteuil, prêtait l'oreille aux roulades du joyeux chanteur avec une expression de repos, de parfait contentement, qui faisait du bien à voir. Olivia le considérait; ses yeux semblaient savourer chacun de ses traits; tout chagrin avait disparu. C'était la plénitude du bonheur. Nul besoin pour elle de lui poser cette éternelle question des amants : M'aimez-vous? Nulle démonstration n'était nécessaire. Sa joie était complète rien qu'à demeurer à ses côtés.

— Cet oiseau ne vous fatigue pas? dit-elle en se levant pour aller à lui. Ne voulez-vous pas que je ferme la croisée?

— Merci! ces chants, au contraire, me font du bien. Tout me fait du bien maintenant, répondit Harold. Et un beau sourire vint éclairer son visage.

C'était comme une sorte de rayonnement qui répandait sur ses traits amaigris une noblesse surnaturelle. Sa mère, qui au même instant tourna la tête vers lui, en fut frappée.

— Vous trouvez-vous aussi bien aujourd'hui qu'à l'ordinaire, mon fils? lui demanda-t-elle avec une

vague inquiétude. Ne restez-vous pas levé trop longtemps, et ne vaudrait-il pas mieux retourner dans
votre appartement ?

— Oh ! non, merci, ma mère ; je crois vraiment
que je pourrais me permettre quelques efforts de
plus ; mais il y a un tel charme à se sentir renaître
ainsi par degrés insensibles, je me sens si heureux
dans cette situation de convalescent, qu'il me sem-
blera presque pénible de rentrer dans le monde
positif.

— Ne parlez pas ainsi, mon fils. Non vraiment, il
faut que vous soyez bientôt guéri afin de pouvoir reprendre tous vos devoirs trop longtemps abandon-
nés. C'est ce que je me disais ce matin à l'église,
en comptant combien il s'écoulera de dimanches
avant que j'entende de nouveau la voix de mon fils
dans la chaire.

— A ces mots, le malade s'agita dans son fauteuil
comme si ses nerfs eussent été désagréablement
excités.

— Qu'en dites-vous, Olivia ? continua madame
Gwynne, sans s'apercevoir de l'effet de ses paroles.
Quel bonheur ne sera-ce pas, de le revoir de nouveau
dans son église ? Dans combien de temps pensez-vous
qu'il soit en état de prêcher ?

— Je ne sais, répondit Olivia avec embarras et en fixant avec inquiétude son fiancé, car elle connaissait bien le cœur de Harold, ce cœur qui, quoique pur et sincère aux yeux de Dieu comme aux siens, pouvait ne pas paraître tel à tous les hommes. Elle devina sans peine ce qui s'y passait dans cet instant. La foi de Harold était bien maintenant la foi chrétienne; elle se rapprochait en beaucoup de points de celle que professe l'Église d'Angleterre, et pourtant Olivia doutait qu'il pût jamais redevenir ministre de cette Église. Rien d'étonnant donc qu'elle l'observât avec une anxieuse tendresse et que sa perplexité retombât sur madame Gwynne qui, sans méfiance, poursuivait son thème.

— En vérité, disait-elle, tous vos paroissiens sont bien aises que vous soyez de retour. Madame Hudgers me le disait l'autre jour, en me faisant remarquer qu'il y avait plus d'une année que vous n'aviez pris la parole dans votre église. Quelle longue interruption! cela ne pouvait être évité; mais ce n'en est pas moins désagréable, et, s'il plaît à Dieu, cela n'arrivera plus; n'est-ce pas, Harold?

— Ma mère! ah! ma mère!

Harold pressa ses mains l'une contre l'autre avec une contenance troublée. Olivia se glissa à ses côtés:

21.

— Nous causons peut-être trop, lui dit-elle. Nous ferions mieux de nous retirer et de vous laisser reposer.

— Silence, Olivia, silence! murmura-t-il. Il y a longtemps que j'ai prévu ceci; je savais que le jour viendrait où je serais appelé à lui dire tout, toute la vérité.

— Mais pas encore, pas à présent. Attendez que vous soyez plus fort; au moins une semaine, demain.

— Non, pas même une heure; à l'instant, il le faut!

— De quoi parlez-vous à mon fils? demanda tout à coup madame Gwynne en s'adressant à Olivia avec un mouvement de jalousie maternelle qu'elle ne put réprimer.

Les deux fiancés se turent.

— Harold, j'espère que vous n'avez rien à cacher à votre mère?

— Ma mère, ma noble et généreuse mère, murmura Harold, comme s'il pensait tout haut: sûrement, si j'ai péché pour elle, Dieu me pardonnera.

— Péché pour moi? Que voulez-vous dire, Harold? Y a-t-il dans votre esprit quelque arrière-pensée? me cachez-vous quelque chose? Et ses regards, ordinairement si pleins de sollicitude, se fixèrent sur son fils avec une expression à la fois soupçonneuse et interrogatrice.

Olivia se pencha vers Harold comme pour essayer de le défendre contre sa mère, mais madame Gwynne s'écria d'un ton sévère :

— Otez-vous, Olivia ; laissez-moi regarder mon fils en face. Il n'appartient à personne, pas même à vous, de s'interposer entre lui et moi.

Olivia reprit son siége ; elle était douce, docile, ainsi qu'il convenait à la future belle-fille de madame Gwynne et à la fiancée de Harold ; mais sa douceur avait souvent triomphé de tous deux ; elle en triompha encore dans cette circonstance.

— Olivia, ma bien-aimée, dit Harold à voix basse, ma mère a raison ; laissez-la près de moi un instant ; je désire lui parler seul à seule ; cependant ne vous éloignez pas ; que je puisse vous voir ! cela me donnera du courage.

Olivia lui pressa la main en silence et se retira à l'autre extrémité de la chambre.

Alors Harold, se tournant vers madame Gwynne, lui dit avec embarras :

— Ma mère j'ai en effet quelque chose à vous révéler.

— Qu'allez vous m'annoncer, mon fils? Quelque faute, quelque malheur? Ah! je suis trop vieille pour supporter l'un ou l'autre, répondit-elle avec agitation.

— Ma mère, ma mère bien-aimée, vous dont l'affection m'est encore plus précieuse aujourd'hui que par le passé, écoutez-moi; vous me jugerez ensuite. Il y a douze ou quatorze ans environ, il existait un fils, le fils unique d'une noble femme qui avait fait tous les sacrifices pour lui; elle l'éleva, lui donna une éducation soignée au prix des plus grandes privations; le moment arriva enfin où ce fils dut à son tour sacrifier quelque chose à sa mère. Ce n'était qu'un léger scrupule de conscience, léger *alors*; il eut néanmoins à soutenir une lutte pénible avec lui-même, mais il fallait vaincre; ses hésitations, ses doutes furent étouffés; le fils devint ministre d'une Église dont sa conscience n'admettait pas toutes les doctrines.

— Continuez, continuez, s'écria madame Gwynne d'un ton bref; j'ai eu autrefois un soupçon, un amer soupçon. Mais qu'importe? Allez toujours!

— Il commit ce péché, car c'était un péché, quoiqu'il s'en rendît coupable pour l'amour de sa mère. Sans doute il eût mieux fait de travailler la terre de

ses mains que de noircir son âme par le mensonge.
Mais il ne pensait pas ainsi à cette époque. Ce fut
sa faute, non celle de sa mère. Remarquez que
je dis que ce ne fut pas la faute de sa mère.

Madame Gwynne jeta un regard à Harold, puis
détourna la tête avec tristesse.

— Il ne pouvait accuser que lui-même de cette
faute, poursuivit Harold ; jamais il n'accusa nulle
autre personne, même lorsque, ses premiers doutes
ayant grandi, il se trouva enveloppé comme d'un
épais brouillard à travers lequel il ne lui était plus
permis de discerner ni le ciel, ni la terre. Diverses
sont les aptitudes des hommes ; la sienne ne le
rendait pas propre à être le pasteur d'un tranquille
hameau. Les circonstances, les habitudes, la pente
naturelle de son esprit, tout était contraire à la vie
qu'il devait mener ; aussi, son scepticisme, ses remords ne firent-ils que croître jusqu'à ce que, de
désespoir, il s'abandonna à une passion terrestre,
dans laquelle il cherchait surtout l'oubli de soi-
même. Il devint fou de la beauté d'une femme, de
sa beauté seule !

En prononçant ces mots, Harold cacha sa figure
dans ses mains comme si ses souvenirs l'accablaient.
Sa fiancée entendit ces paroles ; elle vit ce mouve-

ment sans ressentir de chagrin. Ne savait-elle pas
que son amour lumineux était venu éclairer les
sombres profondeurs de cette âme, effaçant toute
les taches, cicatrisant toutes les blessures? Par la
puissance de cet amour, elle l'avait gagné, sauvé,
sauvé à toujours! Harold reprit :

— Je passe rapidement sur cet épisode et j'arrive
à la fin ; l'erreur de cet homme fut cause que toute
sa destinée se tourna contre lui pour en faire un hypocrite devant Dieu et devant les hommes. Le moment arriva où il n'eut plus confiance en aucun
être humain, si ce n'est en sa mère ; elle seule l'empêcha de devenir la plus vile des créatures, comme
il en était la plus misérable. Ici, un faible gémissement s'échappa de la poitrine de madame Gwynne ;
mais elle ne proféra pas une parole.

— Nulle issue ne s'offrait à lui pour fuir cette horrible existence ; son orgueil lui fermait toutes les portes. Année après année, il remplit sa carrière, il vécut honnêtement, consciencieusement, vis-à-vis des
hommes au moins ; devant Dieu ce fut un long mensonge, un horrible sacrilége, car lui, le ministre en
fonctions dans le temple de Dieu n'était qu'un impie.

Harold s'arrêta ; il avait, dans sa douloureuse exaltation, complétement oublié sa mère. Celle-ci avait

retiré sa main de la sienne et était tombée lourdement sur ses genoux, devant son fauteuil ; elle resta
longtemps dans cette posture ; on vit ses lèvres s'a-
giter silencieusement ; après quoi, elle se releva,
redressa sa grande taille de toute sa hauteur, et ce
fut d'une voix ferme, où ne tremblait aucune émotion maternelle, avec un visage sévère, qu'elle prononça ces mots :

— Et cet hypocrite devant les hommes, ce blas-
phémateur devant Dieu, c'était mon fils Harold !

— C'était, mais ce n'est plus lui,.. Non, grâce à
Dieu, le ciel en a eu pitié. O ma mère, pardonnez-
lui. Je ne suis plus un incrédule aujourd'hui ; je
crois, oui, je crois, et de toute la ferveur de mon
âme.

Madame Gwynne, à cette déclaration, poussa un
grand cri et se précipita dans les bras de son fils.
Jamais, depuis son enfance, Harold n'avait reçu de
caresses aussi passionnées. Les sanglots se mêlaient
aux baisers ; la vénérable femme, en proie à une
émotion indicible, tremblait de tous ses membres ;
un instant elle éleva les yeux au ciel et murmura
une action de grâces pour le fils qui « étant mort
est revenu à la vie, qui étant perdu a été retrouvé ; »
puis elle le serra de nouveau dans ses bras.

Pendant cette scène, Olivia, qui s'était tenue à
l'écart, s'apercevant qu'une pâleur mortelle avait
recouvert les traits de son fiancé, s'avança vers eux
et dit :

— Harold, ne parlez pas davantage, vous êtes
trop faible; laissez-moi raconter le reste.

— Vous ici, Olivia ! s'écria madame Gwynne qui
ne s'était pas doutée de sa présence : qu'avez-vous à
faire ici ? Laissez-moi avec mon fils.

Mais Harold serra la main de sa fiancée :

— Que dites-vous, ma mère ? Regardez-la, bénis-
sez-la, car c'est elle qui a sauvé votre fils.

Alors, d'une voix brisée par la fatigue, Harold
acheva son récit, et l'acheva de telle sorte, que
même sa mère ne put être offensée par l'idée que
ce qui était resté un secret pour elle avait été confié
à Olivia, ou qu'une influence autre que la sienne
avait eu tant d'empire sur lui. Lorsque Olivia, jetant ses bras autour de son cou, implora de madame
Gwynne leur pardon à tous deux, le cœur de celle-
ci se fondit tout à fait, et ce fut avec une solennité
touchante qu'elle bénit la fiancée de son fils et
qu'elle l'appela sa fille.

— Oui, maintenant je comprends tout, mon Harold, dit-elle, lorsque toute trace d'émotion eut

disparu et qu'ils eurent tous trois retrouvé leur tranquillité; Olivia a raison; avec votre goût pour l'action, votre esprit qui ne peut être renfermé dans des limites étroites, il est impossible que vous repreniez votre poste dans l'Église anglicane; il n'y faut plus songer.

— Mais, ma mère, comment vivrons-nous? C'est là ce qui me torture. Où irons-nous, si nous quittons Harbury? Seul, je pourrais tout supporter, mais pour vous...

— Moi! qu'importe? Harold, reprit madame Gwynne avec un léger tremblement dans la voix, si vous aviez eu confiance en moi, si vous m'aviez dit vos luttes d'autrefois, il y a longtemps que j'aurais tout abandonné, tout quitté, pour vivre comme au temps de votre jeunesse, quand je vous élevais pour l'Université. Cela ne m'était pas pénible alors et ne l'aurait pas été davantage depuis. O mon fils, vous ne connaissez votre mère qu'à demi!

Harold la regarda, et lentement, imperceptiblement, deux grosses larmes vinrent se former dans ses yeux. Il n'en fut point honteux et n'essaya point de les dissimuler. Olivia l'en aima davantage pour ces larmes, — les premières et les seules qu'elle lui vit jamais verser, — quoiqu'elles ne fussent pas pour elle, mais pour sa mère. Bientôt madame Gwynne reprit :

— Voyons, examinons ce que nous avons à faire, car il n'y a pas de temps à perdre. Aussitôt que vous serez assez fort, il vous faudra renoncer à cette prébende, et nous quitterons Harbury.

— Quitter Harbury, votre cher presbytère, dont vous avez dit si souvent que vous ne vous sépare- riez jamais ! Ah ! ma mère, ma mère, sera-ce pos- sible ?

— Qu'importe ? je vous le répète. Ne songez pas à moi. Ensuite, que ferez-vous ?

— Oh ! je ne sais encore. Olivia, conseillez-moi, s'écria Harold se tournant vers elle d'un air in- décis.

Olivia donna son avis, timidement d'abord, puis avec plus d'assurance, lui rappelant son ancien pro- jet de départ pour l'Amérique. Ils restèrent long- temps à examiner ce projet, à en peser toutes les chances de réussite, jusqu'à ce qu'enfin, l'ayant mûri suffisamment, il fut décidé qu'à moins d'ob- stacles sérieux provenant de la santé de Harold, il serait mis à exécution.

— Oh ! je recouvrerai bientôt mes forces main- tenant, disait ce dernier. O ma mère, ô Olivia, si vous saviez de quel fardeau mon âme est allégée !

Il disait vrai. Lorsque arriva l'heure du thé, il put se lever et traverser la chambre d'un pas presque ferme, comme s'il reprenait possession de sa santé. Les cloches de Harbury ne tardèrent pas à appeler l'attention de madame Gwynne; Olivia lui demanda si elle songeait à se rendre à l'église.

— Oui, répondit-elle, je vais remercier Dieu.

— Allez-y avec elle, Olivia, lui dit Harold, en regardant avec tendresse sa mère qui quittait la chambre.

Olivia suivit madame Gwynne, mais celle-ci préféra aller seule. Il ne fallait pas, d'ailleurs, que toutes deux à la fois laissassent Harold. Aussi, après être restée quelques minutes à s'acquitter envers la mère de Harold de tous ces petits services que la jeunesse doit trouver si facile et si doux d'offrir, Olivia, après avoir reçu encore un baiser, redescendit toute joyeuse vers son fiancé.

Celui-ci était assis dans l'embrasure de la croisée. La pluie avait cessé; une frange d'or colorait les nuages grisâtres qui fuyaient à l'horizon; c'était un éclat qui éblouissait le regard. Ce rayon illuminait

toute la chambre et tombait comme une auréole sur
la tête de Harold. Olivia s'arrêta un instant sur le
seuil, tout aveuglée. Elle crut d'abord son malade endormi; mais en s'approchant de plus près, elle vit
qu'il avait seulement les yeux baissés et qu'il était
plongé dans une pénible méditation. Quelque chose
dans son expression lui rappela celle qu'elle avait
remarquée lorsqu'il était revenu d'Édimbourg, et
qu'elle eût tant voulu le consoler. Aujourd'hui, cela
lui était permis. En effet, son sourire dérida bientôt
le front du jeune pasteur.

— Mon Olivia, ma bien-aimée, vous arrivez toujours lorsque vous êtes le plus désirée, dit celui-ci
avec affection.

— Oui, c'est ma joie; mais dites-moi à quoi vous
songiez ainsi. Pourquoi vos lèvres étaient-elles contractées, votre front plissé, ce beau large front que
j'aime tant? Ce n'est pas bien à vous, mon Harold,
de me le gâter ainsi.

— Ne plaisantez pas, Olivia; je suis triste. Si je
vais à l'étranger, que deviendront ma mère et Ailie?
Je ne puis les emmener.

— Elles resteront avec moi pour me consoler.
Ah! vous ne sauriez le défendre; comment pourrais-
je continuer ma peinture et vivre seule?

— Ah ! voilà l'autre aiguillon, répondit-il ; vous n'en parlez pas, mais je le sens. Pendant combien d'années aurez-vous à travailler ainsi seule ?

— Croyez-vous que cela m'effraye ? Ai-je donné mon cœur comme certaines femmes que j'ai connues, par peur de rester vieille fille, afin d'avoir un chez moi, un nom, un mari ? Non, j'ai donné mon cœur, mon amour, par pur amour. Qu'importe si des années doivent s'écouler, si je ne dois jamais être votre femme, si je dois mourir votre fiancée ? Je n'en mourrai pas moins contente. O Harold, croyez-le, il est doux de vous aimer, doux de partager vos soucis, vos joies ! Oui vraiment, je suis satisfaite, complétement satisfaite.

— Peut-être, ma bien-aimée ; mais il n'en est pas ainsi de moi. Il m'est impossible de consentir à un pareil sacrifice ; je ne puis l'envisager un seul instant ; si je pars, vous partirez avec moi, ma femme ! Pauvre ou non, qu'importe ? pourvu que vous soyez à moi.

Il parlait d'une façon un peu saccadée, comme le fier Harold d'autrefois ; son orgueil se mêlait à sa passion. Olivia apaisa l'un et l'autre.

— Harold, dit-elle en lui passant sa main sur le front, ne soyez pas irrité contre moi ; vous savez si

je vous aime. J'ai cru quelquefois que je vous
avais aimée la première ; mais je n'en suis pas humiliée...

— Ah ! murmura son fiancé en l'interrompant,
combien j'ai dû souvent vous faire souffrir sans le
vouloir ! combien souvent, dans mon aveuglement,
j'ai dû vous torturer, lorsque je luttais contre mon
orgueil ! et pourtant je ne cessais de vous aimer ;
pardonnez-moi.

— Je n'ai plus rien à pardonner ; le bonheur a
effacé tous ces souvenirs.

— Olivia, dites, n'est-ce pas que bientôt vous
serez ma femme ?

Mais celle-ci répondit avec fermeté, quoique en
rougissant légèrement :

— Demain, si c'était pour votre bien ; mais cela
ne se peut pas, car vous ne devez pas être troublé
de soins matériels ; il faut que vous soyez libre
d'aller en avant, de conquérir votre réputation et
de légitimes succès. Mon amour ne vous enchaînera
pas dans une obscure pauvreté. Non, cela me bri-
serait le cœur. Vous le voyez, votre renommée m'est
plus chère qu'à vous-même.

Et par degrés elle l'amena à consentir à son
désir, qui était que tous deux travaillassent chacun

de son côté au bien-être de ceux qui leur étaient chers; dans la maison d'Olivia, il y aurait toujours une place pour madame Gwynne et la petite Ailie.

Cette décision prise, rejetant tout souci, toute préoccupation d'avenir, les fiancés, assis dans le crépuscule, l'un près de l'autre, la main dans la main, continuèrent à causer doucement ; ils s'interrompaient souvent ; il y avait de longs silences ; ils n'éprouvaient pas toujours le besoin de parler ; le sentiment d'être ensemble leur suffisait. Étant tout l'un pour l'autre, que leur importait le monde et son tourbillon qui s'agitait au dehors? Ses bruits n'arrivaient pas jusqu'à leur sphère de doux repos. A la fin, le cœur d'Olivia déborda.

— O Harold, s'écria-t-elle, cette félicité est presque au-dessus de mes forces. Songer que je puis être ainsi aimée de vous, moi, cette pauvre Olivia ! Il y a des moments où je sens, hélas! comme je l'ai senti amèrement autrefois, combien je suis indigne de vous.

— Indigne de moi, ma bien-aimée! Que voulez-dire?

— Je veux dire que je n'ai nulle beauté, que... je ne puis achever.

Elle cacha sa figure brûlante de honte dans ses

mains. Ces paroles et le mouvement qui les accompagnait révélaient combien était entré profondément dans son cœur le trait qui l'avait fait souffrir toute sa vie : cette humiliation de l'imperfection physique dont la nature l'avait marquée dès sa naissance et qui, promptement oubliée par ceux qui l'aimaient, n'en était pas moins pour elle une source de perpétuelle souffrance. Mais si, dans cet instant, elle en sentit encore l'atteinte, ce fut pour la dernière fois, car, dissipant tous ses doutes, jetant un baume sur toutes ses blessures, les paroles tendres et sérieuses de son fiancé tombèrent sur son cœur :

— Olivia, si vous m'aimez véritablement et si vous croyez à mon amour, ne m'affligez plus à l'avenir par de semblables pensées. Pour moi, vous êtes parfaite de beauté et d'esprit, d'âme et de corps.

En achevant ces mots, Harold porta à ses lèvres les mains d'Olivia, et il baisa en silence ses longues boucles dorées. Olivia, toute radieuse, murmura :

— O mon Harold, mon unique amour, je suis heureuse, puisque je suis belle à vos yeux.

CHAPITRE XXIII

L'automne, cette saison si belle en Écosse, répandait ses dernières faveurs à Morning-Side. La maîtresse de la jolie villa avait quitté pour toujours sa demeure de prédilection, et, au sortir d'une vie de beaucoup plus longue que la moyenne ordinaire, elle avait enfin, en passant par le tombeau, retrouvé l'immortelle jeunese. On ne la voyait plus, mais son esprit semblait toujours habiter dans ces lieux qu'elle avait créés, dans ces fleurs qui, semées par elle au printemps, devaient être cueillies par d'autres mains ; dans cette fontaine dont le murmure rafraîchissant berçait de son chant les promeneurs, tandis que celle qui l'avait élevée, n'ayant plus besoin des sources terrestres, se désaltérait aux eaux vives.

Mademoiselle Flora Rothsay était morte, mais elle avait mené une de ces existences bénies dont l'influence s'étend sur plusieurs générations. Déjà son nom revenait moins fréquemment sur les lèvres de ceux qui l'avaient connue ; son image s'effaçait lentement de leur esprit. Cependant, elle revivait par les œuvres qu'elle laissait derrière elle, dans le bonheur qu'elle avait créé sur cette terre, si long-temps foulée par ses pieds meurtris.

Peu de choses étaient changées dans le séjour qu'elle avait quitté. Il avait conservé à peu près le même aspect que lorsque Olivia était venue y cher-cher le repos et la paix. Le soleil du matin dorait les collines violacées de Braid-Hill, qu'on apercevait de la salle à manger ; mais nul ne les admirait dans cet instant, car cette pièce était déserte. Bientôt cependant un léger bruit se fit entendre ; une porte s'ouvrit, et d'un pas doux, élastique, avec le même tranquille sourire, entra Olivia Rothsay.

Non, cher lecteur, ce n'est plus Olivia Rothsay ; ni vous ni moi ne la reverrons plus. Celle qui nous apparaît ainsi porte à son doigt un anneau d'or ; elle s'appelle d'un nom nouveau, d'un nom aimé : c'est la femme de Harold Gwynne.

Le ciel, après avoir accordé à leur destinée la satisfaction d'une résolution courageuse, leur fit goûter la joie de n'avoir pas à la mettre à exécution.

A peine Olivia et son fiancé s'étaient-ils préparés à subir leur avenir et à aller en avant, s'aimant toujours, mais résignés à attendre leur union pendant des années, qu'un changement subit survint dans leur fortune. Ils apprirent tout à coup que mademoiselle Flora Rothsay avait fait, peu de temps avant sa mort, un testament par lequel elle laissait tout son bien à Harold, sous la seule condition qu'il reprendrait un des noms de ses ancêtres maternels et s'appellerait désormais Harold Gordon-Gwynne. A cette donation il n'était fait qu'une réserve : le legs de sa maison et de sa propriété de Morning-Side à sa petite-nièce Olivia.

Voici en quels termes était conçu ce don : « Je lègue à ma nièce Olivia cette propriété et rien de plus, afin qu'elle comprenne combien je respecte profondément son caractère vraiment digne d'une femme et combien je l'ai tendrement aimée. »

Olivia comprit, mais elle cacha dans son cœur reconnaissant cette intelligence. Ce fut le seul secret qu'elle eut jamais vis-à-vis de son mari.

Quelques semaines se sont écoulées depuis qu'elle est mariée, et déjà tout le passé lui semble relégué dans le lointain, comme un rêve qui s'efface. Son mariage a été le digne couronnement d'un amour aussi sérieux, aussi solennel ; ou plutôt c'est une nouvelle aurore qui se lève pour elle, que cette transformation d'une passion exaltée en un senti- ment profond, sacré, tel qu'est celui de l'amour dans le mariage. Que les modernes infidèles en doutent, que les libres penseurs s'en raillent, ce n'en est pas moins le lien sacré que Dieu a créé dès le commencement du monde et que Dieu a affirmé « être bon. »

Qui pourrait nier cette vérité, en voyant l'expres- sion radieuse, paisible, qui rayonne en ce moment sur tous les traits d'Olivia, alors qu'elle prend pos- session de sa demeure de Morning-Side ?

Elle se tint pendant quelques instants debout près de la fenêtre, rassassiant ses yeux d'artiste du beau spectacle que lui offrait la nature ; puis elle se mit à vaquer à toutes sortes de petits devoirs de maîtresse de maison, devoirs qui déjà sont remplis de dou- ceur pour elle. Elle place le grand fauteuil de ma- dame Gwynne à l'angle de la cheminée, puis dépose auprès de l'assiette de Harold le vilain gros livre qu'il aime à lire pendant le déjeuner, et qui fai- sait dire à mademoiselle Marion M'Gillivray que M. Gwynne s'efforçait de rendre sa femme aussi savante que lui-même, dérobant ainsi à l'Académie

d'Écosse on ne sait combien de beaux tableaux.
Peut-être avait-elle raison. Mais il était naturel
que, dans la renommée de son mari, Olivia con-
fondît complétement la sienne.

Lorsqu'elle eut mis toutes choses en ordre, la
jeune femme monta lentement l'escalier et se rendit
près de la petite Ailie. Ce n'était pas le moins doux
de ces nouveaux liens que celui qui lui permettait
d'appeler sienne la fille de Harold. Ce fut avec un
baiser de mère qu'elle éveilla l'enfant.

Ma mère ! Ce mot que la joyeuse petite fille
prononça en se jetant à son cou reporta Olivia,
ainsi que cela lui arrivait souvent, vers un autre
souvenir toujours vivant dans sa mémoire, quoique
scellé déjà dans les annales d'un long passé. Le
jour de son mariage, cette pensée ne l'avait pas
quittée. « O toi à qui, pendant ta vie, j'ai donné
toute ma tendresse, à qui je me suis consacrée entièrement ! puisque tu n'as plus besoin ni de mon
amour ni de mes soins, je les reporterai sur lui ; et
si les âmes peuvent voir le bonheur de ceux qu'elles
ont aimés sur la terre, réjouis-toi du nôtre, ma
mère ; du haut des cieux regarde et bénis mon
époux. »

Telle avait été sa secrète invocation.

22.

Elle ne crut pas non plus faire tort à la chère morte, en sentant se réveiller par son mariage des sentiments qu'elle pensait avoir à toujours déposés dans le tombeau de madame Rothsay: la femme de Harold prit l'engagement sacré d'être toute sa vie pour madame Gwynne une fille aimante et dévouée.

Enfin, parmi ces souvenirs de son passé, qui allaient toujours s'affaiblissant, il y en avait un qui ne pouvait être mis en oubli, parce qu'il constituait un devoir sérieux à remplir. Il l'absorbait; elle en parlait sans cesse avec son mari qui n'en était pas moins préoccupé qu'elle.

Depuis leur arrivée à Morning-Side, M. et madame Gwynne avaient constamment envoyé à Sainte-Marguerite demander des nouvelles de Christal Manners. Olivia lui avait même écrit plusieurs fois; mais elle n'en reçut aucune réponse. Le silence du cloître semblait envelopper cet esprit tourmenté qui avait cherché un refuge dans son enceinte. Cependant Christal n'avait point prononcé de vœux. Madame Flora et Harold avaient été tous deux très-formels sur cette question; et les religieuses respectèrent leurs défenses, étant trop consciencieuses pour admettre au noviciat une infortunée sous

l'impulsion du désespoir et non d'une vocation
pieuse.

Olivia souffrait de ne pas voir sa sœur. Elle résolut de tenter encore un effort pour rompre ce silence. Dans l'après-midi de ce même jour, elle se dirigea vers le couvent, seule, à travers les jolis sentiers
qu'elle avait parcouru jadis avec Marion Gillivray.
Étrange contraste entre le présent et le passé! Dans
le petit parloir du couvent, elle se rappela comment
elle y avait pénétré alors avec un cœur oppressé,
soupirant après le repos, après l'oubli, qui pouvaient
seul mettre un baume sur ses cruelles blessures.
Aujourd'hui, c'est avec un cœur tremblant de gratitude qu'elle y entre; elle comprend tout le prix
de ceux dont Dieu fait ainsi déborder la coupe, afin
qu'ils puissent continuellement la répandre devant
lui en action de grâces et en fruits bénis.

Bientôt la sœur Ignatia parut, toujours la même,
simple et bienveillante, l'air souriant:

— Ah! c'est vous, ma chère madame Harold
Gwynne? — C'est à peine si je puis me rappeler votre
nouveau nom. — Je crains que votre visite ne soit
inutile; je n'ai cessé cependant de supplier votre
sœur de consentir à vous voir.

—Et elle s'y refuse? demanda Olivia en soupirant.

— Hélas ! oui ; mais elle assure qu'elle ne conserve aucune amertume contre vous. Comment serait-ce possible ? Ce n'est pas que je lui aie adressé des questions, car ici tout le passé est oublié. Cette pauvre jeune personne m'intéresse vivement. Si vous saviez ses jeûnes, ses veilles et ses prières ! Que Dieu et la sainte Vierge aient pitié d'elle, pauvre cœur brisé ! ajouta la nonne avec compassion.

— Allez encore lui parler de moi, je vous en prie ; mais gardez-vous de lui dire que je suis ici.

Olivia attendit avec anxiété le retour de la sœur Ignatia. Au bout d'un quart d'heure, celle-ci rentra :

— Votre sœur dit qu'elle est contente de vous savoir heureuse, mariée à son ancien et excellent ami, auquel elle doit tant ; mais que, pour elle, elle est morte au monde et ne désire plus entendre parler de personne. Néanmoins, lorsque je lui ai dit que vous viviez à Morning-Side, elle a paru fort émue. Je crois, j'espère que si vous pouviez la voir à l'improviste, avant qu'elle ait le temps de réfléchir... pas aujourd'hui pourtant, car vous paraissez si agitée vous-même...

— Oh ! non, non, je sais être calme quand il le faut ; il y a longtemps que je m'en suis fait une habitude. Votre plan est excellent, mettons-le à exécution de suite. S'il plaît à Dieu, il réussira. Où est ma pauvre sœur?

— Elle est assise en ce moment dans le dortoir des pensionnaires du couvent. Elle reste beaucoup avec nos petites filles et prend grand soin d'elles, particulièrement des orphelines qui nous sont confiées.

Olivia soupira; elle comprenait les motifs qui faisaient agir la malheureuse jeune fille. Elle en conclut que le cœur de pierre de Christal se fondait. Ce fut presque avec espoir qu'elle suivit la sœur Ignatia dans le dortoir des enfants.

C'était une pièce longue, étroite, avec un passage au milieu pour circuler entre les petits lits blancs et proprets comme si les bonnes fées les surveillaient. Un vent frais, qui provenait de la fenêtre ouverte, en rendait l'atmosphère agréable. A l'extrémité de cette pièce, Olivia aperçut une grande ombre noire. C'était Christal Manners, qui s'y trouvait seule en ce moment.

Elle portait un vêtement moitié religieux, moitié séculier; sa robe de serge noire ne trahissait aucune prétention à l'élégance, ni même à la propreté; ses beaux cheveux étaient rejetés en arrière sous un bonnet de mousseline blanche; Olivia ne voyait son

visage que de profil; combien, même à cette distance,
il lui parut changé, vieilli! Christal, de son côté,
n'aperçut Olivia que lorsque celle-ci se fut appro-
chée tout près d'elle. Alors elle jeta un cri, le
sang lui monta rapidement au visage, mais pour
disparaître aussitôt et faire place à une pâleur
livide.

— Que venez-vous faire ici? dit-elle d'une voix
rauque. Ne vous ai-je pas fait dire que je ne voulais
voir personne? que j'étais complétement morte au
monde?

— Pas pour moi! Oh! pas pour moi, ma sœur!

— Votre sœur! répéta-t-elle, et ses yeux lancèrent
des éclairs; mais tout aussitôt, faisant rapidement
le signe de la croix, elle murmura : — Sainte Vierge
aidez-moi! non, il ne faut pas que le mauvais esprit
se réveille. Et vous, saints Apôtres, venez à mon secours!

Puis elle se mit à tourner son chapelet avec com-
ponction et parut entièrement apaisée.

— Voyons, reprit-elle, qu'avez-vous à me dire?
vous savez que je n'ai point de colère dans le cœur
contre vous. Je vous ai même fait demander votre
pardon; je désire seulement qu'on me laisse tranquille, afin que je puisse passer dans la pénitence et

la prière les jours qui me restent de ma triste vie.

— Mais je ne puis vous abandonner ainsi, ma chère sœur.

— Ne m'appelez pas votre sœur, laissez ma main, ne me regardez pas de cette façon, c'est ainsi que vous m'avez regardée le premier soir de mon arrivée chez vous et ce jour, ce terrible jour !...

En disant ces mots, Christal se jeta sur un des petits lits, sur l'un de ces petits oreillers blancs où quelque heureux enfant sommeillait en paix chaque nuit, et là elle pleura amèrement. Plus d'une fois l'infortunée fit signe à Olivia de s'éloigner ; mais celle-ci ne voulut pas l'écouter.

— Oh ! ne me repoussez pas, lui disait-elle ; si vous saviez ce que je souffre en pensant à vous ?

— Vous, souffrir ? heureuse comme vous l'êtes !... vous, avec votre mari, dans votre jolie demeure !

— Ah ! Christal, vous nous comprenez bien peu : mon mari lui-même s'afflige pour vous ; il ferait tout au monde pour vous procurer la paix. Avez-vous donc oublié ce qu'est Harold ?

Une expression plus douce passa sur le front de Christal :

— Non, je ne l'ai pas oublié, répondit-elle. Jour

et nuit je prie pour celui qui m'a sauvé plus que la vie, qui a sauvé mon âme. Que Dieu le récompense et le bénisse pour ce qu'il a fait ! Et puisse-t-il me pardonner, à moi !

En parlant ainsi, elle fut prise d'un tremblement nerveux, comme si elle avait évoqué quelque terrible souvenir. Peu après, elle s'adressa à Olivia d'un ton plus calme, et pour la première fois elle leva les yeux vers sa sœur.

— Vous avez l'air bien portant et vous paraissez contente. Je suis bien aise que vous soyez heureuse et mariée à Harold Gwynne. Il m'a dit son amour pour vous.

— Oui, mais il n'a pu tout vous dire. Si je suis heureuse maintenant, j'ai beaucoup souffert aussi ; nous avons tous à souffrir dans ce monde, mais toute peine a une fin.

— Il n'en sera pas ainsi de la mienne ; elle n'aura pas de fin. Mais je ne veux pas parler de moi.

— Eh bien, parlons de votre ami Harold, de votre frère, car il m'a chargé de vous dire qu'il en serait toujours un pour vous, reprit Olivia, en s'efforçant de réveiller les sentiments affectueux de Christal. Elle y réussit en partie ; la pauvre fille commença à l'écouter plus tranquillement et sembla même pren-

dre quelque intérêt à ce qu'elle lui disait de Harold
et de leur nouvelle habitation :

— Nous demeurons bien près de vous ; lorsque
nous nous promenons dans notre joli jardin, nous
entendons les cloches du couvent. Il faudra venir
nous voir.

— Ah ! non, non. J'ai trouvé le repos ici ; jamais
je ne franchirai l'enceinte de ces murailles. Dès que
j'aurai vingt et un ans, je prendrai le voile, et alors,
moi et toutes mes douleurs nous serons ensevelies
à toujours dans l'oubli.

Olivia n'essaya pas de la contredire ; elle savait
que c'était inutile en ce moment ; mais elle se dit
que s'il y avait quelque puissance dans une profonde
affection, dans de ferventes prières, Christal pouvait encore goûter le bonheur d'une vie utile qui, au
lieu de se consumer dans une solitude désolée, serait employée sur la terre et laisserait de son passage une trace féconde.

Un doute obsédait encore Olivia. Après avoir réfléchi longtemps, elle se hasarda à l'exprimer :

— Je vous ai raconté ce qui nous est arrivé depuis
une année. Vous vous êtes informée de tous vos
amis, de tous, un seul excepté...

II.   23

A la fin, mais non sans beaucoup d'hésitation, elle prononça le nom de Lyle.

— Silence! s'écria Christal — mais la pâleur de sa joue ne diminua pas; ses yeux appesantis ne s'éclairèrent ni ne s'abaissèrent. — Silence! je ne veux plus entendre ce nom; il est effacé de ma mémoire pour toujours, effacé avec toutes les horreurs qui ont suivi.

— Ainsi, vous avez oublié?...

— Oui, tout oublié; ce fut un des rêves de mon ancienne vie de vanité; il ne m'inquiète plus.

— Dieu soit loué! murmura Olivia à voix basse, tout en s'étonnant dans son cœur qu'il y eût dans ce monde tant de faux reflets du véritable amour, de cet amour qui surmonte tout, de celui qui avait été le sien.

Elle prit alors affectueusement congé de sa sœur. Celle-ci l'accompagna jusqu'à la porte extérieure du couvent, sans lui demander toutefois de revenir la voir; mais elle l'embrassa lorsqu'elles se séparèrent et se retourna pour la regarder avant de rentrer dans la silencieuse demeure qu'elle avait choisie pour ensevelir son existence.

Olivia s'éloigna rapidement du cloître, car l'après-midi approchait de sa fin. Bientôt elle entendit

derrière elle des pas qui firent battre son cœur plus
vite.

— Que c'est bon et aimable à lui, pensa-t-elle ;
mon cher Harold, mon mari !

Mon mari ! jamais elle ne prononçait ce mot sans
que sa poitrine se gonflât d'émotion, en se repor-
tant au passé, à ses anciennes luttes, à ses souffrances silencieuses.

Harold l'aborda avec un sourire:

— Je vous ai attendue bien longtemps, dit-il, mais
je ne pouvais laisser ma bien-aimée Olivia faire
seule toute cette longue route.

Elle qui avait tant erré seule à travers le monde,
et pendant tant d'années ! Mais c'était fini à présent.
Elle s'appuya sur le bras de son mari, en y posant
ses deux mains d'une façon caressante ; ils continuèrent à cheminer ensemble. Olivia communiqua
à Harold les bonnes nouvelles qu'elle rapportait de
son entrevue avec Christal, et il s'en réjouit comme
elle ; il convint qu'il y avait encore de l'espoir pour
leur sœur. Pouvait-il croire qu'il existât dans le
monde entier une âme assez perverse, assez dure,
pour résister à la douce influence d'Olivia et ne
pas se réchauffer aux rayons de sa sympathie ?

Ils reprenaient le chemin de la maison, lorsque

Olivia s'aperçut que son mari paraissait fatigué et en proie à une surexcitation nerveuse. Il avait été tout le jour plongé dans ses livres. Quoique indépen-dant maintenant au point de vue de la fortune, Harold Gwynne ne pouvait renoncer à ses travaux scienti-fiques ; chaque jour il ajoutait quelque chose à son trésor, un fleuron à la couronne de renommée qu'il avait déjà conquise lorsqu'il n'était que le pauvre pasteur de Harbury. Sans qu'il y prît garde, Olivia, tout en causant et en plaisantant, entraîna son mari dans le chemin de traverse qui va d'Édimbourg à Braid-Hill. C'est ainsi qu'elle chassait adroitement toute préoccupation de son cerveau, sans que sa dignité d'homme eût à se révolter d'être si tendre-ment enjôlé, car le caractère de Harold n'avait rien perdu de sa fierté native. Il était heureux pour lui que sa femme n'eût pas la même disposition. Du reste, qui sait si elle ne l'en aimait pas davantage pour ce défaut qui n'était, après tout, que l'exagé-ration d'une qualité ?

A la porte de l'Ermitage, Harold s'aperçut tout à coup où il était et s'arrêta. Ni l'un ni l'autre n'a-vait revu ce lieu depuis la scène que nous avons racontée. Ce souvenir parut le toucher. Sa femme le regarda avec tendresse :

—Harold, êtes-vous heureux? Dites, vous ne voudriez pas m'éloigner de vous, maintenant? vous ne
voudriez pas passer toute votre vie loin de moi,
n'est-ce pas?

— Oh! non, non! s'écria-t-il, en pressant sa
main contre son cœur.

Ce geste muet en disait assez; Olivia ne désirait
rien de plus. Ils continuèrent leur route, gravissant
un des sommets de Braid-Hill. La nuit les surprit
dans cette promenade; le vent s'éleva et balaya en
sifflant les pentes couvertes de bruyère.

— Heureusement que j'ai mon plaid pour vous
envelopper, dit Harold, et que vous ne craignez pas
trop le froid, véritable Écossaise que vous êtes.

Il était l'image de la santé et de la force, celui
qui prononçait ces mots. Sa joue était hâlée par
l'air de la montagne; le fier esprit du montagnard
brillait dans ses yeux intrépides. Olivia regarda son
époux avec orgueil, en se disant qu'il n'y avait pas
dans le monde entier un autre homme qui lui fût
comparable.

—J'aime la tempête! s'écria Harold en rejetant
la tête en arrière et repoussant ses cheveux de son
front comme un lion qui secoue sa crinière; elle me
communique l'audace et la force. J'aime à lutter

contre elle, à me sentir de corps et d'âme capable
de lui résister ; il me semble qu'alors je sens mieux
toute ma puissance.

—Olivia, elle, avec sa douceur pleine de soumission, son regard fixé sur le sien, représentait le
type de la femme et de l'épouse.

— Je crois, continua Harold, que j'ai devant moi
encore une noble et belle vie. J'irai en avant dans
ma carrière ; je serai heureux. Et si le malheur arrive, je le supporterai ainsi.

En parlant de la sorte, Harold assurait son pied
sur le sol, relevait sa tête orgueilleuse et regardait
hardiment devant lui.

— Et moi, je le supporterai ainsi, dit Olivia en
glissant ses deux petites mains froides sous son plaid
et en appuyant sa tête contre le cœur de son mari.

Le vent les enveloppa dans ses rafales impétueuses,
mais ils n'en prirent nul souci, abrités, protégés
qu'ils étaient par leur amour mutuel. Ils se tenaient
là tous deux debout, le mari et la femme, tendrement unis, prêts à parcourir le monde sans crainte,
appuyés l'un sur l'autre, les yeux tournés vers le
ciel, d'où ils attendaient la direction.

FIN DU SECOND VOLUME.

www.ingramcontent.com/pod-product-compliance
Lightning Source LLC
Chambersburg PA
CBHW050749030726
47505CB00002B/462